SEBASTIAN THIEL

Uranprojekt

DUNKLE BEDROHUNG Sommer 1944. Nikolas Brandenburg ist nach Düsseldorf zurückgekehrt. Schweren Herzens hat er seine Geliebte Claire in Paris zurückgelassen und ist bei seinem Vater untergetaucht. Hier soll er dem französischen Widerstand, der Résistance, als Kontaktmann zur Verfügung stehen. Eines Nachts, während eines Bombenangriffs, liegt ein Schwerverwundeter vor seiner Tür. Bevor der Mann stirbt, flüstert er Nikolas eine Zahlenkombination ins Ohr, mit der dieser jedoch nichts anzufangen weiß. Nikolas will herausfinden, wer der Tote war. Mit seinen Nachforschungen setzt er eine Kettenreaktion in Gang, die ihn in die Geschehnisse um das »Uranprojekt« hineinzieht. Bald schon findet er sich in einer internationalen Verschwörung von ungeahntem Ausmaß wieder.

Sebastian Thiel, Jahrgang 1983, lebt in Tönisvorst am Niederrhein. Nach einer Ausbildung zum Fachinformatiker arbeitete er als IT-Manager in einem mittelständischen Dienstleistungsunternehmen, bevor er sich ganz dem Schreiben widmete. »Uranprojekt« ist nach »Wunderwaffe« sein zweiter Kriminalroman.

Bisherige Veröffentlichungen im Gmeiner-Verlag:
Die Dirne vom Niederrhein (2013)
Wunderwaffe (2012)
Die Hexe vom Niederrhein (2010)

SEBASTIAN THIEL

Uranprojekt

Kriminalroman

Original GMEINER

Personen und Handlung sind frei erfunden,
soweit sie nicht historisch sind.
Ähnlichkeiten mit lebenden Personen
sind rein zufällig und nicht beabsichtigt.

Besuchen Sie uns im Internet:
www.gmeiner-verlag.de

Im Ehnried 5, 88605 Meßkirch
Telefon 07575/2095-0
info@gmeiner-verlag.de

1. Auflage 2014

Lektorat: Katja Ernst
Herstellung: Julia Franze
Umschlaggestaltung: U.O.R.G. Lutz Eberle, Stuttgart
unter Verwendung eines Fotos von: © Fritz Goro / Getty Images
Druck: GGP Media GmbH, Pößneck
Printed in Germany
ISBN 978-3-8392-1549-4

»Die Bombe wird niemals hochgehen, und ich sage das als Bombenexperte.«

William D. Leahy
Amerikanischer Admiral, Anfang 1945

PROLOG

– PARISER NÄCHTE –

05. August 1944, Paris

Er hätte nicht die BBC hören sollen.

Die Zeilen dieses Gedichts gingen ihm einfach nicht mehr aus dem Kopf. Nikolas Brandenburg lehnte sich gegen die Häuserwand und beobachtete die Fabrik vor ihm. Das vormals schicke Gebäude sah heruntergekommen aus. Einige Fensterscheiben waren zerbrochen, zudem hatte jemand Werbeplakate der ›Milice française‹ an die Außenwände geklebt.

Die ineinander gekreuzten Hörner lagen über den sowjetischen Symbolen Hammer und Sichel. Dazu prangte in roten Lettern ›Contre le Communisme‹ – ›Gegen den Kommunismus‹ – auf dem Plakat. Wie passend, dachte Nikolas und zog an seiner Zigarette. Dabei kamen die gesendeten Zeilen des Gedichts von Paul Verlaine zum wiederholten Mal über seine Lippen: »Les sanglots longs des violons de l'automne – Blessent mon cœur d'une langueur monotone.«

Was hatte Verlaine vor etlichen Jahren dazu gebracht, so traurige Verse zu schreiben? Hatten Absinth und Melancholie die Unbeweglichkeit zu einem verführerischen Erlebnis gemacht? Claire hatte ihm die Zeilen übersetzt. Sein Französisch war auch nach einem Jahr in Paris nicht wirklich vorzeigbar.

›Seufzer gleiten die Seiten des Herbstes entlang – Treffen mein Herz mit einem Schmerz dumpf und bang.‹

Allein die Art, wie der Sprecher der BBC es vorgelesen hatte, hatte Nikolas' Herz schwer werden lassen. Mit dieser Empfindung war er allerdings allein im Raum gewesen. Vor zwei Stunden hatten die Mitglieder der Résistancegruppe wie hypnotisiert vor dem kleinen Funkempfänger gehockt und den Worten der British Broadcasting Corporation gelauscht. Sie hatten geraucht, an ihren Fingernägeln gekaut und vorn, nahe dem Radio, hatte Rohn mit einer Flasche Wein gesessen, die er für sich allein beansprucht hatte. Natürlich – er war der unangefochtene Chef der Gruppe, koordinierte die Einsätze und würde alle Aktionen an vorderster Front leiten, wenn es nach ihm ginge. Dass dieser grobschlächtige, desertierte Feldwebel der Wehrmacht den Widerstand in Paris organisierte, war eine Ironie des Schicksals. Als Nikolas ihn zum ersten Mal gesehen hatte, hätte er ihm nicht einmal zugetraut, auf einen Dreijährigen aufzupassen. Wie sich herausstellte, war er nicht nur im Umgang mit der Waffe geübt, sondern ganz nebenbei auch das ›Phantom‹, welches die Gestapo und Nikolas über mehrere Jahre hinweg hier in Paris gejagt hatten. Er war ›La Pâquerette‹ – das Gänseblümchen. Welch irreführender Name für den Zweimetermann mit dem riesigen Schädel und Händen groß wie Teller. Mit jedem Mal, wenn er einen Strauß getrockneter Gänseblümchen bei seinen Einsätzen hinterließ, vergrößerte sich sein Mythos. Dass Rohn hinter alldem steckte, ging Nikolas immer noch nicht wirklich in den Kopf.

Seine Geliebte Claire hing – wie üblich – tief über die Karten gebeugt. Es schien, als würde sie der ganze Trubel nichts angehen. Er wusste es jedoch besser. Ihr Verhältnis zueinander hatte sich seit den Ereignissen in Düsseldorf und Leverkusen merklich abgekühlt. Natürlich, es gab Wichtigeres zu tun, als in den frühen Morgenstunden das Bett zu teilen. Zum Beispiel ein Land zu befreien – ihr Land, nicht seins.

Bei diesem Gedanken drehte sich Nikolas der Magen um. Doch er hatte eine Entscheidung getroffen. Meistens saß er bei den Treffen der Résistance gelangweilt herum, weil er kaum etwas verstand. Vielleicht war es auch besser so. Er wollte nicht eingeweiht werden, wenn sie planten, irgendwelche hochrangigen SS-Offiziere zu ermorden. Vor zwei Stunden hatte er sich in die hinterste Ecke des Raums verzogen und eine Zigarette nach der anderen gequalmt. Völlig unerwartet waren die anderen plötzlich in Jubel ausgebrochen.

Erst hatte Rohn sie abhalten wollen, ihre Freude laut herauszuschreien, doch schließlich waren selbst bei ihm alle Dämme gebrochen. Sogar Claire hatte mit weit aufgerissenen Augen aufgesehen und sich dem einen oder anderen Résistancemitglied um den Hals geworfen. Nach wenigen Momenten war ihre Freude allerdings verflogen und gespannter Erwartung gewichen, während sie mit ihren Fingern über die Karten gefahren war und Berechnungen angestellt hatte. Es gab noch so viel zu tun …

Zwei Stunden war das her. Nikolas wusste nicht, ob er sich freuen oder traurig sein sollte. Vielleicht müsste er Scham empfinden oder doch Stolz? Er schüttelte den Kopf. Es war schwierig zu sagen, welche Gefühle ihn beherrschten, nachdem dieses Gedicht von der BBC gesendet worden war. Er hatte nicht darauf anstoßen wollen, was ihm den Argwohn einiger Mitglieder eingebracht hatte. Es gab zu viele Leute, die ihm nach wie vor nicht trauten, und hätten sich Rohn und Claire nicht vehement für ihn eingesetzt, würden die Würmer seinen toten Körper inzwischen längst verdaut haben.

Und das nach all dem, was er getan hatte.

Sein Leben als Kriminalkommissar war vorbei. Er war im Untergrund, gehörte zur anderen Seite, kämpfte gegen Nazi-Deutschland … und sollte seine Landsleute töten.

Allein diese Überlegung war verrückt genug.

Noch einmal sah er hinüber zu diesem Backsteingebäude. In einem Monat würde hier die Hölle losbrechen. Und wenn sich dann alles Pech der Welt in dieser Stadt sammelte, würde es am Ende niemanden mehr geben, der ihren Namen – Paris – ohne Trauer in der Stimme aussprechen konnte. Nikolas war allzu bekannt, was mit belagerten Städten passierte. Der Kessel von Stalingrad war ein trauriges Beispiel. Plünderungen, dauerhaftes Artilleriefeuer, Nahrungsknappheit, ein ganzes Fass voller Todsünden. Er verdrängte diese Gedanken. Erneut bahnten sich die Zeilen den Weg über seine Lippen und er summte die Wörter, ohne sie richtig auszusprechen. Diese zweite Strophe von Verlaines Gedicht war eine verschlüsselte Botschaft an die Résistance und bedeutete nichts anderes, als dass in den nächsten 48 Stunden die Invasion der Alliierten beginnen würde. Nikolas sah sich um. Die Stadt würde nie mehr dieselbe sein, dessen war er sich sicher.

KAPITEL 1

– DIE ANDERE SEITE DES FOLTERKNECHTS –

Dieser August war der heißeste, an den sich Nikolas erinnern konnte. Selbst um Mitternacht schwitzte er noch in seinem Hemd und dem dünnen Jackett. Der Hut hatte ihn tagsüber vor der Sonne geschützt, mittlerweile nervte es nur noch, wenn er ihn abnehmen musste, um sich den Schweiß von der Stirn zu wischen. Heute war ein beschissener Tag, um sich in die Höhle des Löwen zu begeben.

Die Milice française war nicht gerade bekannt dafür, besonders gesprächsbereit zu sein, wenn man in ihre Operationen hineinpfuschen wollte. Besonders wenn ihnen das Wasser bis zum Hals stand, war der Finger am Abzug meist das einzige Gesprächsmittel, das sie besaßen.

›Polizisten, die bei Sichtkontakt schossen‹, wurden sie von ihren Landsleuten genannt. Eine schöne Bezeichnung für die Bluthunde der Sicherheitspolizei. Die französische Bevölkerung hatte vor der Milice beinahe mehr Angst als vor den regulären deutschen Truppen. Wenn sie vorfuhren mit ihren dunkelblauen Uniformen und den Barette, war sich keiner seines Lebens mehr sicher. Ein Gerücht reichte bereits und die Milice française rückte an. Einfache Folterknechte, eine paramilitärische Gruppe, die der Sicherheitspolizei unterstellt war, streng nach deutschem Vorbild natürlich. Dabei nahmen sie eine Art Kreuzzughaltung ein, als wären ihre Taten Gottes Wille.

Sein Blick fiel wieder mal auf die Werbeplakate. Sie versprachen hohen Sold und gute Ausbildung. Das Einzige, was sie dafür verlangten, war, die eigenen Landsleute zu jagen. Nikolas schnaubte abfällig. Er selbst war nicht besser als diese Hunde. Wenn es einer Gruppe gelang, mit der SS und ihren gefürchteten Blockdurchsuchungen gleichzuziehen, dann der Milice. Das ließ erahnen, mit welch fanatischer Brutalität sie vorging. Nikolas erinnerte sich nur zu gut an diese Methode. Dutzende Mannschaftswagen sperrten einen Bezirk ab, die Soldaten stürmten jede Wohnung, jeden Keller, jede Nische und trieben die Menschen zusammen wie bei einer Treibjagd. Verdächtige wurden mitgenommen und kamen nie wieder frei. Es war ein engmaschiges Netz, welches sich immer mehr zusammenzog. Einer ihrer Hauptleute war besonders in den Fokus der Résistance geraten: Pierre de Bale.

Er stand im Ruf, ein Liebling von Aimé-Joseph Darnand, dem Chef der Milice française, zu sein. Und diesen Status wollte er auf alle Fälle behalten. Nikolas ging durch den Kopf, was Claire über diesen ›Hundesohn‹, diese ›Schande für die Republik‹ gesagt hatte. Aus einer gut situierten Familie stammend, war de Bale aus Überzeugung in die Milice eingetreten. Brutalität und eiskaltes Kalkül zeichneten diesen Mann aus. Obwohl nicht groß gewachsen und sonst nicht mit vielen Talenten gesegnet, entwickelte er schnell die Fähigkeit, die Schmerzgrenzen seiner Gegner zu überschreiten. Im südlichen Paris hatte er angeblich einen Résistancekämpfer an seinen Hoden aufhängen lassen, um zu erfahren, wo das Versteck der übrigen Untergrundkämpfer war. Alles vor den Augen seiner Familie.

Durch de Bales schnellen Aufstieg in der 45.000-Mann-Miliz konnte er sich sogar der Aufmerksamkeit des Ministerpräsidenten Pierre Laval sicher sein. Dieser betrachtete die Milice française ohnehin als seine persönliche Armee, und das alles unter den wachsamen Augen Hitlers.

Nikolas schnippte die Zigarette auf den Asphalt. Wenn die Informationen stimmten, befand sich Hauptmann de Bale, ›der Kleine‹, wie sie ihn hinter vorgehaltener Hand nannten, in der alten Fabrik vor ihnen. Er ließ es sich anscheinend nicht nehmen, deren Bewohner persönlich zu verhören. Das Problem an der Sache war, dass de Bale gut bewacht wurde und den Hauptsitz der Milice nie ohne seine Schutztruppen verließ. Das war der Punkt, an dem Nikolas' Einsatz gefragt war.

Noch einmal atmete er durch, dann setzte er den ersten, unsicheren Schritt in Richtung Fabrik. Der Plan war einfach, zu einfach für sein Verständnis. Hätte er es nicht besser gewusst, er hätte vermutet, dass Rohn und Claire ihn loswerden wollten.

Kopfschüttelnd überquerte er die Straße und klopfte an die eiserne Tür, die ins Innere führte. Wie konnte er derart dumm sein? Es wäre unkomplizierter, sich eine Kugel in den Kopf zu jagen. Reichte es denn nicht, dass er de Bales Folterkünste vom Hörensagen kannte, musste er sich persönlich von eben diesen überzeugen?

Stimmengewirr drang an seine Ohren. Es dauerte nicht lange, bis die Tür aufgerissen wurde. Sofort blickte er in die Läufe dreier automatischer Waffen. Eines musste man der Sicherheitspolizei lassen: Wenn sie eine paramilitärische Truppe ihre Arbeit machen ließ, stattete sie die wenigstens gut aus.

Die Männer brüllten ihm Wörter auf Französisch entgegen. Er versuchte erst gar nicht, sie zu verstehen. Obwohl ihm das Herz bis zum Hals schlug, setzte er eine gleichgültige Miene auf, griff langsam in die Innentasche seines Jacketts und holte seinen alten Ausweis hervor, der ihn als Kriminalkommissar des Deutschen Reichs auswies. Die Pupillen der Männer sausten vom Foto zu ihm und zurück. Nikolas rechnete jede Sekunde mit einem Schuss in die Schulter oder zumindest mit einer Festnahme.

Rohns Plan hatte nämlich einen gravierenden Haken. Auf der Beliebtheitsskala der SiPo, der Sicherheitspolizei, rangierte Nikolas auf einem der hinteren Plätze. Irgendwo zwischen Churchill und Rohn selbst, wie er nicht ohne Stolz zugeben musste. Wenn er die Vorgehensweise der Kriminalpolizei richtig im Kopf hatte, musste im letzten halben Jahr jede Dienststelle von hier bis Berlin mindestens zweimal am Tag über sein Fahndungsfoto gestolpert sein. Immerhin hatte er der Résistance Zugang zu Geheimakten verschafft, war übergelaufen und hatte mitgeholfen, ein Werk der IG Farben in die Luft zu sprengen. Doch Rohn baute wohl darauf, dass die SS und die Polizei hier in Paris andere Dinge zu tun hatten, als ihre französischen Bluthunde über den Stand der Ermittlungen auf dem Laufenden zu halten. Kurzum – hoffentlich erkannten sie ihn nicht, ansonsten sah es schlecht für ihn aus.

Nikolas' Zähne mahlten aufeinander; unendliche Sekunden verstrichen. Schließlich passierte, womit er nicht mehr gerechnet hatte.

Die Mitglieder der Milice ließen ihre Waffen sinken und streckten den rechten Arm zum Hitlergruß. Einige Herzschläge stand Nikolas wie angewurzelt vor ihnen, ehe er ebenfalls seine Arme erhob.

»Pierre …« Seine Stimme versagte beim ersten Anlauf. »Pierre de Bale.« Die Männer nickten, Nikolas räusperte sich und trat ein.

Von innen sah das Gebäude weit schlechter aus, als es von außen den Anschein machte. Es war ausgeschlachtet worden, wahrscheinlich sogar von den Deutschen. Jegliche Maschinen waren abmontiert worden, vermutlich hatten die Gefangenen Holz und alles Weitere, was man vielleicht gebrauchen konnte, mitgenommen; jedenfalls war die Halle fast leer, die er nun betrat. Etwas hier gefiel ihm gar nicht. Hatte Rohn nicht von mehreren Seiteneingängen und Toren geredet? Ein Kloß verfestigte sich in seinem Hals. Entweder erschlossen sich die Tore nicht seinem Blick oder sie waren zugemauert worden. Als er nach rechts blickte, stockte ihm der Atem.

Zwei Männer hingen an Ketten von der 20 Meter hohen Decke herab. Ihre Arme waren auf den Rücken gebunden und an den Händen hatte die Milice die Ketten befestigt. Zusätzlich waren ihre Füße mit Seilen am Boden fixiert. So hingen sie in einer grotesken Position, wenige Zentimeter über dem Boden. Dass ihre Gelenke noch nicht ausgekugelt worden waren, grenzte an ein Wunder. Als de Bale einen Befehl bellte, knirschten die Ketten und der Druck auf die Körper der Opfer erhöhte sich weiter. Die Seile gaben nicht nach und so wurden nur die Arme der Männer weiter nach oben gezogen. Ihre Gesichter waren blutüberströmt, wirkten wie Totenmasken. Die Schreie gingen durch Mark und Bein. De Bale schien seinen Spaß daran zu haben und plauderte entspannt. Erst jetzt begriff Nikolas, wem seine Worte galten. Zwei Frauen und drei Kinder waren auf Stühlen gefesselt, die Münder geknebelt, ihre Glieder fixiert. Ihre Laute drangen gedämpft an Nikolas' Ohren. Doch als der Knebel bei einer der Frauen gelöst wurde, waren ihre flehenden Worte von Schmerz und Pein erfüllt, während sie ihren Geliebten nicht aus den Augen ließ.

In diesem Moment gaben Nikolas' Beine nach. In der letzten Sekunde konnte er sich fangen und marschierte weiter auf den kleinen Hauptmann zu. Er zählte circa zwei Dutzend Mitglieder der Milice française. Allesamt schwer bewaffnet und mit einem gleichgültigen Ausdruck, als wäre es nicht das erste Mal, dass sie einem ›Verhör‹ wie diesem beiwohnten. Ohne Frage – die SiPo hatte ihre Bluthunde gut erzogen.

Nikolas nahm all seinen Mut zusammen. Er hielt den Ausweis wie einen Schutzschild vor seine Brust. »Guten Abend zusammen«, eröffnete er und versuchte, seine Stimme fest klingen zu lassen. Das nächste Wort betonte er überdeutlich: »Sicherheitspolizei, Kriminalkommissar Brandenburg, Reichssicherheitshauptamt V!«

Endlich hatte er die ungeteilte Aufmerksamkeit de Bales. Der Hauptmann verschränkte die Arme hinter dem Rücken und kam langsam auf ihn zu. Ein langer Blick auf Nikolas' Ausweis folgte.

»Guten Abend«, erwiderte er schließlich mit starkem Akzent, eine Pause folgte. Dieser Mann war Störungen nicht gewohnt, das sah Nikolas sofort. Zu seinem Glück sprach er Deutsch. Eine Fähigkeit, die sich viele in der Milice dienenden Franzosen angeeignet hatten. »Was kann ich für Sie tun, Commissaire?«

Nikolas atmete tief ein, griff in die Innentasche seines Jacketts und holte mehrere Papiere hervor. Gewichtig entfaltete er die Blätter vor seiner Brust und begann zu lesen: »›Nach Rücksprache mit dem Befehlshaber der Sicherheitspolizei und des Sicherheitsdienstes sowie in Anlehnung an Protokoll 44a des Reichssicherheitshauptamts, Abteilung V, darf eine solche Verhaftung laut Paragraf 17, Abschnitt 3, erster Absatz nur durchgeführt werden, wenn die Zustimmung des Stabschefs der entsprechenden Kommandeure der Ordnungspolizei vorliegt.‹« Die Sätze sprudelten aus seinem Mund. »Mit anderen Worten: Die Gefangenen sind laut dieser Verordnung direkt an die Kriminalkommissare des Reichssicherheitshauptamtes zu übergeben.«

Natürlich waren die Papiere leer und er improvisierte nur. Es kam einzig darauf an, dass er sein Publikum überzeugte. Mit ernster Miene faltete er die Papiere zusammen und steckte sie zurück in die Innentasche seines Jacketts. Beinahe schon federnd war sein Schritt, als er am Hauptmann vorbeiging, um zur Vorrichtung für die Ketten zu gelangen. »Machen Sie sich keine Mühe, ich nehme die Herren direkt mit zur Avenue Foch.«

Noch versperrten junge Männer in Uniform seinen Weg. Nikolas ließ die Hände in seine Taschen gleiten, stellte sich demonstrativ vor sie und musterte sie so arrogant wie möglich. Widerwillig traten sie zur Seite. Sein Herz machte einen Sprung, als er endlich die Kurbel in die Hand nahm. Er konnte die Gefangenen allerdings nur wenige Zentimeter herunterlassen, da de Bale ihn plötzlich am Handgelenk packte. Seine feingliedrigen Finger waren nicht einmal lang genug, um es zu umschließen.

»Monsieur … Brandenburg? N'est-ce pas?«

»Fast richtig. Kriminalkommissar Brandenburg, wenn ich bitten dürfte, und nun lassen Sie mich meine Arbeit verrichten.«

»Pardon. Commissaire Brandenburg, dürfte ich die Papiere sehen?« Seine Lippen waren dicht an Nikolas' Ohr. »Ein Commissaire. Alleine?«, lachte er leise. »Sie sind kein guter Schauspieler.«

Er hatte es ihm gesagt! Herr im Himmel, er hatte Rohn gesagt, dass dies nicht die übliche Vorgehensweise war.

Der alte Feldwebel hatte lediglich den Kopf geschüttelt. »Wir brauchen nur eine kleine Ablenkung, Nikolas. Diese paar Milice-Idioten liegen schneller auf dem Boden, als du gucken kannst. Also stell dich nicht so an, Kommissar.«

Zeit für Plan B.

Erst war es ein Röcheln, das über Nikolas' Lippen kam. Wenige Sekunden später entwickelte sich daraus ein Husten, er musste sich den Bauch halten. Für einen Moment hielt er sich am Hauptmann fest, ehe er in sich zusammensank und mit dem Gesicht auf dem warmen, staubigen Fabrikboden landete. Zwei Milizionäre kamen sofort auf ihn zu, drehten ihn auf den Rücken und lösten die obersten Knöpfe seines Hemds. Französische Worte wurden durcheinandergebrüllt, die Männer fächerten ihm sogar Luft zu und stützten seinen Kopf ab. Seine Lider waren halb geöffnet, als er die beiden Frauen und die drei Kinder erblickte. Ihre Augen waren flehend und voller Schmerz. Wussten sie, was als Nächstes geschehen würde?

Die Milice war in Aufruhr. Alle, bis auf Hauptmann de Bale. Beinahe gelangweilt beugte er sich zu Nikolas herab und holte die Papiere aus seiner Innentasche heraus. Ausdruckslos überprüfte er jedes einzelne, ließ die Blätter anschließend auf Nikolas herunterregnen.

Als die Männer de Bales Reaktion sahen, stellten sie ihre Hilfe sofort ein und richteten stattdessen ihre Gewehrläufe auf Nikolas.

»Ich muss mich bei Ihnen entschuldigen, Monsieur Commissaire. Sie sind nicht nur kein guter acteur. Ihr Spiel ist désastreux.« Ohne mit der Wimper zu zucken, wandte er sich an seine Männer: »Tuez-le!«

Trotz seiner eingeschränkten Französischkenntnisse wusste Nikolas genau, was diese zwei Silben bedeuteten.

Diese Worte hatte er hier im besetzten Frankreich als Erstes gelernt. ›Tötet ihn!‹

Das war es also. Die Männer luden ihre Gewehre durch. Der Milizionär, der ihm eben noch die Knöpfe geöffnet hatte, trat an ihn heran. Seine Augen waren leer, als er auf sein Gesicht zielte. Nikolas schlug das Herz bis zum Hals, als der Mann plötzlich zusammenklappte, auf ihn fiel und warmes Blut sich auf Nikolas' Hemd ergoss. Die Zeit schien langsamer zu laufen, die Schreie und krachenden Schüsse drangen nur gedämpft an seine Ohren, als wäre er von Watte umhüllt.

Erst dann bemerkte Nikolas das Mündungsfeuer von allen Seiten. Zwei der Milizionäre wollten den Befehl des Hauptmanns offensichtlich nach wie vor ausführen, gingen in Deckung und schossen auf ihn. Der Leichnam, der auf ihm lag, bot ihm Schutz. Nikolas stemmte den leblosen Körper etwas nach oben, kroch darunter hervor und versteckte sich dahinter, so gut es ging. Aus dem Augenwinkel sah er, wie die Résistance die Fabrikhalle stürmte. Aus sämtlichen Richtungen sausten Projektile über seinen Kopf hinweg, die Milice wehrte sich nach Leibeskräften, schoss wild umher, jedoch bot die Halle nur wenige Möglichkeiten, in Deckung zu gehen.

Immer mehr Männer schrien herum. Einem Milizionär wurde in den Fuß geschossen, er klappte wenige Meter neben ihm zusammen, hielt sich die klaffende Stelle und brüllte vor Schmerz. Die blauen Augen des Mannes brannten sich in Nikolas' Verstand. Er war höchstens 20, vielleicht sogar jünger. Beinahe noch ein Kind. Dass hier Franzosen auf ihre Landsleute schossen, verdrängte er in diesen Sekunden. Die Salve eines Maschinengewehres ließ Funken sprühen, Nikolas drängte sich noch dichter an die Leiche, um Schutz zu suchen. Dann verstummten die Schreie des jungen Mannes. Sein Blick war leer, von seiner Schläfe suchte sich Blut den Weg auf den staubigen Boden und wurde schnell zu einer roten Lache.

»Nikolas!«

Durch die Schreie der Sterbenden hindurch hörte er Claires Stimme. Mit ihrer zierlichen Statur ging sie zwischen den ganzen stämmigen Kerlen beinahe unter. Allen voran Rohn, der einen fast widerwärtigen Spaß an der Aktion hatte. Mit einer kleinen Gruppe näherte er sich, schoss im Lauf sein Magazin leer und hechtete hinter einen Holzverschlag. Sofort waren zwei Milizionäre zur Stelle. Die Einschläge ihrer Projektile ließen das Holz splittern. Einer der Männer machte den Fehler, sich Rohn bis auf wenige Fuß zu nähern. Der ehemalige Feldwebel sprang aus seiner Deckung hervor, rammte das Schulterstück seiner Waffe mit voller Wucht gegen die Stirn des Mannes. Der Franzose klappte sofort zusammen, Rohn nahm seine Pistole aus dem Gürtelhalfter und beendete die Schmerzen des Milizionärs mit zwei Schüssen in den Kopf.

Die raspelkurzen Haare des Hünen glänzten im Schein der wenigen Lichtquellen, welche die Fabrik erhellten. Den Blick immer noch auf den Toten vor sich gerichtet, bemerkte Rohn den zweiten Milizionär nicht. Mit der Waffe im Anschlag näherte dieser sich von hinten. Nikolas konnte sich endlich aus seiner Schockstarre lösen, schob die Leiche des Mannes beiseite und rief laut nach Rohn. Doch der reagierte nicht. Nikolas zog seine Waffe und bemerkte, dass seine Hand stark zitterte. Im Gegensatz zu Rohn war er keine fleischgewordene Tötungsmaschine. Hastig zielte er auf den Milizionär, gab drei Schüsse ab und rief dann wieder wie von Sinnen Rohns Namen. Es half alles nichts.

Der Soldat näherte sich Rohn, suchte sich eine freie Schussbahn und legte das Gewehr an. Im nächsten Moment fiel er wie ein nasser Sack zu Boden. Hinter ihm kam Claire zum Vorschein. Ihre brünetten Haare hatte sie streng zu einem Zopf gebunden, der schwarze Rollkragenpullover schmiegte sich eng an ihre Haut. Der Blick war eiskalt, als sie ihre Waffe senkte und mit Rohn in Deckung ging.

Manchmal vergaß Nikolas, dass auch ihr das Töten im Blut lag. Wenn Rohn eine Tötungsmaschine war, musste sie ein Todesengel sein. Ihre Haut war beinahe weiß, ihr Blick durchdringend, wenn sie einen Deutschen tötete. In ihren Augen blitzte dann dieser Hauch von Wahnsinn, diese Spur des Verrückten. Doch auch sie hatte eine andere Seite, die Nikolas kennen- und lieben gelernt hatte. Er hatte erfahren, dass ihre Eltern vor vielen Jahren von der Gestapo ›abgeholt‹ worden waren – in dieser Nacht war etwas in Claire zerbrochen. Bis heute hatte er es nicht geschafft, die Scherben zu kitten. Wenn die Milizionäre weiter vorrückten, würde er keine Gelegenheit mehr dazu bekommen. Die Résistance hatte mit höchstens einer Handvoll Mitglieder der Milice française gerechnet. Die Sache hatte schnell, sauber und ohne viel Aufsehen beendet werden sollen. Dass es hier zu einem Häuserkampf kommen würde, hatte niemand geahnt.

»Nikolas!«, schrie Claire aus Leibeskräften. »De Bale! Er entkommt!«

Aus dem Augenwinkel konnte Nikolas einen Schatten erkennen, der in den Vorraum flüchtete. Ohne Pause beschossen sich Milice und Résistance, und er war der Einzige hinter den feindlichen Linien. Claire versuchte, aus der Deckung zu kommen, schoss mehrmals in Richtung der Milizionäre, zog sich aber schnell wieder zurück, da ihre Gegner sie unter Dauerbeschuss nahmen. Es gab keine andere Möglichkeit. Nikolas duckte sich und versuchte, den Vorraum zu erreichen. Mehrmals schlugen Geschosse neben ihm ein und Splitter bohrten sich in seine Wange. Das Blut rauschte in seinen Adern, als wäre es flüssiges Feuer, und seine Lunge brannte, während er in Richtung des Raums hechtete. Der Staub des Bodens bedeckte seinen Anzug, als er endlich die Tür hinter sich schließen konnte. Augenblicklich wurde es ruhiger.

Für seinen Geschmack zu ruhig. Als er sich umdrehte, erkannte er den Grund.

Fünf Widerständler und drei Milizionäre lagen von Kugeln durchsiebt vor ihm. Während innen der Kampf tobte, war augenscheinlich auch hier das Schicksal mehrerer Männer besiegelt worden. Er hatte sich schon gewundert, warum Rohn nicht von allen Seiten stürmen ließ. Die traurige Erklärung lag in Form von acht Leichen vor ihm. Nikolas' Magen drehte sich um. Noch immer hatte er sich nicht an diesen Anblick gewöhnen können.

In Düsseldorf war er ein normaler Ermittler gewesen. Einbruch, Diebstahl, Bagatelldelikte – und jetzt dieser Wahnsinn.

Hastig sah er in die Gesichter der Männer. Pierre de Bale war nicht dabei. Er musste es bis nach draußen geschafft haben. Vorsichtig öffnete er die eiserne Außentür. Obwohl nach wie vor Schüsse zu hören waren, wollte anscheinend keiner der Anwohner Notiz davon nehmen. Natürlich nicht. Fensterläden waren geschlossen worden und das Licht gelöscht. Nikolas konnte es ihnen nicht verübeln. Er hätte ebenso gehandelt.

Ein warmer Windhauch begrüßte ihn, als er aus der Halle trat. Sein nasses Hemd klebte an seinem Bauch. Kurz befühlte er die rote Flüssigkeit auf dem Stoff, welche sich merklich abgekühlt hatte. Während er die Finger aneinanderrieb, entdeckte er Blut auf dem Boden. Die Spur war nicht besonders deutlich, doch sie reichte aus, um einen ehemaligen Kriminalkommissar aufmerksam werden zu lassen. Mit der Waffe im Anschlag folgte er der Blutspur. Nach und nach wurden die roten Tropfen auf dem Asphalt dicker. Nikolas beschleunigte seine Schritte. Im Gehen dachte er an seine Zeit in Düsseldorf zurück, an die beruhigende Normalität, welche dieser Lebensabschnitt mit sich gebracht hatte. Damals hatte er so etwas wie eine Existenz gehabt. Natürlich, er hatte im Schatten seines Vaters gestanden, dem großen Kommissar Brandenburg, und er hatte eine Verlobte gehabt, die ihn nicht liebte, aber alles in allem war es ein passables Leben gewesen. Viel hatte sich seitdem geändert.

Seine damalige Verlobte Lisa war zu seinem ehemaligen Chef gezogen. Sein Vater war kein Polizist mehr, sondern nur noch ein alter, verbitterter Mann. Im bröckelnden Reich war Nikolas ein Verräter, krankes Fleisch, das vom Körper abgetrennt werden musste. Es fühlte sich an, als hätte er in Deutschland kein Leben mehr und hier in Frankreich nie eines gehabt.

Mit aller Macht drängte er die Gedanken beiseite. In dieser hitzigen Sommernacht waren die Straßen wie leergefegt. Kaum jemand traute sich mehr hinaus, lediglich diejenigen, die etwas zu erledigen hatten. So wie er.

Zwei Lagerhallen weiter endete die Blutspur. Nikolas lehnte sich an die Wand, die Sauer 38H schussbereit vor der Brust. Vor ihm lag eine schmale Gasse. Falls de Bale hier hineingeflüchtet war, hatte er seinen Rückzugsort gut gewählt. Die Gasse lag im Dunkeln, während die

Hauptstraße, aus der Nikolas in die düstere Seitenstraße zu spähen versuchte, beleuchtet war. Vorsichtig machte er einen Schritt in die Gasse. Nichts geschah. Vielleicht hatte er sich geirrt? Sollte er die Spur noch einmal genauer betrachten? Eventuell hatte sich der Verwundete in einen Hausflur …

Als sich wenige Zentimeter neben seinem Kopf eine Kugel in die Steinmauer bohrte, waren alle Bedenken weggewischt. Ohne nachzudenken, schoss er in die Dunkelheit, gab unkontrolliert drei Schüsse ab und brachte sich schließlich aus dem Schussfeld, indem er sich auf einen Haufen Abfall warf. Nagetiere flüchteten fiepsend. Mit dem Gesicht landete er auf etwas Lebendigem. Auch ohne Licht wusste er, dass es Maden waren. Ein bestialischer Geruch stieg ihm in die Nase. Während seine Augen wie im Fieberwahn die Dunkelheit absuchten, wischte er sich die Maden aus dem Gesicht. Zumindest bot ihm dieser Ort Sicherheit. In diesem Augenblick bemerkte er ein Stöhnen, das aus der Gasse kam. Irgendwo da vorn war de Bale.

Nikolas hatte keine andere Wahl. Er griff in den Klumpen aus Maden und drückte seine Hand tief in den Kompost, bis er etwas Hartes zu fassen bekam. Vielleicht war es verschimmelter Kohl oder ein altes Brot, er konnte nicht genau sagen, was er da in der Hand hielt. Den Haufen warf er an die gegenüberliegende Wand. Sofort krachten Schüsse in der Dunkelheit. Nikolas duckte sich und zählte mit. Drei, vier, schließlich das Geräusch, auf das er gewartet hatte. Mehrmals hallte das metallische Klicken in der Gasse wider. Das Magazin war leer.

»Merde!«, hörte er jemanden fluchen.

Hastig sprang er auf und rannte in die Dunkelheit. Er erspähte eine Silhouette, die mit unkoordinierten Bewegungen zu flüchten versuchte. Als hätte man einer Spinne drei Beine ausgerissen.

Die Gasse beschrieb einen Bogen, sodass nun wieder Licht hineindrang. Nikolas hatte keine Mühe, de Bale zu erreichen. Noch immer hatte der Hauptmann der Milice seine Pistole in der Hand, mit der anderen hielt er sein blutendes Bein. Er hatte es notdürftig verbunden. Hechelnd lag er rücklings auf dem Boden und fixierte Nikolas.

»C'est toi! Du bist Deutscher! Heil Hitler!«, schrie der Hauptmann. »Ich habe Kinder und Frau.«

Seine Hand zitterte, als er seine Pistole fallen ließ und langsam die obersten Knöpfe seiner Uniformjacke löste. Nikolas ging einen Schritt auf den Mann zu, hielt die Pistole auf ihn gerichtet und umschloss sie so fest, dass seine Finger weiß anliefen. Statt einer Waffe kam die Geldbörse de Bales zum Vorschein. Blutrote Finger fummelten über das Leder, bis er ein Foto zu fassen bekam.

»Sieh! Camille, ma femme, und meine Kinder, Pierre und Louanne.« Seiner Stimme fehlte nun die Kraft und Sicherheit. Sie erinnerte Nikolas an die eines Jungen, der gerade im Stimmbruch war.

»Couvre-moi, ich bitte dich! Für meine Kinder.«

Nikolas musterte den Mann. Der dünne Spitzbart war akkurat rasiert worden. Die dunklen Haare hingen ihm feucht ins Gesicht und seine Hand mit dem Foto war Nikolas entgegengestreckt. Behutsam näherte er sich dem Milizionär.

Das Foto zeigte ein beinahe klischeehaftes Familienidyll. Der Hauptmann auf der Fotografie lächelte, hatte seinen Sohn auf dem Arm, während seine hübsche Frau auf dem Stuhl neben ihm saß. Die Tochter war ein Lockenkopf, schmiegte sich eng an die Mutter und winkte dem

Fotografen fröhlich zu. Auf dem Bild trug de Bale keine Uniform, sondern eine Hose mit weißem Hemd und Hosenträgern. Er sah aus wie ein Milchmann oder ein freundlicher Bauer, der zwar zu klein geraten war, aber hart arbeitete, um seine Familie zu ernähren. Kaum zu glauben, dass dies derselbe Mann sein sollte, der noch vor wenigen Augenblicken zwei Familien gefoltert hatte.

Der Krieg holt aus uns allen das Schlimmste hervor, dachte Nikolas. Die Pistole zitterte stärker und er hatte das Gefühl, als würde sie Tonnen wiegen.

»Bitte«, flehte der Hauptmann erneut. »Für meine Familie.«

Er sollte ihn töten. Das Ganze hier und jetzt beenden. Das war der Auftrag, aus diesem einzigen Grund war die Résistance hier!

Nikolas hatte schon einmal gemordet. Vor einem halben Jahr im Werk der IG Farben in Leverkusen. Doch damals war es anders gewesen. Sein Gegenspieler hatte seinen besten Freund getötet. Der Hass hatte sich über Wochen aufgebaut, bis er sich in diesem finalen Akt entladen hatte. Von Varusbach, so der Name des Mannes, war ein Monster, das nichts anderes verdient hatte als den Tod. Aber der große Unterschied war: Von Varusbach hatte nicht bettelnd auf dem Boden vor ihm gelegen.

Dieser Mann hier hatte ein Heim, eine Frau, die vor Trauer zusammenbrechen würde, sollte ihrem Mann etwas zustoßen, und zwei kleine Kinder, denen sie erklären müsste, dass ihr Vater nicht zurückkäme und jetzt im Himmel sei.

Hunderte Gedanken schossen Nikolas durch den Kopf. Wie das kleine Mädchen wohl reagieren würde? Hatten die Eltern sie darauf vorbereitet? Würde sie weinen? Schreien? Oder würde sie sich gar nicht rühren und in stiller Trauer diesen unendlich großen Verlust erdulden?

Der Hauptmann hielt das Foto wie Nikolas zuvor seinen Ausweis. Schweißperlen suchten sich den Weg nach unten und verfingen sich im Bart des Mannes. Langsam kroch er vorwärts, die Augen auf Nikolas gerichtet. Es gelang ihm, sich in die Straße zu schleppen. Dabei schleifte er mit seiner Uniform über den Boden und verursachte ein schabendes Geräusch, das die kleine Gasse erfüllte. Nikolas blieb wie angewurzelt stehen. Er war nicht wie die anderen, Töten hatte man ihm nicht beibringen können. Und doch drängten sich mit jeder Überlegung Claires Erzählungen in sein Bewusstsein. ›Der Kleine‹ war der Folterknecht der Milice, verdammt. Reiß dich zusammen, Nikolas!, ermahnte er sich selbst.

Er wollte abdrücken. Es wäre nur eine kleine Bewegung gewesen. Kaum der Rede wert. Doch er brachte es nicht über sich. Sein Mund war staubtrocken und glich einer Wüste, als er die Waffe senkte.

»Merci … merci«, flüsterte de Bale atemlos und kroch ein paar Meter in die Straße hinein. Plötzlich hielt er inne und seine Augen weiteten sich, als blickte er dem Unausweichlichen persönlich ins Antlitz.

»Non, non«, war das Einzige, was über seine Lippen drang.

Erst jetzt bemerkte Nikolas, wo der Mann hinstarrte. Vor ihm stand Claire, bereit zur Exekution, sah aber nicht de Bale an, sondern Nikolas. Einige Sekunden lang musste er dem Blick ihrer rehbraunen Augen standhalten, schließlich stapfte sie die wenigen Schritte auf de Bale zu und hob ihre Waffe. Zwei Kugeln ins Gesicht machten aus dem flehenden Menschen einen leblosen Körper. Dann drehte sich Claire zu Nikolas um.

»Du hättest ihn laufen lassen, n'est-ce pas?« Ihre Stimme war von Enttäuschung getränkt.

Nikolas seufzte tief. »Ich kann keinen Menschen töten, der wehrlos vor mir auf dem Boden liegt.«

Claire ging energisch an ihm vorbei. »Wir sind im Krieg, Nikolas. Vielleicht solltest du es lernen.«

Er hatte keine andere Möglichkeit, als seiner Geliebten nachzusehen, wie sie in der Dunkelheit der Gasse verschwand. Er wollte etwas sagen, ihr nachlaufen, doch als plötzlich Rohn ins Licht trat, hielt er inne. Nikolas setzte sich auf den Boden. Sein Hemd klebte, ein dünner Film aus Schweiß hatte sich über seinen Körper gelegt und einige Maden fielen vom Ärmel seines Jacketts herab. Es kostete ihn alle Kraft, hochzusehen. Rohn hatte die Arme überkreuzt, in der einen Hand eine Waffe, in der anderen einen getrockneten Strauß Gänseblümchen. Er würde den Strauß auf de Bales Leiche legen. Als Mahnmal für alle, die dieses Land im Würgegriff hielten. Diese unscheinbaren getrockneten Blumen waren zu einem Symbol der Freiheit geworden. Jugendliche malten sie an Wände, es reichte allein die Erwähnung des Namens aus, um für die Nationalsozialisten als Bedrohung zu gelten. Nachahmer gab es genug. Doch wenn vor einer Fabrikhalle einige reichstreue Milizionäre aufgebahrt wurden, umrahmt von ein paar Gänseblümchen, würde kein Zweifel bestehen, wessen Werk das war. Ein kurzes Kopfschütteln folgte, dann wandte Rohn sich ab und ließ Nikolas allein in dieser Pariser Nacht zurück.

KAPITEL 2

– SCHMERZENDE LÜGEN –

Nikolas lag auf seiner Pritsche und starrte gedankenverloren an die Decke. Eine einzelne Kerze warf ihr goldenes Licht an die Wände seiner Kammer und flackerte, wenn er zu heftig ausatmete. Seine Hand war mit dem Blut des Soldaten beschmiert, er fand weder die Lust noch die Kraft, sich zu waschen. Sein Hemd war ebenfalls voller Blut und erst jetzt bemerkte er, wie seine Gelenke schmerzten. Sein Körper war erschöpft, kraftlos, sein Verstand hingegen hämmerte und ließ ihn nicht zur Ruhe kommen.

Hier im 17. Arrondissement de Batignolles-Monceaux gab es für die Résistance eine trügerische Sicherheit, der er sich allzu gern hingab. Jede Sekunde könnte es so weit sein, dass entweder die Milice, die Gestapo oder sogar die Wehrmacht vor der Tür stand. Für ihn gäbe es wahrscheinlich nicht einmal die Gnade einer schnellen Exekution. Ein Schauprozess wäre ihm sicher. Sie würden Gift und Galle spucken, und nachdem sich die Zeitungen und Richter des Volksgerichtshofs genug ausgelebt hätten, würde das Urteil ›Tod durch den Galgen‹ lauten. Der Henker würde die Handfesseln festzurren und die Schlinge um seinen Hals legen. Sein Leben und die Zeit im Widerstand hätten ihren dramatischen Endpunkt erreicht. Dabei würden sie jede Geste, sein Flehen und alle Tränen auf Zelluloid bannen. Die Kamera würde gewissenhaft einfangen, wie sein Körper in Richtung Erde fiel, und das Entsetzen in seinen Augen im Todeskampf filmen. Speichel und Blut würden aus dem Mund treten, braune Striemen würden bereits nach wenigen Augenblicken am Hals zu sehen sein. Irgendwann würden seine Beine aufhören zu zittern, und sein Henker würde zum letzten Akt schreiten, den er längst nicht mehr mitbekäme. Mit einem Ruck würde er seine Hose herunterziehen, damit jeder erkennen konnte, dass sich sein Schließmuskel gelockert hatte. Er kannte die Vorgehensweise. Oft genug war sie in Paris ausgeübt worden. Keine schöne Vorstellung.

In seine düsteren Gedanken hinein ertönten plötzlich Schritte auf dem Gang. Dann erstarb das Geräusch. Dieses Wohnhaus war hellhörig.

Sie hatten es mit Bedacht gewählt, um den Schein zu wahren. Oben lebten Familien völlig normal, doch hier im Keller hatte die Résistance ihren Verschlag. Sein Zimmer hatte die Größe einer Abstellkammer. Gerade einmal eine Matratze auf einem Holzgestell, ein kleiner Beistelltisch und ein Koffer fanden Platz. Aber man konnte in dieser Zeit nicht wählerisch sein.

Als erneut Schritte an sein Ohr drangen, richtete er sich auf. Vielleicht war es Claire? Hatte sie nach all den Wochen endlich zu ihm zurückgefunden? Er vermisste die Wärme ihrer Haut und wie ihre langen brünetten Haare seine Nase kitzelten, wenn sie sich an ihn schmiegte. Obwohl das Bett kaum Platz für eine Person bot, hatten sie sich darauf oft geliebt. Ihre Küsse waren leidenschaftlich gewesen, jede Berührung hatte ihn zum Rasen gebracht. Zumindest in der Anfangszeit. Umso mehr Frauen und Männer in die Reihen der Résistance eintraten, desto härter war ihre Arbeit. Irgendwann wusste er nicht mehr, wo sie schlief, und in den meisten Nächten nicht einmal, wo sie war. Sie blockte jedes Gespräch ab und je mehr Zeit er mit den Widerständlern verbrachte, umso fremder fühlte er sich unter ihnen.

Vielleicht suchte sie zumindest in dieser Nacht seine Nähe?

Mit einem Knarren öffnete sich das Türblatt und die Kerze erlosch beinahe.

»Claire?«

»Ich muss dich enttäuschen, Kommissar«, sagte Rohn mit einem Lächeln auf den Lippen und setzte sich auf das Bett. Das Gestell ächzte unter seinem Gewicht. »Und ich komme nicht zum Kuscheln, ein paar schöne Gedanken musst du dir selber machen.« Grinsend zog er unter seinem Hemd ein Magazin hervor und warf es Nikolas zu. »Man kann sich auch allein ganz gut amüsieren.«

Skeptisch nahm Nikolas die Zeitschrift an sich.

»›Men Only‹, ›January 1944‹«, las er laut vor und betrachtet das knallrote Titelbild. Es zeigte eine junge Blondine in der Marineuniform der Briten. Auf ihre Kopfbedeckung waren die Buchstaben ›HMS‹ gestickt. Schnell durchblätterte er das Magazin und wusste im nächsten Moment, womit Rohn die letzte halbe Stunde verbracht hatte. Beim Bild einer besonders drallen blonden Frau waren die Seiten verklebt. Ihn überkam ein Ekelgefühl.

»Ist von einem britischen Fallschirmjäger«, erklärte Rohn. »Der arme Tropf wurde angeschossen, aber wir haben ihn vor den Krauts gefunden.«

Nikolas wusste nicht, was ihn mehr irritierte – dieses Heft oder die Tatsache, dass Rohn die Wehrmachtsangehörigen als ›Krauts‹ bezeichnete. Er kam zu dem Schluss, dass es besser war, nicht darauf einzugehen. Rohn hatte seine eigenen Gesetze und er wollte sie nicht hinterfragen.

»Du bist widerwärtig«, entgegnete Nikolas und warf

ihm das Magazin gegen die Brust. »Bist du etwa deswegen zu mir gekommen?«

»Nicht ganz, Kommissar«, antwortete Rohn und atmete hörbar aus. Man sah, wie schwer ihm das Gespräch fiel, und genau das machte Nikolas stutzig. »Ich wollte mich bei dir bedanken, dass du die Sache mit de Bale heute durchgezogen hast. Die letzten Monate ... du warst uns eine große Hilfe. Die Geschichte mit Sarin-Beauté, diesem Teufelszeug, womit von Varusbach Paris einnebeln wollte ... Ich meine, ohne dich hätten wir es wohl nicht geschafft. Es gibt mehr als einen Menschen hier, der sich bei dir bedanken sollte.«

»Und warum tut es keiner?«

Rohn stand auf, stemmte die Hände in die Hüften. »Was erwartest du? Du bist ein ehemaliger Polizist und die Hälfte der Résistancemitglieder da oben denkt, dass du ein Doppelagent bist. Diese Geschichte in Leverkusen, das Werk der IG Farben, Sarin-Beauté ... Viele bezweifeln, dass es dieses Zeug überhaupt gab.«

Jetzt konnte sich Nikolas nicht mehr halten. Blanker Hass ergriff von ihm Besitz. Wutentbrannt donnerte er seine Faust gegen die Wand. »Ich habe es gesehen, Rohn. Und du auch! Da waren Dutzende Zylinder voll mit dem Zeug. Die IG Farben hatte so viel Sarin gelagert, dass es für halb Europa gereicht hätte.«

Der ehemalige Feldwebel nickte. In seinem kernigen Gesicht und an den Unterarmen zeugten unzählige Narben von Kämpfen, die er ausgefochten hatte. »Was soll ich dir sagen, Nikolas? Du bist Deutscher und warst bei der Kripo. Die da oben haben zu viele Brüder und Schwestern verloren, weil deine ehemaligen Kollegen ihnen nachts einen Besuch abstatteten.«

Das war zu viel. Nikolas stand auf, ging auf den Hünen zu und stoppte erst wenige Zentimeter vor seiner Brust. Er musste aufblicken, um in Rohns Augen sehen zu können. »Vergiss nicht, Pâquerette, auch du bist Deutscher. Bist du sicher, dass sie dir vertrauen, Gänseblümchen?«

»Dir ist wohl entfallen, dass jeder Polizist in Frankreich, ja, im ganzen Deutschen Reich den durchgedrehten Feldwebel Heinz Rohn und seine Geschichten kennt. Und wie du schon sagtest, ich bin Pâquerette – und kein Soldat mehr.«

Zumindest was das anging, musste Nikolas ihm recht geben. Früher war Rohn Soldat der 4. Kompanie der Eliteeinheit 800 ›zur besonderen Verwendung‹ gewesen. Und irgendwann war er durchgedreht, allerdings wusste niemand genau, warum. Er brachte mehrere deutsche Soldaten um und schlug sich als Phantom durch die Städte. Es wurde in Paris gesehen, in Den Haag, in Amsterdam, sogar in London. Es gab Gerüchte, er stecke mit der Special Operations Executive, der britischen nachrichtendienstlichen Spezialeinheit, und der Résistance unter einer Decke. Niemand konnte am Ende mehr sagen, was eigentlich stimmte. Mehr Mythos als Wahrheit. Zwischenzeitlich wurde er sogar für tot oder total verrückt gehalten. Das kam auf die Geschichte an. Nur Nikolas kannte die ganze Wahrheit über diesen sagenumwobenen Mann. In einem Moment der Schwäche hatte Rohn sie ihm erzählt.

»Was stimmt eigentlich? Die Geschichte, die du mir erzählt hast, oder die, die dir am besten gefällt?«

Die Gemüter beruhigten sich langsam. Rohn setzte sich auf das Bett und lehnte den Hinterkopf gegen die Wand. »Denk doch, was du willst. Wir haben andere Probleme.«

»Und die wären?«

»Ich weiß einfach nicht, was passiert, wenn die Landungsmission beginnt«, gab Rohn schließlich zu. »Wenn Paris den Franzosen zurückgegeben wird, kann vieles passieren. Du hast also mehrere Möglichkeiten, hier rauszukommen, Kommissar.«

»Du machst dir Sorgen um mich? Ist ja allerliebst.«

»Kannst du mir nicht einmal zuhören? Immerhin geht es um dein Leben, da solltest du mir zumindest einen Bruchteil an Aufmerksamkeit schenken.«

War das ein schlechter Scherz? Die Stirn in Falten gezogen und mit halb offenem Mund setzte sich Nikolas. Erst jetzt verstand er. »Du willst mich loswerden?«

»Ich will dir helfen.«

»Du konntest ja nicht einmal deinen Résistancekämpfern helfen! Wie viele sind tot? Acht oder neun?«

Rohn schüttelte den Kopf und seine Augen funkelten bedrohlich. Kurz spannte sich sein massiger Oberarm an. Würde der Feldwebel Nikolas' Kopf gegen die Wand donnern, bliebe nicht mehr viel übrig, was er beschützen könnte. Sekunden später war die Wut verflogen.

»Sie kannten das Risiko, genau wie auch du es kennen solltest. Der Kampf erfordert Opfer. Das müsstest du am besten wissen. Wie hieß dein bester Freund noch mal?«

Der letzte Satz schmerzte wie hundert Nadelstiche in seinem Herzen. Und seinen Namen auszusprechen war, als ob jemand diese Nadeln noch tiefer hineintreiben würde. »Erik Stuckmann«, flüsterte er schließlich.

»Wegen ihm hast du diesen ganzen Mist durchgemacht. Denkst du, er hätte gewollt, dass du von einem wütenden Mob nackt durch die Pariser Straßen gejagt wirst, um am Ende am Galgen zu landen?«

»Ich dachte, du kümmerst dich darum, dass Derartiges nicht geschieht?«

Abfällig schüttelte Rohn den Kopf. »Wenn ich dann noch am Leben bin. Wer weiß, was hier in Paris passiert. Vielleicht wird die Belagerung Wochen dauern, um nicht zu sagen Monate. Es braucht nur einen fanatischen General, der den Führerbefehl ernst nimmt, die Stadt bis auf den letzten Mann zu verteidigen.«

»Du willst mich also loswerden?«

»Ich will, dass du deine Möglichkeiten durchgehst.«

»Was sagt Claire dazu?«

So kannte er Rohn gar nicht. Es schien, als würden ihm die Worte fehlen. Mehrmals leckte er sich über die Lippen, wich seinem Blick aus, bevor er endlich antwortete. »Nikolas, es war ihr Vorschlag.«

Ein Bauchschuss hätte nicht schmerzhafter sein können. Nikolas lehnte sich zurück. »Sag doch gleich, dass ich euch nicht mehr von Nutzen bin.«

»Das ist nicht wahr. Aber wir haben wirklich keine Ahnung, was passiert, wenn die Alliierten die Stadt unter Beschuss nehmen. Paris ist ein Pulverfass, die Menschen hungern und immer mehr schließen sich der Résistance an. Die Lunte brennt und ich kann dir nicht sagen, ob wir imstande sind, sie zu löschen. Bald wird die Bevölkerung ihre Chance erkennen. Sie wird streiken und sich nicht mehr scheuen, die Besatzungsmacht offen anzugreifen.« Rohn schnaubte verächtlich. »Es wird Vergeltungsaktionen geben und niemand kann sagen, was passiert. Deshalb würden wir dich lieber in Düsseldorf sehen. Auch weil …«

»Weil was? Die Chance höher ist, dass ich auf dem Weg aufgegriffen und als Verräter gehängt werde?«

»Weil ich dort jemanden brauche, dem ich vertrauen kann.«

Nikolas stutzte. Er schwankte zwischen Enttäuschung und regem Interesse. »Wieso das?«

»Wir haben einen Informanten in der Stadt. Kein Name, keine Adresse, du kennst das Spiel. Sollte er Hilfe benötigen, werden wir ihm mitteilen, dass er sich an dich wenden kann. Wenn alles gut läuft, wird er sich nie bei dir melden, wenn doch, hilf ihm. Es geht um eine große Sache.« Rohn lächelte, fuhr sich mit beiden Händen über das Gesicht. »Eine sehr große. Aber nur wenn du einverstanden bist, natürlich.«

»Und wie komme ich nach Düsseldorf? Zwischen hier und dem Rhein befindet sich die halbe Wehrmacht.«

»Das lass mal unsere Sorge sein. Wir haben schon unzählige Male jemanden aus dem Reich geschmuggelt – warum nicht rein?« Rohn erhob sich. Erneut knarrte das Bett und der flackernde Kerzenschein warf seinen mächtigen Schatten an die Wand. »Also, was sagst du?«

Großartige Aussichten. Er hatte die Seiten gewechselt, kämpfte für die Résistance und wurde von eben dieser zurück in die Gluthölle geschickt, der er eben erst entflohen war. Laut der BBC war die deutsche Ostfront mit dem Verlust der Heeresgruppe Mitte vor einem Monat zusammengebrochen. 28 Divisionen hatte das Oberkommando abschreiben müssen. Nikolas hatte nicht die geringste Ahnung, was Stalin nun vorhatte. Würde er seine Grenzen sichern, den Amis und Tommys den Vorzug lassen oder direkt auf Berlin zumarschieren, um das Prestige für sich zu beanspruchen?

Gut möglich, dass es Deutschland in wenigen Monaten nicht mehr gab. Wenn die Alliierten einen Bauernstaat aus dem Reich machten, könnte er immer noch auf dem Land arbeiten. Zumindest, wenn er die Repressalien überleben würde. In seiner Rechnung gab es unzählige Unbekannte und eine davon war der Führer des Tausendjährigen Reichs, das bisher gerade einmal elf Jahre überdauert hatte.

»Was plant das Oberkommando?«

Rohn winkte ab. »Ich habe nicht viele Informationen und die wenigen kann ich nicht mit dir teilen. Wie gesagt, du kennst das Spiel. Es ist besser, wenn du nicht ins Vertrauen gezogen wirst.«

»Arbeiten die Nazis wieder an der Sarinherstellung?«

Rohn kratzte sich am Kopf, sein Blick war Richtung Decke gerichtet. »Ich kann dir nichts sagen, Kommissar. Und du weißt das. Also, wie ist deine Entscheidung?«

Nikolas holte aus seinem Koffer ein frisches Hemd, zog es hastig an und warf sich das Jackett über. »Ich will vorher mit Claire reden. Hast du eine Ahnung, wo sie steckt?«

Er zuckte mit den Schultern. »Wo wohl?«

Rohn brauchte kein weiteres Wort zu sagen. Nikolas wusste, was er damit meinte.

*

Die Kapelle hätte man leicht übersehen können. Mit ihren sandigen Backsteinen versteckte sie sich in einer Häuserreihe und wurde nur von denjenigen entdeckt, die wirklich nach ihr suchten. Die Saint-Joseph-des-Épinettes war bisher vom Krieg verschont geblieben. Nikolas hoffte, dass es so bliebe.

Seine Schritte hallten im Treppenaufgang wider, als er die Salem-No.-6 wegschnippte. Er musste Kraft aufwenden, um die gusseiserne Klinke herunterzudrücken. Im

Innenraum kündeten lediglich ein paar entzündete Kerzen davon, dass hier jemand gewesen sein musste. Die Bänke säumten den Mittelgang wie aufgereihte Soldaten bei einer Parade. Schatten mächtiger Kreuze flackerten im Kerzenschein auf den Bögen der Kapelle. Nikolas lief ein Schauer über den Rücken. Irgendetwas an diesem Ort war unheimlich, er fühlte sich beobachtet und zuckte zusammen. Als hätte eine unsichtbare Macht ihm kalt über die Schulter gestreichelt. Erst dann entdeckte er sie. Sie kniete in der ersten Reihe, die Hände zum Gebet gefaltet. Ihre glänzenden Haare fielen ihr auf die Schultern. Als er sich ihr näherte, bemerkte Nikolas, dass sie nach wie vor den engen schwarzen Rollkragenpullover trug. Anscheinend hatte auch sie keine Muße gefunden, sich umzuziehen und frisch zu machen. Wortlos setzte er sich neben sie. Die Sekunden wurden zu Minuten.

»Die Entscheidung fiel mir nicht leicht«, hauchte sie tonlos.

»Und trotzdem hast du sie getroffen.«

»Oui. Ich musste. Es ist besser für uns beide.«

Als er die Worte aus ihrem Mund hörte, hatte er das Gefühl, ein Schraubstock würde sein Herz zerdrücken. »Besser für uns beide?«

Claire setzte sich neben ihn und er konnte in ihre rehbraunen Augen und das engelsgleiche Gesicht blicken. Eine Träne hatte sich gelöst und lief ihre Wange hinab. »Ich konnte nicht anders. Du bist hier nicht sicher und wir brauchen jemanden in Düsseldorf.« Sie lehnte sich an ihn und ergriff seine Hand. Ihre Finger waren eiskalt. »Verzeih mir, aber ich will nicht, dass dir etwas zustößt.«

Hatte er gerade richtig gehört? Sein Kopf brauchte einige Augenblicke, um ihre Worte zu verarbeiten.

»Du machst dir Sorgen um mich und deshalb schickst du mich nach Deutschland?«

Ihre Stimme war wie dünnes Eis, kalt und doch zerbrechlich. »Hätte de Bale heute die Gelegenheit gehabt, würdest du nicht hier sitzen. Es ist nicht dein Kampf, Nikolas, hier geht es um Größeres. Etwas, das es zu verhindern gilt.«

Gelegentlich vergaß er, dass hinter dem wunderschönen Äußeren dieser jungen Frau eine kühl berechnende Analytikerin steckte, mit einer speziellen Vorliebe für das Töten von SS-Offizieren. Sie war Expertin für solche Dinge. Das Schicksal hatte sie zu dem gemacht, was sie heute war. Ein Todesbote, mit dem Gesicht eines Engels. Durch geschicktes Taktieren erreichte sie, was vorher unerreichbar schien. Sie spielte mit der Wahrheit, indem sie mehrere mögliche Versionen zu einer einzigen vermischte.

Aber Nikolas kannte Claires andere Seite. Die des verletzlichen Mädchens, das viel zu früh seine Eltern verloren hatte und in dem sich so viel Hass und Wut stauten.

»Geht es hier wirklich um mich oder um deinen persönlichen Rachefeldzug?«, wollte Nikolas wissen. »Wie viele möchtest du noch töten, um deine Eltern zu sühnen?«

Weitere Tränen lösten sich, während sie heftig ihren Kopf schüttelte. Die Worte taten ihm bereits leid, als er sie ausgesprochen hatte.

»Denkst du, dass es einfach ist?«, schluchzte sie, die Augen nicht von ihm nehmend. »Als die Deutschen meine Eltern holten, wollte ich jeden töten, der eine Nazi-Uniform trug. Bei den ersten Malen war es noch schwierig, diesen jungen Männern beim Sterben zuzusehen. Irgendwann waren es für mich nur noch Feinde in braunen und schwarzen Uniformen. Namenlose Verbrecher. Anonyme Mörder.«

Er hatte diese Worte schon einmal von ihr gehört. Claire holte ein Taschentuch hervor und schnäuzte sich die Nase. »Merde! Und dann kamst du und alles änderte sich. Ich sage dir, Nikolas, es wird nicht einfacher, aber es muss getan werden. Genau wie du nach Düsseldorf reisen musst, um …« Die Worte gingen in ihren Tränen unter.

Zärtlich legte er eine Hand auf ihre Schulter. Zu gern hätte er sie geküsst, ihr Trost gespendet und gesagt, dass alles gut werden würde. Aber er wusste nicht, ob das der Wahrheit entsprach. Er wollte sich nicht mit einer Lüge verabschieden. »Du willst also, dass ich gehe.«

Ein kurzes Nicken beendete seine Überlegungen. Claire rückte ein Stück an ihn heran, drückte ihm einen Kuss auf die Lippen und streichelte sein Gesicht. Ihre Haut war wie Eis, während ihre Tränen sich wie flüssiges Feuer anfühlten.

»Egal, was ich getan habe oder tun werde, ich werde dich nicht vergessen. Diese Zeit ist vielleicht nicht für die Liebe gemacht.«

Hatte sie womöglich sogar recht? Der Krieg verschlang all das Gute und die Hoffnung. Übrig blieb eine Kälte, die immerwährend nach den Seelen der Menschen griff. Sie erdrückte die Gemüter, verbreitete Schrecken und Schmerz, bis nichts mehr übrig blieb außer blanker Angst.

»Wir können es zusammen durchstehen.« Es war ein letzter, verzweifelter Versuch, zu dem er sich hinreißen ließ.

Sie senkte ihren Kopf und schüttelte ihn leicht, eine Träne löste sich von ihrer Wange, landete auf der Holzbank.

»Diese Aufgabe müssen wir alleine bewältigen.« Zitternd ließ sie seine Hand los und stand auf. »Au revoir, chéri.«

Nikolas blieb allein zurück. Er war nie gläubig gewesen, aber vielleicht war dies kein schlechter Zeitpunkt, seine Einstellung zu ändern. Als die Kirchentür ins Schloss fiel, kniete er sich hin und betete. Zum ersten Mal in seinem Leben.

KAPITEL 3

– FREMD ZU HAUSE –

Rohn hatte bereits alles organisiert.

Obwohl er gesagt hatte, dass er erst alle Optionen mit Nikolas durchgehen wolle, war die Entscheidung längst gefallen. Nachdem Nikolas von der Kirche zurückgekommen war, hatte sein Koffer bereits gepackt im Zimmer gestanden. Zwei von Rohns Leuten begleiteten ihn nach draußen. Für eine Verabschiedung blieb keine Zeit. Das Netzwerk der Résistance war engmaschig. Die Menschen hungerten, für einen Laib Brot und ein bisschen Käse war es ein Leichtes, ein Bett für die Nacht und einen sicheren Unterschlupf zu bekommen. Der Hass auf die Deutschen tat sein Übriges.

Ein Lastwagen nahm ihn mit nach Straßburg. Nikolas hatte keine Ahnung, warum der Fahrer wusste, wie man den deutschen Schlagbäumen und Kontrollen auswich, aber er brachte ihn mit schlafwandlerischer Sicherheit zum Ziel. Dort übergab er Nikolas in die Obhut der Kontaktperson. Der Mann, der ihn in Empfang nahm, hörte auf den Namen Fritz, sprach flüssig Deutsch mit leichtem französischem Akzent. Nikolas glaubte nicht, dass dies sein richtiger Name war, fühlte sich aber zu erschöpft, um nachzufragen. Von Fritz bekam er einen gefälschten Ausweis. Von nun an hieß er Adolf Dunkel, war ebenfalls Kriminalkommissar. Was für ein bescheuerter Name. Doch Nikolas war es gleich, wie er sich nennen musste, um von diesem Ort wegzukommen.

Gemeinsam übernachteten sie auf einem Bauernhof in der Nähe von Straßburg. Als der Tag seine ewige Schlacht mit der Nacht verlor und sich Finsternis über die Reichsstadt senkte, schnarchte Fritz so laut wie eine Lokomotive. Nikolas hingegen fand keinen Schlaf. Vor ein paar Monaten hatte er sich entschieden, in Frankreich zu bleiben. Er hatte zu viel gesehen, die Taten seiner Landsleute lagen wie ein dunkler Fleck auf seinem Gewissen. Schließlich hatte sein Ethos gewonnen und gleichzeitig verloren. Wie viele junge Deutsche waren ums Leben gekommen, als er mit der Résistance das Werksgelände der IG Farben gestürmt hatte? Nur von Varusbach, diesen Teufel in der Uniform eines Obersturmbannführers, hatte er vorsätzlich getötet. Alles andere lag im Schatten und würde ihm bis zum Jüngsten Gericht verborgen bleiben. Wenn der Allmächtige dann seine Sünden aufzählte und ihm ewige Höllenqualen auferlegte, wäre klar, dass Nikolas die falschen Entscheidungen getroffen hatte.

Tief in seine Gedanken versunken, lehnte er an der Scheune, beobachtete die Stadt und zog an seiner Zigarette. Als das Reich Polen angegriffen und innerhalb von drei Tagen erobert hatte, war Straßburg evakuiert worden. Nikolas konnte sich das kaum vorstellen – eine ganze Stadt, menschenleer. Bis zum Einmarsch der Wehrmachtstruppen 1940 hatte sich niemand hier befunden. Was für ein Gefühl es wohl sein mochte, durch komplett verlassene Straßen zu gehen? Vor seinem geistigen Auge erhob sich eine Geisterstadt. Als die Bewohner zurückgekehrt waren, begannen die Nazis mit Eifer, Straßburg zu germanifizieren. Sie waren ihrer Sprache beraubt worden und hatten ab sofort Deutsch zu sprechen. Französische Straßennamen wurden gestrichen sowie Vereine und Versammlungen verboten. Nikolas fragte sich, ob dieser Stadt dasselbe Schicksal zuteilwerden würde wie so vielen anderen Städten auf dem Weg nach Berlin. Es war unklar, ob das Stadtbild in wenigen Monaten noch so aussehen würde. Die Chancen dafür standen schlecht. Vor allem, da im März 1941 der französische General Leclerc befohlen hatte, ›die Waffen erst niederzulegen, wenn unsere schönen Farben auf dem Straßburger Münster wehen‹. Die Hoffnung der Bewohner auf Befreiung musste bei solchen Worten der Angst gewichen sein.

Nikolas schloss die Augen. Die Hitze hatte sich in ihn hineingefressen und wollte auch in der Dunkelheit sein Begleiter sein. Mehrere Tage hatte er sich nicht rasiert. Hier im Stroh würden Läuse und Flöhe seine Haut zerbeißen. Und doch war alles besser, als die Nacht in einer Zelle der Gestapo oder auf einem Verhörstuhl zu verbringen. Nikolas trat die Zigarette aus und legte sich ins Stroh. Vor dem nächsten Tag graute es ihm. Er musste zumindest ein paar Stunden schlafen, bevor er seinem Vater nach all der Zeit in die Augen sehen würde.

*

Sie hatten ein karges Frühstück mit der Bauernfamilie einnehmen dürfen und waren früh am Morgen aufgebrochen. Er hatte nicht die geringste Ahnung, was Rohn der Familie gesagt oder versprochen hatte. Während des gesamten Essens waren die Blicke der Eltern zu Boden gerichtet, die beiden Töchter bekam er überhaupt nicht zu Gesicht. Er hörte sie flüstern, als er einmal auf die Toilette ging. Wahrscheinlich hatten sie Angst vor ihm, einem Deutschen, von dessen Landsmännern sie so viele böse Geschichten gehört hatten. Wer sollte es ihnen verübeln – 1942 waren alle jungen Männer aus dem Elsass an die Ostfront geschickt worden.

Als sie in den frühen Morgenstunden aufbrachen, konnte er die Erleichterung der Eltern beinahe spüren. Auch sein Begleiter sprach lediglich das Nötigste mit ihm. Anspannung und Müdigkeit vermischten sich zu einem bedrückenden Gefühl. Am liebsten hätte Nikolas seinen Frust laut herausgeschrien. Mit jedem Meter, mit dem sie sich Düsseldorf näherten, wuchs sein Unbehagen. Sein Begleiter umfuhr die Straßensperren großräumig, machte wenige Pausen und achtete darauf, dass niemand ihnen im Nacken hing. Bei einer Pause entdeckte Nikolas den roten Winkel auf dem Nummernschild ihres Wagens, sogar der Stempel sah aus, als hätte ihn die Wehrersatzinspektion ausgestellt. Zudem lag der Kraftfahrzeug-Freistellungsbescheid für zivile Fahrzeuge griffbereit hinter der Windschutzscheibe des VW 82. Das Benzin wurde zwar rationalisiert, trotzdem gab es zivile Wagen, die den roten Winkel bekamen. Meistens waren es Forscher oder Industrielle, die kriegswichtige Güter produzierten.

Ab und an begegneten sie Wehrmachtssoldaten, die aber glücklicherweise keine Anstalten machten, das Feuer zu eröffnen. Vielleicht dachten sie, dass hier wirklich ein Wissenschaftler zu seinem Labor fuhr. Hauptsache, niemand sah sich die Papiere genauer an.

Als sie am Abend bis auf acht Kilometer an Düsseldorf-Oberkassel herangekommen waren, stoppte Fritz schließlich. »Bis hierhin und nicht weiter«, sagte er mit einer Endgültigkeit in der Stimme, bei der Nikolas nicht einmal den Versuch unternahm, ihn umzustimmen.

Mehrmals sah er sich um. Sein Kontaktmann hatte sich der Stadt von Westen her genähert. Er musste sich irgendwo zwischen Kaarst und Osterath befinden. Kurz vor Meerbusch und mitten in der Seenlandschaft vor Oberkassel. Ein guter Fußmarsch. Nikolas nahm seinen Koffer, befühlte die Sauer 38H unter seinem Jackett und setzte seinen Hut auf.

»Was soll ich machen, wenn ich in eine Personenkontrolle gerate?« Warum er die Frage stellte, wusste er selbst nicht, denn er kannte die Antwort bereits.

»Schießen oder laufen oder beides!«, rief Fritz und wendete auf dem schmalen Feldweg. Dann ließ er den Motor aufheulen. Es dauerte nicht lange, bis die Dämmerung den VW verschluckt hatte und Nikolas allein auf dem Feldweg war.

»Willkommen zu Hause«, murmelte er vor sich hin, als er seinen Koffer aufhob. Seine Schuhe waren von einer dünnen Dreckschicht überzogen. Sein Hosenbein war nicht mehr schwarz, sondern gelb. Erst allmählich senkte sich der Staub, den Fritz beim Wegfahren aufgewirbelt hatte, und Nikolas machte die ersten Schritte in Richtung seiner Heimatstadt. Alles fühlte sich fremd an, obwohl er hier jeden Stein kannte. Eine fiebrige Angst legte sich über ihn. Er war fremd in dieser Stadt. Ein Fremder zu Hause.

Erst in den späten Abendstunden erreichte er endlich die Stadtgrenze. Als würde die St.-Antonius-Kirche einen verlorenen Sohn begrüßen, warf sie ihren dunklen Glockenschlag über die Häuserdächer. Bis jetzt war ihm das Glück hold geblieben. Was vielleicht daran lag, dass niemand in der Dunkelheit das Haus verließ. Hier sah es wirklich schlimm aus.

Er drehte seinen Kopf in alle Richtungen. Einige Häuser hatte der Krieg zerstört. Wie schwarze Nadeln ragten die verkohlten Stützleisten in den Nachthimmel. Als hätte eine riesige Hand die Wohngebäude aus der Innenstadt herausgerissen. Dutzende Erinnerungen wurden geweckt. So sehr ihn die Sehnsucht zu seinem Elternhaus trieb, umso mehr wollte sein Körper weglaufen.

Nikolas befreite seine Kleidung vom Staub, bevor er an die Tür klopfte. »›Eduard Brandenburg‹«, las er laut vor und schüttelte den Kopf. Seit er Anfang dieses Jahres zum letzten Mal hier gewesen war, hatte sich nichts verändert. Nach wie vor blätterte der Putz von der Fassade ab und der einst gepflegte Vorgarten ähnelte eher einem Wildbeet. Im Fenster spiegelte sich sein Antlitz. Er hatte feine, beinahe zerbrechliche Gesichtszüge. Selbst sein dunkler Stoppelbart vermochte keine Härte in sein Gesicht zu legen. Dazu die verstehenden grünen Augen seiner Mutter und nicht die dunkelbraunen Augen seines Vaters, die einem direkt in die Seele blicken konnten. Wäre Mutter am Leben, vielleicht wäre vieles anders gelaufen, versuchte er sich einzureden, als er erneut klopfte. Doch sie war tot, lange Zeit schon. Ihr Verlust hatte aus seinem Vater einen verbitterten Mann gemacht, der nur noch darauf aus gewesen war, das Verbrechen zu jagen. Was wäre geschehen, wenn der Pelzhändler nicht die Kontrolle über seinen Wagen verloren hätte und sie noch am Leben wäre? Hätte Vater sich nicht in die Arbeit gestürzt und versucht, die Kriminalität im Alleingang zu besiegen? Es war das Einzige, was ihn damals am Leben gehalten hatte, und seit er sein Bein verloren hatte und somit seine Anstellung, hatte er nicht einmal mehr das.

Nikolas konnte seinen Vater mittlerweile besser verstehen. Wenn man seine Aufgabe verlor, was blieb einem dann noch? Bereits früher war er streng gewesen und hatte keine Schwäche zugelassen. »Eine Eigenschaft dieser hakennasigen Juden«, hatte er stets gesagt. Jetzt, da er ein Bein verloren hatte und das Essen ab und zu von einem alten Bekannten der Diakonie bekam, zeigte sich das ganze Ausmaß, was passierte, wenn man einem Mann alles nahm, was er liebte. Nun war sein Vater Eduard nicht mehr der allmächtige Kriminalrat, der Sturmbannführer und beste Kriminalist, den Düsseldorf je gesehen hatte, sondern ein alter Mann, der die Zeit totschlug, bis er eine neue Flasche Fusel auftreiben konnte.

Ein Hund bellte in der Nacht. Es war kein guter Einstand, hier in Oberkassel so lange vor der Tür zu warten. Bestimmt würden die Nachbarn bald auf ihn aufmerksam werden. Wie die Meyers von gegenüber, die ihn bereits als Jungen regelmäßig erwischt und verpfiffen hatten, wenn er mit Erik und Martin ihren Kirschbaum geplündert hatte. Damals dachte er, dass die Tracht Prügel seines Vaters ewig schmerzen würde. Ob die Meyers noch lebten? Zumindest ihr Haus hatte nichts abbekommen. Endlich vernahm er ein wiederkehrendes, dumpfes Klopfen auf dem Boden. Schließlich öffnete sich die Tür und er blickte in den Lauf einer alten Walther-Armeepistole.

»Guten Abend, Vater.«

Er hatte noch mehr abgebaut, seit er ihn zum letzten Mal gesehen hatte. Sein Gesicht war vom Alkohol aufgedunsen, Ringe, groß wie Wagenräder, untermalten seine Augen. Doch er überragte Nikolas immer noch, selbst auf zwei hölzerne Krücken gestützt. Wenige zurückgekämmte Haare zierten seinen Kopf. Gekleidet in ein weißes Hemd und eine graue Wollweste, war die Hose dort, wo eigentlich das linke Bein sein sollte, unterhalb des Stumpfes zugenäht.

Schleunigst steckte Eduard die Pistole in den Gürtel

und beugte sich nach vorn. Als sein Vater sich an den Türrahmen lehnte und ihn mit seiner Pranke am Oberarm packte, meinte Nikolas, er stecke in einem Schraubstock. Zumindest hatte er seine Kraft nicht verloren. Mit den Augen eines geübten Polizisten suchte er die Straße ab und winkte Nikolas herein. Vorsichtig schloss er die Tür, erst dann ging das Donnerwetter los.

»Bist du verrückt, Nikolas? Weißt du, wie viele Besuche ich von Gestapo und SS hatte?«

»Es tut mir leid, Vater, dass ich …«

»Du und deine Ausreden«, polterte er und humpelte ins Wohnzimmer. »Es ist immer dasselbe mit dir. Süße Versprechungen, die keinen Deut wert sind. Was wolltest du früher einmal werden?« Er winkte ab, wartete erst gar nicht auf eine Antwort. »Dieses Kritzeleien-Zeugs, mit dem ein Mann sowieso kein Geld verdienen kann.«

Das Klopfen der Krücken erfüllte das gesamte Haus. Ruhig, monoton, konstant.

»Architekt, Vater«, murmelte Nikolas leise zu sich selbst, als Eduard längst im Wohnzimmer angekommen war. »Architekt.«

Als er seinen Mantel und den Hut abnahm, sog Nikolas den Duft des Hauses in sich auf. Es war derselbe, der sich als Kind in seinem Geist festgesetzt hatte: der Geruch nach frischem Holz, ein bisschen herb.

Eduard saß am langen Speisetisch. Ein einzelnes Glas und eine Flasche Klarer zeugten davon, dass er hier getrunken haben musste und schließlich in dem Schaukelstuhl eingeschlafen war. Seine Fahne bestätigte Nikolas' Vermutung. Und noch etwas lag auf dem Tisch. Vaters Kriminaldienstmarke und eine Fotografie seiner Mutter. Wie viele Nächte musste er hier gesessen haben, diese Messingplatte oder das Foto zwischen den Fingern drehend. Ein trauriger, alter Mann, der sich nutzlos fühlt und den Tod herbeiwünscht. Die Lieder der Vergangenheit immer und immer wieder im Kopf abspielend, wie auf einer hängenden Schallplatte.

»Wo hast du das Zeug eigentlich her in diesen Zeiten?«, wollte Nikolas wissen und deutete auf die Flasche.

Eduard lachte auf, griff hinter sich und verstaute die Waffe in der Schublade. Er seufzte vor Aufregung, als er ein weiteres Glas auf den Tisch stellte. »Ich habe noch eine ganze Menge Freunde bei der Reichskriminalpolizei. Menschen, die mich nicht vergessen haben. Trinkst du einen mit oder besauft ihr euch in Frankreich nur mit feinstem Wein?«

Mit einer Handbewegung deutete er seinem Vater an, sein Glas zu füllen. »Auch die Menschen in Frankreich hungern.«

Ohne anzustoßen, tranken sie. Der Schnaps brannte in seiner Kehle. Erst jetzt hatte Nikolas Zeit, sich in der Wohnung umzusehen. Hier sah es genauso aus wie vor einem halben Jahr. Anscheinend besaß sein Vater noch ausreichend Kraft, um das Haus einigermaßen sauber zu halten.

»Also, mein Sohn«, grollte Eduard laut und zog dabei das letzte Wort verächtlich in die Länge. »Was willst du hier?«

Tja, was wollte er hier? Sich verkriechen, die Wunden lecken und hoffen, dass dieser Krieg bald ein Ende hatte. Er entschied sich für eine Halbwahrheit. »Die Résistance hat mir den Auftrag erteilt, hier auf einen Informanten zu warten. Eine größere Sache; es scheint, dass die Wehrmacht einen letzten Befreiungsschlag plant.«

Augenblicklich änderte sich Eduards fahle Gesichtsfarbe in ein zorniges Rot. Er nahm Nikolas' Glas und warf es ungelenk gegen die Wand. Ein Klirren erfüllte den Raum, die klare Flüssigkeit vermischte sich mit den Scherben auf dem hölzernen Fußboden. Nikolas blieb still, die Augen auf den Tisch gerichtet. Es war nicht der erste Wutausbruch seines Vaters in seinem Leben.

»Was bildest du dir eigentlich ein?«, schrie Eduard. »Wir waren eine der angesehensten Familien hier, dir standen alle Türen offen – und was machst du? Schließt dich diesen Hunden an, um gegen deine Landsleute zu kämpfen. Wer sagt, dass wir Deutschen den Krieg nicht gewinnen werden?«

»Wie wär's mit der BBC?«

Eduard schnaufte abfällig. »Scheint in den letzten Monaten dein Lieblingssender geworden zu sein. Wir haben die Wochenschau, die Tommys ihre BBC. So hat jeder seine Propaganda.« Er schenkte sich nach. »Kannst du dir auch nur ansatzweise vorstellen, wie demütigend es für mich war, alle zwei Tage die Männer der Staatspolizei bei mir im Haus zu haben?« Seine mächtige Pranke donnerte auf den Tisch. »Sieben Mal haben sie mein Haus durchsucht, Nikolas! Sieben Mal!«

Natürlich. Auch für ihn war diese Zeit bestimmt nicht einfach. Das Getuschel der Nachbarn, die Hiobsbotschaften von der Front, dazu kämpfte sein Sohn auf der falschen Seite. Schnappten sie ihn lebendig, musste er einen erniedrigenden Schauprozess gegen seinen Sohn ertragen. Im besten Fall zumindest. Im schlechtesten wäre ihm die Sippenhaft gewiss. Der einzige Sohn des mächtigen Kriminalrats ein Verräter. Für seinen Vater ein undenkbares Szenario.

Bei seinem Kreuzzug, der seinem Gewissen folgte, hatte Nikolas vergessen, wie sich diejenigen dabei fühlten, die ihm lieb und teuer waren.

»Es tut mir leid. Ich wollte dich mit meinen Entscheidungen nicht belasten.«

»Spar dir deine schönen Worte«, fuhr Eduard ihn an und trank einen Schluck. Er lehnte sich nach vorn, wie es Väter tun, wenn sie ihrem Jungen ins Gewissen reden wollen. »Sag mir, hast du Eriks Mörder gefunden? Die Sache zu Ende gebracht?«

Nikolas nickte kurz. Zumindest das schien seinen Vater zufriedenzustellen.

»Warst du an der Sache in Leverkusen beteiligt? Das IG Farben Werk, bei dem viele gute Landsleute ums Leben kamen?«

Warum lügen? Viel schlechter konnte ihr Verhältnis ohnehin nicht mehr werden. »Ich habe dazu beigetragen«, antwortete er schließlich.

Nikolas erhob sich, ging in den Flur und öffnete seinen Koffer. Als er sich auf den Platz setzte, wo er als Kind etliche Male das Mittagessen eingenommen hatte, legte er Vaters Pistole auf den Tisch. Sein Vater selbst hatte ihm die Walther PPK gegeben, als er zuletzt hier aufgebrochen war. Es war das größte Zeichen von Zuneigung, zu dem sein Vater in all den Jahren fähig gewesen war. Beim Anblick seiner alten Waffe schien Eduard in Erinnerungen zu schwelgen. Mehrere Sekunden konnte er seinen Blick nicht von der Waffe wenden, bis er sie schließlich in die Hand nahm.

»Du hast sie zurückgebracht«, stellte er fest. »Und sie wurde oft benutzt.«

»Sie hat mir gute Dienste geleistet.«

»Und du denkst, dass du sie nicht mehr brauchst?«

Nikolas zog sein Jackett zur Seite, deutete auf seine Waffe im Holster.

»Eine Sauer 38H«, bemerkte Eduard. »Nicht schlecht. Welchem Wehrmachtsoffizier hast du sie abgenommen?«

Nikolas schüttelte den Kopf. »Keine Ahnung, es ist eine Beutewaffe der Résistance.« Wie von einem Schlag getroffen, richtete er sich auf. »Wie geht es eigentlich Martin?« Seinen alten Freund, der ihn durch die finstersten Zeiten begleitet hatte, hatte er völlig vergessen.

»Gut, soweit ich weiß. Hat alle Hände voll zu tun im Klinikum. Wenigstens tut er etwas.«

Jedes seiner Worte traf Nikolas. Wieso konnte sein Vater nicht einen einzigen Satz sagen, bei dem die Anschuldigung nicht aus jeder Silbe triefte?

»Ich habe Lisa gesehen.«

Nikolas hatte gedacht, es könnte nicht schlimmer kommen. Als er den Namen seiner früheren Verlobten hörte, zog sich sein Magen zusammen. Sie hatte ihn verlassen, machte nicht einmal einen Hehl daraus, dass sie sich von ihrem Leben mehr erhoffte, und war zu seinem damaligen Chef gezogen.

»Ist sie noch mit Hauptsturmführer Luger zusammen?«

»Sturmbannführer mittlerweile. Er selbst war es, der die Hausdurchsuchungen befohlen hat. Hat mich wieder und wieder über dich ausgefragt. Aber ja, sie wollen bald heiraten.«

Jetzt war Nikolas wirklich zum Trinken zumute. Er holte sich ein neues Glas, goss es randvoll und leerte es in einem Zug. »Jeder bekommt das, was er verdient.«

»Und er hat sich anscheinend eine Beförderung verdient. Man handelt ihn als Verbindungsoffizier zum Führerbunker. Vielleicht zieht er sogar nach Berlin.«

»Dann hat Lisa ja bekommen, was sie wollte. Prestige,

einen Namen, der etwas hermacht, und die schöne Glitzerwelt der Hauptstadt.«

Zwischen ihnen beiden hätte es nie funktioniert. Zumindest dachte er das. Es war nicht wie damals, hier in Düsseldorf, als er der herausragende Ermittler war. Sein Vater hatte gemeint, dass sie eine gute Partie wäre und er sie bald heiraten sollte. Immerhin war er zu dem Zeitpunkt 28 gewesen, andere hatten da bereits mehrere Kinder.

Lisas Familie war nicht das, was man gut situiert nennen konnte, trotzdem war die Verlobungsfeier ein großes Fest geworden – was wohl seinem Vater zu verdanken gewesen war, der sich gefreut hatte, dass sein einziger Sohn endlich diesen Weg gegangen war. Doch genau wie sein Stern, der in der Stadt der Lichter gesunken war, war aus der Zuneigung und den Gefühlen schleichend eine Zweckgemeinschaft geworden. Lisa fühlte sich mehr von rauen Typen angezogen – da war sie bei dem kaltherzigen Luger gut aufgehoben. Er würde seine Mutter verkaufen oder ein ganzes Land opfern, um eine Beförderung oder einen weiteren Orden zu erhalten. Die Schutzstaffel war seine Karriereleiter und es war nicht abzusehen, wo die Sprossen Luger hinführten.

»Du hast meine Frage nicht beantwortet«, sagte Eduard schließlich. »Es ist spät und ich will ins Bett, also sag, was du willst, nimm es dir und verschwinde.«

»Genau da liegt das Problem, Vater. Eigentlich will ich hierbleiben.«

»Du willst was?« Eduards Augen verengten sich zu Schlitzen. »Es ist schlimm genug, dass du nachts an meine Tür klopfst. Ich wusste bis eben nicht einmal, ob du überhaupt noch lebst. Und jetzt willst du hier einziehen, einfach so?«

Eduard lehnte sich zurück und fuhr sich mit einem

Hauch der Verzweiflung durch die lichten Haare. »Herr im Himmel, was habe ich falsch gemacht? Schlimm genug, dass du dich diesen Hunden angeschlossen hast. Nun soll ich einen Verbrecher, einen Staatsfeind, bei mir beherbergen und zu einem Mitwisser in einem Komplott gegen das Reich werden?«

Er schien sich mit jedem Augenblick mehr in Rage zu reden. Nikolas versuchte gar nicht erst zu unterbrechen, starrte lediglich wie gebannt auf den Tisch. Dabei war jedes von Eduards Worten wie ein brennender Pfeil, der sich in seine Brust bohrte. Das Schlimmste daran war, dass er mit allem recht hatte.

»Du wirst gejagt, Nikolas. Verdammt, du warst selber einmal Kriminalkommissar. Was ist, wenn dich jemand gesehen hat?«

»Mir ist niemand gefolgt.«

»Das sagst du mit deinem Instinkt, der dich ja sehr weit gebracht hat. Willst du die nächsten Monate im Keller meines Hauses verbringen? Und was, wenn die Gestapo in wenigen Minuten vor der Tür steht?«

»Bis der Krieg vorbei ist, Vater.«

Das war zu viel für Eduard Brandenburg. Wutentbrannt fasste er seine Krücken und stand auf. Er fiel beinahe hin und konnte sich erst im letzten Moment fangen.

»Bis der Krieg vorbei ist ... Hörst du dich selbst reden? Wenn wir den Krieg gewonnen haben, werden sie erst recht nach Leuten wie dir suchen.«

Nach Leuten wie mir, dachte Nikolas. Dieser Satz sagte alles über ihre derzeitige Beziehung aus. Für Eduard Brandenburg war Nikolas nichts weiter als ein Verräter, ein Feigling, der sein Land in der schlimmsten Stunde verlassen hatte.

Das Klopfen seiner Krücken war unregelmäßig, als Eduard zur Treppe humpelte. Immer wieder drehte er sich um, wollte etwas hinzufügen, überlegte es sich dann anders. Erst auf dem Treppenabsatz hielt er inne. Seine Stimme triefte vor Sarkasmus. »Mach, was du willst. Ich habe zwar nicht viel, aber was mein ist, soll auch dein sein. Schau, ob du zu essen findest, ansonsten kennst du dich ja aus … Es ist einerlei. Diese Familie kann man nicht weiter zerstören. Sie liegt bereits am Boden.«

Eigentlich hatte er still sitzen bleiben wollen. Schließlich hatte er erreicht, was er sich erhofft hatte. Vaters Worte brannten in seiner Seele wie das Feuer der Hölle. Nikolas kaute zornig auf seiner Unterlippe, als er zur Treppe stapfte. »Du hättest auch sagen können: Schön, dass du lebst, mein Sohn!«

Eduard war oben bereits in den Flur abgebogen. Das langsame Klackern der Stützen drang an Nikolas' Ohren. Sein Vater kam zurück und blickte auf ihn herab. »Wenn ich nur so fühlen würde …«

KAPITEL 4

– SCHATTEN DER VERGANGENHEIT –

Eine Ratte.

Mehr war er wohl nicht, ging es Nikolas durch den Kopf, während er im Keller auf und ab ging. Er lebte unter der Erde, in ständiger Angst, dass die Jäger der SS oder der Gestapo seinem Vater einen Besuch abstatten könnten. Selbst seine Mahlzeiten nahm er ausschließlich in der Nacht zu sich. Der Gang zur Toilette in die erste Etage war die einzige Möglichkeit, ein paar Sonnenstrahlen abzubekommen. Allerdings grollte Eduard, wenn er sich zu viel Zeit ließ. Natürlich mussten die Fensterläden offen sein, sein Vater verbat sich jede Änderung, die den kleinsten Verdacht aufwerfen konnte.

Das Schlimmste für Nikolas war die Nutzlosigkeit, dieses Gefühl, dass die Welt ihn nicht vermissen würde, wenn er tot umfiele. Ab und zu vernahm er ein gedämpftes Türklopfen und eine freundliche Stimme. Durch seine Kontakte bekam sein Vater nach wie vor Essen von der Diakonie. Zumindest, wenn sie etwas zu entbehren hatten.

Nikolas sehnte sich nach einer Unterhaltung, ein paar flüchtige Worte, vielleicht ein Lächeln, an mehr wagte er gar nicht zu denken. Vor nicht allzu langer Zeit hatte er in den Nächten Claires Körper gestreichelt, den Duft ihrer Haut eingesogen und mit ihren Haaren gespielt. Mittlerweile kamen ihm die Erinnerungen daran wie ein

Traum vor, den er vor etlichen Jahren geträumt haben musste. Jeder Gedanke an sie schmerzte, die Bilder ihres nackten Körpers vor seinem geistigen Auge, die Erinnerung an ihre heißen Küsse und wie sie mit französischem Akzent seinen Namen flüsterte. All das löste in ihm das Bedürfnis aus, seinen Kopf gegen die Wand zu schlagen, bis die Bilder endlich an Farbe verloren und verblassten. Er war in den Kellerräumen so einsam, dass er bald anfing, Selbstgespräche zu führen. Aber sein Vater humpelte bei jedem Mucks die Treppe herab und ermahnte ihn zur Ruhe. Dabei musterte er ihn mit einem Ausdruck, als hätte Nikolas den Verstand verloren. Vielleicht stimmte das sogar. Wer konnte das nach all den Monaten sagen. Zumindest teilte Vater seine kargen Rationen mit ihm. Über alte Kollegen und Funktionäre bekam er zusätzlich die eine oder andere Essensmarke, die er eintauschen konnte. Nikolas war für jedes Stück Brot und jedes Gramm Margarine dankbar. Echte Butter war eine Seltenheit in diesen Zeiten. Wie die meisten Menschen in Deutschland trank Vater Kaffee aus Getreide und streckte die Margarine mit Mehl. Bloß seinen Fusel wollte er auf keinen Fall mit ihm teilen.

Dies war nun sein Leben geworden. Tristesse und Gleichgültigkeit spielten die Melodie, um sein jetziges Dasein als Ratte zu unterstreichen.

In den ersten Wochen hatte er versucht, es sich ein wenig gemütlich zu machen. Sein altes Bett hatte er heruntergetragen, dazu eine Kommode und einen Schrank. Natürlich alles nachts und so leise wie möglich. Über fünf Monate lebte er nun hier. Wobei das Wort ›leben‹ seither für ihn eine ganz neue, negative Dimension erhalten hatte.

Wenn die Sonne über den Düsseldorfer Dächern stand, musste er sich hier unten so leise wie möglich bewegen. Ein einziger neugieriger Nachbar, ein interessiertes Parteimitglied oder der Zufall selbst konnten ihn das Leben kosten. In den ersten Tagen im Sommer hatte er damit gerechnet, dass sein Vater selbst zum Fernsprecher greifen und ihn verraten würde. Bisher war nichts geschehen.

Nikolas sehnte sich nach Abwechslung, einer Aufgabe, irgendetwas, womit er sich beschäftigen konnte. Er hatte sogar damit begonnen, ein Tagebuch zu führen, nur um es nach einer Woche wutentbrannt gegen die Wand zu werfen. Nikolas fühlte sich wie ein Gefangener, geschlagen mit seiner eigenen Nutzlosigkeit. Ab und zu zeichnete er, wie früher. Er skizzierte die schlichte Schönheit des Eiffelturms, den dahin fließenden Rhein in seiner Heimatstadt, alles, was ihm in den Sinn kam, wurde zu Papier gebracht.

Sein Vater suchte ihn selten auf, und wenn, waren die Gespräche kurz, zielgerichtet und drehten sich ums Essen oder ›Sonderwünsche‹, wie Vater es nannte.

Neben der Einsamkeit waren die Bombenangriffe die größte Bedrohung. Vater machte sich gar nicht erst die Mühe, in einen Luftschutzbunker zu flüchten. Wenn die Sirene ihr helles Lied erklingen ließ, schnappte er sich Brot, einen Wasserbehälter und eine Flasche Fusel und humpelte die schmale Treppe herunter. Wortlos und mit einem langen Stöhnen setzte er sich neben Nikolas auf das Bett und begann zu essen. Anschließend wurden die letzten Krümel des steinharten Brots heruntergespült, und bis die Sirenen Entwarnung gaben, hatte er meist die Flasche Schnaps geleert.

*

23. Januar 1945, Düsseldorf

An diesem Dienstag schienen es die britischen Lancaster-Bomber und die amerikanischen B-17 Flying Fortress auf Oberkassel abgesehen zu haben. Die Detonationen kamen näher, hin und wieder löste sich Staub von der Decke und legte sich weißlich auf Nikolas' Haare. Er meinte, die deutschen Acht-Achter zu hören. Aber wer konnte das mit Sicherheit sagen, bei dem Chaos, das über sie hereinbrach. Die Wehrmacht schoss mit allem, was sie hatte, gegen die Flächenbombardements. Und an die zitternden Wände und den Staub in der Luft gewöhnte man sich nicht, dachte Nikolas und schloss die Augen. Selbst das Licht der kleinen Petroleumlampe erschien ihm in diesem Moment zu hell. Er stellte sich vor, wie Hunderte Kilo Brand- und Stabbomben auf seine Heimatstadt regneten. Wie viele Menschen verloren wohl genau in dieser Sekunde ihr Leben? Wie viele Bomberpiloten mussten über einem Land sterben, das sie nie betreten hatten?

Immer näher kamen die Explosionen, heftiger wurden die Erschütterungen, die Eduard und Nikolas auszuhalten hatten. Sie waren nicht in einem Luftschutzbunker mit separatem Luftversorgungssystem, sondern in einem einfachen Keller. Würde in der Nähe eine Brandbombe detonieren, würden sie hier unten qualvoll ersticken, davon war Nikolas überzeugt. Zwar bestand im Reich Verdunkelungspflicht, doch der Rhein war ein guter Wegweiser und sie somit ein leichtes Ziel. Rohn hatte ihm von den Stabbrandbomben der Amerikaner in aller Ausführlichkeit berichtet, und noch heute lief ihm ein Schauer über den Rücken, wenn er sich die Bilder dieser heimtückischen Waffen ins Gedächtnis rief. Deren Brennstäbe explodierten zeitversetzt. Wenn die Brandwehr das Feuer löschen wollte, detonierte eine Sprengladung mit Splitterwirkung. Dabei richtete sie verheerenden Schaden an. Ein frühzeitiges Löschen war somit unmöglich und würde nur weitere Kräfte mit in den Tod reißen. Die Brandwehr wusste das und handelte entsprechend; sie wollte bestimmt nicht noch mehr Männer, Frauen und Kinder verlieren, welche für den Heimatschutz gebraucht wurden.

Das Feuer der Brandbomben könnte sich deshalb ungehindert durch das Erdgeschoss fressen. Dicker Qualm würde sich in ihren Lungen festbeißen und irgendwann wäre ihnen die Ohnmacht sicher. Zumindest, wenn sie vorher nicht von einer Stabbrandbombe getötet würden, deren weißlich glühende Stichflamme zu einer Metallschmelze werden konnte.

Die Angst überkam Nikolas plötzlich und unvermittelt. Als hätte ihn jemand aus seinen Träumen geholt und mit einem Mal die grausame Realität präsentiert.

»Könntest dich ruhig mal rasieren«, blaffte Eduard mit abschätzigem Blick. Er hatte seine Flasche Schnaps ein Stück weit geleert.

Nikolas fand Vaters Vorschlag beinahe amüsant. Er zog die Augenbrauen hoch und sah ihn an. »Für wen denn?«

»Das hat mit Disziplin zu tun. Eine Eigenschaft, die ich dir anscheinend nicht vermitteln konnte.«

Nikolas nickte resignierend, schaute an die Wand. Es hatte keinen Sinn, sich darüber zu unterhalten. »Wie du meinst, Vater.«

Zwischen all den dumpfen Donnerschlägen und der heulenden Sirene drang plötzlich ein allzu bekanntes Geräusch an seine Ohren. Fetzen aus seinen Erinnerungen fanden den Weg in seinen Geist. Als kleiner Junge war er zur Tür gespurtet, wenn er das dumpfe Klopfen auf massivem Holz gehört hatte. Nun wirkte seine plötzliche Aufregung grotesk und einmal mehr überkam ihn der Verdacht, dass er den Verstand verloren hatte. Trotzdem stand er kerzengerade im Keller und lauschte in die Nacht hinaus.

»Was ist denn in dich gefahren?«, wollte Eduard wissen.

»Hast du das nicht gehört?«

Eduard schüttelte seinen massigen Kopf. »Habt ihr im feinen Paris keine Übungen leisten müssen? Ein ganz normaler Fliegeralarm, setz dich hin und warte, bis es vorbei ist.«

»Das meine ich nicht«, flüsterte Nikolas und spitzte weiterhin die Ohren.

Erneut dieses Geräusch. Zwar leise und schwer zu vernehmen, trotzdem trogen ihn seine Sinne nicht. Davon war er felsenfest überzeugt. Nikolas wandte sich an Eduard. »Jemand klopft an die Tür …«

Zum ersten Mal seit seiner Ankunft sah er seinen Vater lachen. »Bist du von allen guten Geistern verlassen? Die Tommys schmeißen Tausende Kilogramm Bomben auf Oberkassel und irgendjemand soll an die Tür klopfen?«

Als hätte Nikolas einen besonders guten Witz erzählt, klopfte sich Eduard auf den Stumpf. Sogar eine Träne lief über seine Wange.

»Der Wein und dieses französische Mädchen haben dein Hirn vernebelt. Setz dich hin und sei ruhig!«

Er hätte ihm niemals von Claire erzählen dürfen. Es war vor einigen Wochen der unsinnige Versuch gewesen, ein Gespräch in Gang zu bringen. Aber Nikolas ließ nicht locker. »Ich habe es gehört. Gerade eben wieder.«

»Natürlich«, antwortete Eduard, holte ein graues Tuch

aus der Hosentasche hervor und tupfte sich die Träne weg. »Was kommt als Nächstes? Vielleicht steht der Weihnachtsmann vor der …« Er stockte unvermittelt.

An seinem angestrengten Gesichtsausdruck erkannte Nikolas, dass auch sein Vater lauschte. Seit fast einer Stunde fielen die Bomben. Niemand war mehr freiwillig draußen. Und besonders nicht die Gestapo oder die Schutzstaffel.

»Hast du es gehört?«, wollte Nikolas mit weit aufgerissenen Augen wissen.

Eduards Lippen waren zu einem dünnen Strich geformt. Er beantwortete Nikolas' Frage mit einem kurzen Nicken, ehe er sich ächzend erhob. Ein letzter Schluck Schnaps, dann humpelte er zur Treppe.

»Was hast du vor?«

»Die Tür aufmachen«, entgegnete Eduard wie selbstverständlich. »Ich war Polizist, falls du dich erinnerst. Meine Aufgabe war es, die Menschen zu beschützen, und wenn irgendjemand Hilfe in meinem Haus sucht, soll er sie bekommen.« Er drehte sich um. »Noch etwas, was ich dir nicht vermitteln konnte.«

Es war Wahnsinn, sich nach oben zu begeben. Plötzlich kochte Wut in Nikolas auf. Es waren nicht die Worte seines Vaters und die ständige Einsamkeit. Ihm war bewusst, dass er nicht die kaltschnäuzige Kühnheit von Claire besaß oder Rohns Mut, der ständig an der Grenze zur Torheit wandelte, trotzdem musste er hier raus. Ohne eine weitere Sekunde zu überlegen, griff er die Lampe und schoss die Treppe hoch. Im Wohnzimmer überholte er seinen Vater. In diesem Moment detonierte eine Bombe in ihrer Nähe. Das Haus wankte und ächzte. Nikolas fiel auf die Knie, brauchte eine Sekunde, um sich aufzurappeln, und half anschließend seinem Vater. Ein Schrank fiel um und mit ihm Mutters teures Porzellan. Es zerbrach in unzählige Stücke, als es auf den Holzboden geschleudert wurde.

»Wenn man dich sieht ...«, versuchte Eduard gegen den Lärm anzuschreien.

Nikolas hatte einen Arm um seine Hüfte geschlungen. Gemeinsam schafften sie es zur Haustür. »Das spielt keine Rolle mehr. Wenn schon sterben, lieber schnell und durch eine Bombe als durch den Volksgerichtshof und Strick.«

Als Nikolas die Hand auf den Türknauf legte, fasste sein Vater seinen Arm. Die Kraft des Mannes flößte ihm noch immer Respekt sein. Einen Herzschlag lang schien Eduard nachzudenken, bis er endlich nickte. Anscheinend musste sogar er sich eingestehen, dass Nikolas' Gedankengang einer gewissen Logik nicht entbehrte.

Nikolas riss die Tür auf und schien mitten in der Hölle zu landen. Zu seiner Rechten brannten mehrere Häuser, meterhoch loderten die Flammen in den Nachthimmel. Weiterhin kreischte die Sirene ihr ohrenbetäubendes Lied, während die Flak den Trommelschlag beisteuerte. Obwohl Schnee fiel und die Flocken um ihn herumtanzten, brannte sich die Hitze in sein Gesicht. Er meinte sogar, Schreie zu vernehmen, konnte aber niemanden ausmachen. Der Funkenschlag spielte am finsteren Himmel, als eine weitere Bombe wenige Häuser weiter explodierte. Er war zum ersten Mal seit Langem draußen auf der Straße und dann das.

Für einen Herzschlag überkam ihn das Gefühl, von einer Druckwelle erfasst worden zu sein, dabei war es die Pranke seines Vaters, die ihn zurückzog. Erst jetzt bemerkte er die Gestalt vor der Tür. Ein junger Mann in seinem Alter, vielleicht jünger, lag zusammengekauert auf den nackten Steinen. Der Hinterkopf war im Licht der züngelnden Flammen rot gefärbt, der Körper wirkte kraftlos.

Sofort fiel Nikolas auf die Knie, stützte das Gesicht des Mannes. »Können Sie mich verstehen? Wurden Sie getroffen?« Als der Mann sich bewegte, wurde Nikolas' Hand eigentümlich warm. Dort, wo der Gürtel des Mannes sein sollte, war Blut, überall Blut. Das Hemd war aufgerissen. Unzählige kleine Brandwunden übersäten seine Haut, ein Ohr war halb abgerissen, wenige Fetzen hielten die Überreste zusammen.

»Herr im Himmel«, entfuhr es Nikolas.

»Lebt er?« Eduards Blick war auf den Mann gerichtet. Hastig fühlte Nikolas den schwachen Puls und nickte.

»Gut, bring ihn rein!« Eduard machte einen Schritt zur Seite. »Hier draußen können wir ihm nicht helfen.«

Hastig packte Nikolas den jungen Mann und trug ihn ins Haus.

»Direkt in den Keller.« Sein Vater lief zur Höchstform auf, war mit einem Bein sogar schneller unten als Nikolas mit dem Verletzten.

»Leg ihn ins Bett, vielleicht können wir noch etwas tun.«

Wie sein Vater es mit seiner tiefen Stimme befohlen hatte, versuchte er, den Mann so sanft wie möglich zu betten.

Eduard zog einen Verbandskasten unter dem Bett hervor und setzte sich auf die Kante. »Schnell, still die größte Blutung, indem du Stoff auf die Wunde presst. Wir müssen weiteren Blutverlust verhindern.«

Nikolas ging um seinen Vater herum und befand, dass die Verletzung am Bauch am schlimmsten blutete. Er presste sein Bettlaken auf die Wunde. Es färbte sich sofort rot. »Das bringt nichts, Vater. Er muss in ein Krankenhaus, sonst verblutet er.«

Sein Vater war gerade damit beschäftigt einen Arm des Mannes abzubinden, um eine weitere Blutung zu stillen. Der Mann schrie nicht einmal, als Eduard die Schlinge um den verkohlten Arm legte und fest zudrückte.

»Wenn du es in Rekordzeit mit einem Schwerverwundeten im Bombenhagel bis zum Krankenhaus schaffst, spendier ich dir einen Schnaps.«

Er hatte recht. Man musste vom Irrsinn befallen sein, um vor die Tür zu gehen. Was um alles in der Welt war in den jungen Mann gefahren? Er sah nicht aus wie ein Soldat und für einen Flakhelfer war er definitiv zu alt.

Nikolas verdrängte die Gedanken und nahm zwei frische Tücher, presste sie auf die Wunde am Bauch, als der Mann unter Schmerzen den Kopf drehte. »Ich glaube, er will etwas sagen.«

Eduard lehnte sich zu seinem Sohn hinüber. »Wir sollten lieber hinhören, es werden wahrscheinlich seine letzten Worte sein.«

Nikolas kniete sich vor das Bett. Die Lider des Mannes zuckten, schließlich gaben sie blaue Augen frei. Sie mussten sich beide ein Stück nach unten beugen, um die Silben zu verstehen, die der Sterbende von sich gab.

»92 – 235.«

Sie hatten mit einem Abschiedsgruß gerechnet, mit letzten Worte an die Eltern oder die Angetraute, vielleicht sogar mit einem Gebet. Selbst »Sieg Heil!« hätte sie nicht überrascht.

»Eine Zahl – hast du das verstanden?«, wollte Nikolas wissen.

Der Gesichtsausdruck seines Vaters zeigte deutlich, dass

er mit diesen Ziffern nichts anfangen konnte. Er beugte sich ein Stück tiefer hinunter zu dem Verwundeten, hielt sein Ohr dicht an die Lippen des Mannes. Diese bewegten sich, kurz darauf schloss er die Augen. Kein Stöhnen, keine Tränen, sein Kopf kippte einfach kraftlos zur Seite als Zeichen, dass er für die letzten Worte auf dieser Erde alle verbliebene Kraft aufgewendet hatte. Eduard fühlte den Puls, sah zu seinem Sohn und schüttelte den Kopf. »Es ist vorbei.«

Nikolas nahm die Hände von der Bauchwunde. Seine Haut war von Blut überzogen. Er erhob sich. Aus einem Reflex heraus griff er die Schnapsflasche und setzte sie an die Lippen. Der Selbstgebrannte schmeckte herb.

»Ich hab oben noch eine Flasche«, sagte Eduard, während er die übrigen Verbände zusammenlegte. »Wenn unser Haus gleich noch steht und wir das Bombardement überleben, kannst du gerne einen Schluck haben.«

»Was hat er eben noch gesagt?«

Eduard stöhnte, als er sich seine Krücken angelte. Es war ein wahrer Kraftakt für ihn, sich neben seinem Sohn aufzurichten. »92 – 235. Dasselbe wie eben.«

»Und was soll das bedeuten?«

Schwer atmend lehnte sich Eduard mit dem Rücken an die Kellerwand. Er hob beide Gehhilfen, als wären sie seine verlängerten Arme. »Wer weiß, was Sterbende sagen, kurz bevor sie ihrem Schöpfer gegenübertreten? Schau ihn dir an! Kaum ein Zoll an seinem Körper ist nicht verbrannt, den armen Tropf hat es voll erwischt. Unvorstellbare Schmerzen, den Tod vor Augen, da sagt man eben Dinge, die keinen Sinn ergeben.«

Nikolas schloss die Augen und lauschte in die Nacht. Die Sirene pausierte in regelmäßigen Abständen. Das Zeichen für Entwarnung. Endlich war die Bombardierung vorbei. In wenigen Minuten würde die Brandwehr anrücken und die Feuer hoffentlich bald unter Kontrolle bringen. Sobald die ersten Sonnenstrahlen über die verkohlten Dächer krochen, würde das Ausmaß dieses Infernos sichtbar werden und wie viele darin umgekommen waren. Menschen, die friedlich geschlafen und nicht gewusst hatten, dass sie den Morgen nicht erleben würden.

Nikolas wusste, dass gerade die Deutschen sich nicht von Angriffen wie diesem freisprechen konnten. Wie oft hatte er den Berichten der BBC kopfschüttelnd gelauscht, in denen sie über die Opferzahlen der Bombardierung Londons sprachen. Nun waren es deutsche Städte, die mit Hunderten Kilogramm Sprengstoff zu Ruinen gemacht wurden. Eine gefährliche Spirale der Gewalt, die keine Sieger kannte.

»Da hast du recht, Vater. Ein armer Junge, der zum falschen Zeitpunkt am falschen Ort war und keine Zuflucht fand.« Ein nachdenklicher Seufzer seines Vaters ließ Nikolas aufhorchen. »Stimmt etwas nicht?«

»Falscher Zeitpunkt«, murmelte Eduard. Er musterte die Leiche mit den interessierten Augen eines Kriminalisten. »Im Winter mit offenem Hemd, ohne Schuhe, ohne Socken.«

Erst jetzt bemerkte auch Nikolas dieses Detail.

»Er sieht nicht aus wie ein Vagabund«, führte Eduard weiter aus und strich mit dem Finger über die Wangen der Leiche. »Hat ein feines Gesicht, der Junge. Aufgeplatzte Lippe, unzählige blaue Flecken …«

Voller Sorgfalt arbeitete er sich am Rumpf nach unten vor. Die zerrissene Hose zog er beiseite. »Hier sind Brandwunden, allerdings wirken sie nicht frisch.«

»Wie kommen die unter den Stoff?« Als er die Worte aussprach, bemerkte Nikolas, worauf sein Vater hinauswollte. »Denkst du, dass die Brandwunden gar nicht von der Bombardierung herrühren?«

Eduard seufzte abfällig. »Natürlich stammen die meisten Verletzungen von dem Bombenangriff, aber einige sind älter. Dazu die Wunden am Kopf und im Genitalbereich. Ich würde sagen, dass er auf der Flucht war.«

Nikolas verschränkte die Arme. Verdammt, er brauchte dringend Alkohol. Er nahm zwei große Schlucke. »Und vor was, Vater?«

Eduard setzte seine Krücken vor sich und machte den ersten Schritt aus dem Kellerraum. »Sag du es mir. Ich denke, er war deine Kontaktperson. Oder warum sollte dieser junge Mann mitten im Bombenhagel an meine Tür klopfen?«

Nikolas konnte den Worten seines Vaters keinen Glauben schenken. Er stürzte auf den Mann zu, befühlte die Hosentaschen, öffnete den Mund und suchte nach irgendwelchen Hinweisen, die bewiesen, dass er tatsächlich von der Résistance oder Claire geschickt worden war. »Und wie sollen wir das herausfinden?«, rief er seinem Vater hinterher.

»Gar nicht. Die Toten schweigen nun einmal. Das ist ein Gesetz, das selbst der Allmächtige nicht ändern kann.«

Sein Kopf schwirrte, als die Worte endlich zu seinem Verstand durchdrangen. Wie wahrscheinlich war es, dass jemand mitten in der Nacht ausgerechnet an die Tür seines Vaters klopfte und Zuflucht suchte, während die Bomben seit einer Stunde herabfielen? Er konnte sich keinen Reim darauf machen. Mit hängendem Kopf folgte er seinem Vater.

Eduard Brandenburg stand im Wohnzimmer und war damit beschäftigt, mit einer Krücke Mutters Porzellan so gut es ging zusammenzuschieben. Nikolas hatte ihn nie zuvor so gesehen. Es war traurig mit anzusehen, wie er versuchte, mit dem stumpfen Ende des Holzes die Scherben aufzuhäufen. Sofort kniete Nikolas sich nieder und half seinem Vater. Es schien, als wäre mit einem der letzten Andenken an seine verstorbene Frau auch etwas in ihm zerbrochen.

Eduard humpelte zum Schrank neben dem Esstisch, wühlte in der untersten Schublade und stellte eine Flasche Klaren auf den Tisch. Nachdenklich ließ er sich auf einen Stuhl fallen.

»Lass gut sein. Ich habe morgen viel Zeit zum Aufräumen.«

Nikolas hievte den kleinen Schrank auf seinen Platz, setzte sich neben Eduard und nahm ein paar Schlucke.

»Eine Möglichkeit gibt es, um herauszufinden, ob er wirklich deine Kontaktperson war«, sagte Eduard ruhig.

»Und die wäre?«

»Wir informieren die SS.«

*

Erneut musste er sich verstecken.

Diesmal im Zwischenboden, wo Staub und Dreck über die Jahre die unangefochtene Herrschaft übernommen hatten. Hier lag er im Rattenkot und wartete darauf, dass es an der Tür klingelte. Als sein Vater ihm den Vorschlag unterbreitet hatte, hatte er zuerst gedacht, dass es nun vorbei wäre. Sein eigener Vater würde ihn verraten und der Schutzstaffel ausliefern. Doch es kam anders. Nikolas hatte nicht die geringste Ahnung, warum er ihm plötzlich helfen wollte. Vielleicht war es wirklich das zerbrochene Porzellan oder die Bomben, welche einige Nachbarn und alte Bekannte getötet hatten. Ruhig und mit Bedacht erklärte Vater ihm seinen Plan.

Es sei die einzige Möglichkeit, etwas über den Toten herauszufinden. »Wenn wir die Leiche bei der Ordnungspolizei melden, würde die sie abholen und damit wäre die Sache erledigt. Anders sieht es bei der Schutzstaffel aus. Sollte dieser Mann aus der Haft entkommen sein, würden es sich bestimmte Personen nicht nehmen lassen, ihn persönlich abzuholen.«

Die Sache hatte einen Haken: Sie mussten genau die Menschen informieren, die sie gerade nicht im Haus haben wollten. Nachdem sie den gröbsten Schmutz beseitigt und die Leiche nach oben geschafft hatten, war Eduard schließlich zum Fernsprecher gegangen. Die Leitungen funktionierten, keine Selbstverständlichkeit nach einem Angriff der Alliierten. Nikolas überwand indes Ekel und Ehrfurcht und schleppte die Leiche in den Flur. Außerdem reinigte er den Kellerraum und versteckte seine persönlichen Gegenstände sorgsam in der Zwischendecke.

Falls die SS nun eine komplette Durchsuchung anordnen sollte, wäre er dennoch verloren, sein Vater ebenso. Einer augenscheinlichen Betrachtung sollte diese Maskerade allerdings standhalten.

Nikolas war in die hinterste Ecke des Zwischenraums gekrochen, von wo aus er die Stimme seines Vaters aus dem Wohnzimmer zwar gut hören konnte, dieser aber nicht direkt über ihm stand. Er atmete durch den Mund, das Schlimmste, was ihm passieren konnte, wäre zu husten oder andere Geräusche von sich zu geben, die ihn verrieten. Ein feuchtes Tuch bedeckte seine Nase, als es an der Tür klingelte.

»Schutzstaffel, öffnen Sie die Tür!«

Diese Stimme! Nikolas zwang sich, nicht laut aufzuschreien. Sie gehörte niemand anders als Luger. Wie sie dieses Aas zu einem Sturmbannführer hatten machen können, war ihm schleierhaft. Immerhin war diese Position das Pendant zu einem Major bei der Wehrmacht! Andererseits, dieser karriereversessene Sadist schaffte es immer wieder, sich eine Nische zu suchen und mit den richtigen Leuten zu reden.

»Einen Moment, bitte. Ich bin sofort bei Ihnen.«

Von unten hörte sich das Poltern der Krücken lauter an, aber Nikolas konzentrierte sich mit aller Kraft darauf, keinen Laut von sich zu geben. Erneut hörte er ein Klopfen – die Männer der SS hatten anscheinend keine Zeit zu verlieren –, dann wurde die Tür geöffnet.

»Herr Brandenburg«, eröffnete Luger im typisch sarkastischen Tonfall. »Eine Freude, Sie erneut besuchen zu dürfen. Die Fahrt zu Ihrem Haus ist mir mittlerweile beinahe so vertraut wie die zu meiner Arbeitsstelle.«

Nikolas' Hände ballten sich zu Fäusten. Das hier war keine Angelegenheit für einen Sturmbannführer. Sein Vater hatte am Telefon die Angel ausgeworfen und von einem jungen Mann gesprochen, der Merkmale einer Folterung aufwies und im Bombenhagel in seinen Garten geflüchtet war.

Und dieser eine Anruf hatte Luger auf den Plan gerufen. Zumindest auf den Informationsfluss der SS war Verlass. An der Sache musste also mehr dran sein.

Wie viele Male hatte ihn dieser Mann in Paris gedemütigt? Dass er ihm seine Verlobte weggeschnappt hatte wie eine Trophäe, war nur der Höhepunkt gewesen von vielen kleinen Schlägen, die Nikolas hatte einstecken müssen. Sein Verhör auf der Avenue Foch hatte er nicht vergessen. Nikolas sah vor seinem geistigen Auge die pulsierende Ader und das bebende Gesicht des Mannes, als er mit beiden Händen Nikolas' Hals zugedrückt hatte. Luger liebte römische Feldherren und deren Leistungen. Und nie würde er vergessen, was Luger mit ihm vorgehabt hatte: ›Damnatio memoriae‹, eine Verdammung des Andenkens. »Nichts wird mehr von Ihnen übrig bleiben«, hatte er gesagt und diabolisch grinsend hinzugefügt: »Alles, was Ihr Vater schuf, wird mit Ihnen vernichtet.« Dabei hatten seine Augen gefunkelt, als habe der Hass selbst seine Worte gelenkt. Wenn es nach ihm ginge, hinge Nikolas längst wegen Hochverrats am Galgen. Es war dem Militärbefehlshaber Frankreichs, General Carl-Heinrich von Stülpnagel, zu verdanken, dass er noch lebte. Einen Augenblick musste er an den adretten Mann denken, der im letzten Jahr an der Verschwörung vom 20. Juli gegen Adolf Hitler beteiligt gewesen war. Vor wenigen Monaten hatte der Volksgerichtshof das Todesurteil gefällt. Von Stülpnagel wurde in allen Punkten des Hochverrats schuldig gesprochen und am selben Tag gehängt. Ein Schicksal, das auch Nikolas blühte, sollte er einen einzigen Mucks von sich geben. Um nichts in der Welt durfte er Luger diese Genugtuung verschaffen. Nicht dem Mann, der seine ehemalige Verlobte bumste. Eher würde er sich selbst eine Kugel in den Kopf jagen.

»Kommen Sie rein«, war Eduards einfache Antwort. Nikolas hatte das Gefühl, dass sein alter Herr die Stimme absichtlich zerbrechlich und dünn klingen ließ. Wenn er den Versehrten spielte, dann in Perfektion.

»Da liegt er ja«, stellte Luger beinahe euphorisch fest. Nikolas hörte, wie der Offizier einen großen Schritt über die im Flur liegende Leiche machte. Den Geräuschen nach zu urteilen, hatte er mehrere Soldaten im Schlepptau. »Wann genau haben Sie diesen Mann gefunden?«

Vater humpelte zum Esstisch. Als er sich niederließ, stöhnte er schmerzerfüllt. »Heute in den frühen Morgenstunden. Ich wollte nachsehen, ob ich draußen helfen kann, Sie sehen ja selbst, was die Tommys in dieser Nacht angerichtet haben.«

»Tragisch, nicht wahr?« Das Holz bog sich unter dem Gewicht des Mannes. Vermutlich ging er zum Fenster und spähte nach draußen. »Die Brandwehr hat das Feuer in Ihrer Straße erst langsam unter Kontrolle bekommen. Die verheerende Bilanz sind vier ausgebrannte Wohnhäuser, drei getötete Frauen und zwei Kinder. Die Zivilisten, die nicht mehr in ihre Wohnungen zurückkönnen, werden in Notunterkünften untergebracht. Sie kennen ja das Prozedere.« Er räusperte sich. »Der Krieg verlangt von uns allen Opfer, Herr Brandenburg. Das liegt in der Natur der Sache.«

»Es scheint so«, antwortete Vater ruhig. »Ist die Schutzstaffel derzeit nicht ausgelastet?«

Lugers Stiefel drehten sich auf dem Holz. Er musste Vater nun direkt ins Gesicht blicken. »Wie meinen?«

»Ein Sturmbannführer in meinem Haus ... Ich fühle mich geehrt. Aber sollten Sie nicht auf halbem Weg nach Berlin sein?« Damit hatte Vater genau die Frage gestellt, die auch Nikolas unter den Nägeln brannte.

Luger lachte auf. Dieses tonlose Gehechel ließ er immer dann hören, wenn er einen Gedanken abschütteln wollte wie eine Krankheit; meist folgte darauf eine Belehrung.

»Wissen Sie, Herr Brandenburg, die Mühlen des Reiches mahlen langsam, aber unaufhörlich. Tatsächlich könnte sich mein Zuständigkeitsbereich bald erweitern. Es könnte sogar sein, dass ich meine Verlobte in der Reichshauptstadt eheliche.« Luger drehte eine weitere Runde, ließ sich Zeit. Er wusste, dass die Aufmerksamkeit der Anwesenden ihm sicher war. Endlich nahm er am Esstisch Platz. »Des Weiteren sollte ein guter Soldat alle Aspekte seines Handwerks beherrschen. Sie sehen, ich bin mir für nichts zu schade.«

Im Verborgenen schüttelte Nikolas abfällig seinen Kopf. Dieser selbstverliebte Mistkerl hatte sich vom Sohn eines Schuhmachers hochgedient. Und dennoch hielt er sich für etwas Besseres als alle anderen.

»Also nehme ich an, dass dieser junge Mann wichtig für Sie ist?« Eduard Brandenburg fischte die angebrochene Flasche Schnaps aus dem Regal und goss sich ein. »Viel Interesse hätten Sie der verstorbenen Frau von gegenüber nicht entgegengebracht, oder?«

»Als mir die Nachricht zugetragen wurde, dass ein junger Mann mit Zeichen einer Befragung in Ihrem Garten liegt, wollte ich mich mit eigenen Augen davon überzeugen, dass es derjenige ist, den wir suchen.«

»Und wer ist es?«, hakte Eduard nach.

Luger erhob sich. Mit federnden Schritten ging er in den Flur. »Ich nehme an, dass der berühmte Kriminalrat Brandenburg bereits seine alten Kontakte hat spielen lassen, um mehr über den nächtlichen Besuch zu erfahren.«

Nikolas hörte, wie sein Vater das Glas abstellte. »Wieso sollte ich? Glauben Sie mir, Herr Sturmbannführer, ich habe andere Sachen zu tun.«

»Ja, das sehe ich. Trinken Sie einen für mich mit. Sagen wir, dass die Tommys in den frühen Morgenstunden einen Transport getroffen haben. Der junge Mann konnte flüchten und hat sich bis hierhin durchgeschlagen. Damit erzähle ich Ihnen nichts, was Sie nicht durch Ihre alten Kollegen herausgefunden hätten.« Erneut eine Pause.

Nikolas' Herz pochte wie verrückt, als Luger langsam durch den Raum schritt, sich allem Anschein nach direkt auf seinen Vater zubewegte. »Was mich allerdings stutzig macht, ist die Zahl 500.«

Was führte Luger im Schilde? Nikolas' Gedanken schossen wie Kugeln durch seinen Kopf. Seinem Vater schien es genauso zu gehen.

»Drücken Sie sich klarer aus, junger Mann. Ich habe nicht den ganzen Tag Zeit.«

»500.« Luger spie die Zahl fast aus. »Das ist die Menge der Stab- und Sprengbomben, die gestern auf Düsseldorf fielen. In Bilk und am Hafen ist die Brandwehr bis jetzt mit den Löscharbeiten beschäftigt. Und dieser junge Mann hat nichts anderes zu tun, als sich schwer verletzt durch halb Düsseldorf zu schleppen, um in Ihrem Garten zu verrecken.« Der Offizier drehte sich auf dem Absatz um. »Der, wenn ich mir die Bemerkung erlauben darf, nicht einmal recht ansehnlich ist.«

»Auch an meinem Garten geht so eine Nacht nicht spurlos vorüber.«

»Das glaube ich Ihnen gerne. Aber ich denke, Sie haben die Problematik verstanden. Können Sie mir weiterhelfen, Herr Brandenburg? Ich wäre für jeden Lösungsvorschlag dankbar.«

»Vielleicht hat er hier Familie? Wollte sich zu seinen Eltern retten?«

»Ja, natürlich.« Erneut lachte Luger auf. »Wo wir gerade

über Familie sprechen … Ihr Sohn hat nicht zufällig in den letzten Monaten Kontakt zu Ihnen gesucht?«

»Mein Sohn ist tot«, antwortete Eduard schroff. »Alles andere würde mich sehr überraschen.«

»Das glaube ich nicht, Herr Brandenburg. Das glaube ich nicht«, entgegnete Luger nachdenklich. »Verräter sind wie Ratten. Sie überleben überall.«

Nikolas' Magen zog sich zusammen. Plötzlich spürte er einen starken Hustenreiz, den er nur mit Mühe unterdrücken konnte. Holz knarzte, er hörte Schritte. Die Männer, welche eben noch still neben der Leiche gestanden hatten, gingen nun offensichtlich im Wohnzimmer umher. Staub löste sich von den Balken und brannte in seinen Augen. Er zwang sich, ruhig zu atmen.

»Ich sehe das Porzellan Ihrer Frau. Bei dem Angriff zerbrochen, nehme ich an?«

Oh, dieser Dreckskerl. Wusste er, wie schmerzhaft das für seinen Vater war? Eduard antwortete nicht. Nikolas vernahm lediglich, wie er sein Glas auffüllte.

»Tja, so ist es mit den Erinnerungen.«

Die Balken knarrten dort, wo sein Vater den Schnaps aufbewahrte. Luger musste sich vor den Schrank gestellt haben und die Fotos betrachten. »Sie war hübsch, Ihre Frau. Obschon ein älteres Foto. Und Sie, Herr Brandenburg, waren einige Jahre jünger und … na ja … vollzählig. Auf verschiedenen Ebenen, versteht sich.«

Es klackte laut, anscheinend wurde das gerahmte Foto in den Schrank gestellt. »Nun, dann wollen wir Sie alleine lassen. Ich bin mir sicher, Sie haben viel zu tun.«

Nachdem er die Worte ausgesprochen hatte, setzten sich die Männer in Bewegung. Schleifgeräusche folgten, dann wurden die Schritte leiser – sie nahmen die Leiche mit.

Nikolas hatte es geschafft. Länger hätte er es kaum ausgehalten. Seine Nase kribbelte und der Rachen begann zu jucken. Er holte tief Luft, um endlich niesen zu können.

»Eine Frage hätte ich noch an Sie.«

Als er Lugers Stimme hörte, schloss Nikolas die Augen. Fest biss er sich auf die Lippen und sofort füllte der eisenhaltige Geschmack des Bluts seinen Mund.

»Wie ist es Ihnen gelungen, den jungen Mann in den Flur zu schaffen? Ich meine, bei Ihrer ... Versehrtheit.«

Verdammt, daran hatten sie nicht gedacht.

»Ich war den ganzen Morgen damit beschäftigt«, antwortete Eduard ruhig. »Ein wenig Bewegung tut mir gut.«

Für eine Sekunde hatte Nikolas das Gefühl, als würde Luger näher kommen. Vor seinem inneren Auge waren bereits die Läufe der automatischen Waffen auf ihn selbst gerichtet.

Luger schien mit dieser Antwort zufrieden. »Das stimmt wohl. Bis zu meinem nächsten Besuch, Herr Brandenburg.«

Nach unendlich anmutenden Sekunden fiel die Tür ins Schloss. Herzschläge vergingen, in denen Nikolas sich mit letzter Kraft zusammenriss. Endlich konnte er niesen.

»Sie sind weg, du kannst rauskommen«, gab sein Vater Entwarnung.

Langsam krabbelte er durch die schmale Öffnung am Rande der Kellertreppe. Es war eine Wohltat für Nikolas, den Körper ausstrecken zu können. Seine Hose und sein Hemd waren mit Spinnweben bedeckt, als er sich vor seinen Vater stellte. »Was denkst du?«

»Luger hat keinen Grund zu lügen. Er ist so wunderbar selbstherrlich, dass er gar nicht bemerkte, dass der Dreck an der Leiche nur aufgetragen war.«

Nikolas war baff. »Wann hast du denn Schmutz auf die Leiche geschmiert?«

Eduards Mundwinkel gingen nach oben. »Wenn du lügst, solltest du darauf achten, dass es eine gute Lüge ist. Die Geschichte musste stimmen, also habe ich den Rücken und die Fingernägel des Verstorbenen präpariert, während du ächzend unter die Zwischendecke gekrabbelt bist. Glaub mir, Luger hat sich die Leiche ganz genau angesehen.«

Gleichgültig, wie sein Vater ihn behandelte – seine Fähigkeiten als Kriminalist standen außer Frage.

»Und wie geht es weiter?«, wollte Nikolas wissen.

Eduard zuckte mit den Schultern. »Es war dein Verbindungsmann. Ich bin ein Greis mit einem Bein. Solltest du nicht irgendwo Meldung machen oder neue Befehle einholen?«

In sich gekehrt kaute Nikolas auf seiner Unterlippe. Zu gerne hätte er eine Zigarette geraucht. Seine Zunge fuhr über die blutige Stelle. »So läuft das nicht bei uns«, musste er kleinlaut zugeben.

»Du scheinst ja eine richtige Größe in eurer Organisation zu sein.«

Erneut eine Spitze. Dennoch musste Nikolas widerwillig zugeben, dass er recht hatte. Sein Verbindungsmann war tot, es bestand kein Kontakt mehr zur Résistance, und Claire war Hunderte Kilometer entfernt. Nikolas war allein.

Sein Vater würde ihm nicht helfen. Er musste schon dankbar sein, dass er ihn nicht verraten und nicht mit dem Finger auf die Stelle gezeigt hatte, die die Soldaten durchsieben sollten. Nikolas hatte keine Ahnung, wie sein Vater mittlerweile zum Krieg stand. Früher war er glühender Nationalsozialist gewesen. Doch Einstellungen konnten sich ändern, oder?

Immerhin war Paris zügig und ohne größere Schäden von den Alliierten erobert worden. Er ging davon aus, dass Rohn einen nicht geringen Anteil daran hatte. Die deutschen Hydrierwerke wurden Tag und Nacht angegriffen. Es mangelte an Treibstoff, sodass Heer, Luftwaffe und Marine praktisch bewegungsunfähig waren. Niemand konnte mehr übersehen, wie schnell sich Tommy und Ami von Westen und der Russe von Osten her näherten. Die ursprüngliche Reichsgrenze war gefallen und die Schlacht um Aachen im Hürtgenwald dauerte nun bereits vier Monate. Wenn man der Wochenschau und den Reden des Propagandaministers Glauben schenken wollte, kämpfte die Wehrmacht im verschneiten Dickicht einen ruhmreichen Krieg gegen die Zerstörung der deutschen Rasse. Laut Goebbels' Aussage ging es um nicht weniger. Und Aachen war nicht weit entfernt …

Er musste es auf einem anderen Weg versuchen. »Denkst du immer noch wie vor ein paar Monaten? Dass wir den Krieg gewinnen?«

Eduard sah zum zerbrochenen Porzellan. Sein Blick wirkte traurig, mutlos, wie der eines gebrochenen Mannes. »Ich weiß mittlerweile gar nichts mehr. Mein ganzes Leben liegt in Scherben.« Er trank etwas Schnaps, die Augen nicht vom Porzellan nehmend. »Ich war heute Morgen kurz draußen. Es sind viele gestorben … Frau Kramer und die beiden Kleinen schräg gegenüber sind nur die letzten, traurigen Beispiele.«

Vorsichtig ging Nikolas zum Fenster. In den Trümmern der Häuser suchten die Menschen nach etwas Essbarem. Er versuchte, sich zu erinnern, wie die Frau ausgesehen hatte. War sie blond gewesen? Oder brünett? Die Erinnerungen seiner Kindheit verblassten zunehmend. Ihr Mann hatte Erik, Martin und ihm öfter Süßigkeiten zugesteckt, wenn Vater nicht hinsah. Früher hatte Herr Kramer eine große Konditorei besessen, Brot für die Soldaten hergestellt, kriegswichtige Güter also. In Afrika war er gefallen und seine Frau hatte die beiden Kinder allein durchbringen müssen. Vielleicht hatten sie Glück gehabt, dass sie zusammen und schnell gestorben waren. Jetzt konnten sie an einem besseren Ort ihren Mann und Vater in die Arme schließen. Wer weiß, was noch kommen würde …

»Es sollen nicht noch mehr sterben«, hauchte Eduard.

War das seine Chance? Nikolas setzte sich seinem Vater gegenüber. Seine Stimme überschlug sich beinahe: »Vater, was wäre, wenn ich dir sage, dass das Oberkommando an etwas arbeitet … etwas, das den Krieg weiter verlängern könnte? Unzählige Menschen würden ihr Leben lassen.«

»War es das, wovon du im letzten Jahr gesprochen hast? Diese größere Sache? Dieser letzte Befreiungsschlag?«

»So denken zumindest Hitler und das Oberkommando. Sie werden diesen Krieg fortführen – bis zum letzten Mann. Du hast die Worte des Ministers selbst gehört. Es könnte Monate, vielleicht sogar Jahre dauern. Und bis dahin …«

»Ich weiß, was du mir sagen willst«, unterbrach Eduard ihn schroff. »Es werden noch mehr sterben, je länger der Reichskanzler diesen Krieg führt.«

»Die Menschen wollen den Krieg nicht mehr, die Lage ist aussichtslos.« Nikolas lehnte sich nach vorn, seine Stimme war beinahe flehend. »Aber einen Befreiungsschlag wird es nicht geben.«

»Sondern?«

Er breitete entschuldigend die Arme aus. »Ich weiß es nicht, habe nicht alle Informationen. Selbst mit einem stärkeren Giftgas, einem schnelleren Flugzeug oder einer größeren Rakete wird es Hitler nicht gelingen, das Blatt zu wenden. Leiden wird allein die Bevölkerung.«

»Großartig«, blaffte Eduard. »Ich soll also zum Verräter werden, weil der Herr Sohnemann eine Ahnung hat, ein Gerücht gehört hat.«

»Das sollst du nicht, Vater. Hilf mir, herauszufinden, wer dieser Mann war und ob er wirklich meine Kontaktperson war.«

Eduard dachte lange nach. Mit der Hand am Kinn saß er mehrere Minuten regungslos und fixierte den Scherbenhaufen. »Otto Goetsch«, murmelte er schließlich.

Nikolas hatte bereits nicht mehr mit einer Antwort gerechnet. »Wer ist das, Vater?«

»Es ist erstaunlich, wie wenig du dich für die Geschehnisse in deiner Heimat interessierst, Nikolas. Er ist der stellvertretende Polizeipräsident Düsseldorfs. Wurde erst 1943 von Sosnowitz in Schlesien hierher beordert. Ich habe ein paarmal mit ihm gesprochen. Ein fleißiger Mann, zwar Parteimitglied, aber ihm wird nachgesagt, dass er grundsätzlich gegen den Krieg sei.«

Endlich riss Eduard sich von dem Scherbenhaufen los und blickte Nikolas an. »Zumindest sagt man sich das hinter vorgehaltener Hand. Über ein paar Kontakte könnte ich ein Treffen arrangieren. Die Schutzstaffel hütet ihre Akten zwar besser als die Tommys die Kronjuwelen, aber mit ein wenig Glück könnte Goetsch mehr Informationen darüber haben, wer dieser junge Mann war und warum Luger so ein Interesse an ihm hat.«

Nikolas traute seinen Ohren kaum. »Vater, das ist großartig! Gleich morgen sollten wir …«

»Gleich morgen«, prustete Eduard. »Genau so siehst du aus. Wir machen es sofort. Reich mir den Fernsprecher.«

KAPITEL 5

– FINSTERE VORBOTEN –

»Können wir ihm trauen?«, wollte Nikolas wissen, als sein Vater sich am späten Nachmittag den Mantel anzog. Es war erstaunlich zu sehen, wie geschickt Eduard Brandenburg trotz seiner Behinderung die Hürden des alltäglichen Lebens nahm.

»Das werden wir in einigen Minuten sehen.« Eduard lehnte an der Wand, während er seine Hände durch die Ärmel führte. Er hatte sich einen grauen Anzug angezogen, dazu trug er eine dunkle Krawatte. »Erst wollte er sich nicht mit mir treffen. Als ich deinen Namen ins Spiel brachte, überlegte er es sich anders.«

Nikolas fiel beinahe das Wasserglas aus der Hand. »Du hast was?«

»Willst du wissen, wer der junge Mann war, oder nicht?«, herrschte sein Vater ihn an und setzte seinen alten Lieblingshut auf. »Wenn Otto Goetsch tatsächlich der Mann ist, für den wir ihn halten, mussten wir ihm einen Vertrauensvorschuss garantieren. Es war die einzige Möglichkeit. Nur so konnten wir sichergehen, dass er sich überhaupt mit uns trifft.«

Das konnte nicht sein Ernst sein. Im Reich galt Nikolas als Hochverräter. Sein Steckbrief hing in allen Polizeidienststellen und Gauen des Landes. Natürlich hatte nicht jeder Polizist oder Soldat sein Gesicht im Kopf, trotzdem war es gefährlich, offen auf die Straßen zu treten.

Seufzend zog Nikolas sich seinen Wintermantel an. Er trug ebenfalls einen Anzug, die Sauer steckte im Halfter und schenkte ihm zumindest einen Hauch von Sicherheit. »Dann gehen wir also in die Höhle des Löwen und präsentieren uns selbst als sein Abendmahl.«

Eduard öffnete die Tür. »Sei nicht so melodramatisch. Entweder wir werden verhaftet oder ich habe recht und Goetsch kann uns weiterhelfen. Das werden wir gleich sehen.«

Als sie vor die Tür traten, dämmerte es bereits. Es war neuer Schnee gefallen, der die Trümmer des Angriffs bedeckte wie ein weißes Tuch, das man über eine Leiche gelegt hatte.

»Vater, wir müssen ins Zentrum und die Bahnen fahren nicht. Fühlst du dich gewappnet für diesen Weg?«

»Sei nicht albern, ich bin schon außer Atem, wenn ich vom Keller nach oben humpeln muss. Komm mit.«

Schnurstracks ging Eduard auf die Häuserruinen zu. Vor wenigen Tagen waren hier noch gepflegte Gärten gewesen, gestrichene Fassaden. Hinter den Mauern hatten Menschen gelebt. Heute war hier nichts mehr auszumachen außer verkohltem Holz und niedergerissenen Steinen.

»Räum den Schutt da weg«, wies Eduard ihn vor dem Haus der Kramers an.

»Vater, ich verstehe nicht … Die Leichen sind geborgen, hier ist niemand mehr. Was machen wir an diesem Ort?«

»Du sollst nicht verstehen, du sollst den Weg freiräumen.«

Widerwillig begann Nikolas mit der ihm zugewiesenen Arbeit. Einige größere Brocken konnte er mit aller Kraft zur Seite schaffen, bis endlich ein schmaler Weg zum Haus frei lag. Sein Atem bildete kleine weiße Wolken, die sich in der Dunkelheit schnell auflösten. Eduard näherte sich mit seinen Krücken und begutachtete die Stelle wie ein Meister, der seinem Lehrling eine Aufgabe erteilt hatte und nun das Ergebnis prüfte.

»Gut, und jetzt zieh die Plane dort weg.«

Neben dem Haus, unter einem kleinen Holzdach, konnte Nikolas eine Abdeckung ausmachen, auf die sein Vater zeigte.

»Das ist doch nicht etwa …?« Kräftig zog er die Plane beiseite. Vor seinen Augen stand ein Adler Trumpf Junior. »Woher wusstest du davon?«

Eduard kam näher, legte eine Hand auf einen der abgeklebten Scheinwerfer, als würde er für eine Fotografie posieren. »Er gehörte Heinz Kramer. Hat immer von seinem Wagen geschwärmt. Als Konditormeister und Leiter des Werks wurde er damals abgeworben und ihm wurde das Auto zur Verfügung gestellt. Nachdem er in Afrika gefallen war, hat Frau Kramer den Wagen nicht mehr bewegt.«

Kritisch spähte er ins Innere des Wagens. »Nun braucht sie ihn auch nicht mehr. Komm, der Schlüssel steckt. Du weißt doch noch, wie man fährt?«

Diese Seite seines Vaters kannte er nicht. Das klang gar nicht nach dem gesetzestreuen Bürger.

Nikolas betrachtete das Nummernschild. »Ein roter Winkel, sogar ein Amtsstempel. Hat er überhaupt Benzin? Und meinst du nicht, dass es zu auffällig ist, wenn …«

»Dem feinen Herrn ist dieses Automobil nicht gut genug?«, unterbrach Eduard ihn. »Seid ihr da drüben alle so ängstlich? Kein Wunder, dass die Polizeieinheiten Paris nicht halten konnten.« Schon nahm er auf dem Beifahrersitz Platz. »Durch die Benzinrationalisierung ist es zwar unüblich, dass ein Auto durch die Stadt fährt, aber nicht ungewöhnlich. Dreh den Schlüssel um, ich will endlich wissen, ob ich heute noch einen Gewaltmarsch vor mir habe.«

Ohne ein weiteres Wort zu verlieren, setzte sich Nikolas hinters Steuer. Der Wagen würde sowieso nicht anspringen. Kaum zu glauben, dass er die Bomben der Alliierten unbeschadet überstanden hatte. Nun sollte er nach all den Jahren anspringen? Zu seiner Überraschung röhrte der Motor beim dritten Anlauf los. »Das gibt es nicht!«

»Das Auto war Frau Kramers Notfallplan«, sagte Eduard ruhig. »Sollten die Amis vor der Tür stehen, wäre sie mit den Kindern nach Lüdenscheid geflüchtet, auf den Bauernhof ihrer Schwester. Sie rechnete sich dort bessere Chancen aus, zu überleben. Dass sie hier einen Wagen stehen hat, wurde nicht gemeldet. Alles andere war Glück.«

»Oder Pech für Frau Kramer und ihre Kinder«, fügte Nikolas hinzu und legte den ersten Gang ein. »Zum Polizeipräsidium?«

Eduard nickte und richtete seine Krawatte. »Du solltest den Weg kennen.«

*

Lange hatte Nikolas kein Auto mehr bewegt. Durch die abgeklebten Scheinwerfer war es besonders schwierig, durch die Trümmer zu manövrieren.

»Gute Arbeit. Fast nicht als Fälschung zu erkennen.« Eduard drehte Nikolas' Papiere hin und her und begutachtete sie im kargen Restlicht. »Adolf Dunkel ... was für ein bescheuerter Name.«

»Das habe ich auch gesagt.«

»Trotzdem, gute Arbeit der Franzmänner. Ein geübtes

Auge sieht, dass der Ausweis gefälscht wurde. Aber der Name … Wusstest du, dass ich damals fest damit gerechnet habe, dass du ein Mädchen wirst?«

Nikolas steuerte den Wagen ins Zentrum. »Nicht wirklich.«

»Wir hatten uns bereits darauf geeinigt, dass du Irmgard heißen wirst.« Eduard blickte aus dem Fenster, hinunter auf den Rhein.

Gerade passierten sie die mächtige Skagerrak-Brücke. Nikolas wunderte sich, dass sie noch intakt war. Anscheinend hatten einige Bomben ihr Ziel verfehlt oder die Alliierten brauchten sie noch. Aber zu welchem Zweck? So genau wollte er lieber nicht darüber nachdenken. »Ist das so?«

»Irmgard Brandenburg, den Namen fand deine Mutter herrlich. Sie war fest davon überzeugt, dass sie eine Tochter bekommt. Du kannst dir die Aufregung vorstellen, als wir bei der Geburt deinen kleinen …«

»Danke, Vater. Ich kann es mir vorstellen. Tut mir leid, dass ich dich bereits in meinen ersten Sekunden auf dieser Erde enttäuscht habe.« Genau das brauchte Nikolas jetzt am allerwenigsten.

Eduard steckte den Ausweis in Nikolas' Innentasche. »Ach, so war das nicht gemeint. Und nun guck auf die Straße, da hinten liegen Trümmerteile.«

Hier sah es wirklich schlimm aus. Die Fassade Düsseldorfs hatte sich in den letzten Monaten sehr gewandelt. Einige Straßenzüge waren kaum wiederzuerkennen, etliche Gebäude existierten nicht mehr. Als hätte sie jemand aus der Häuserreihe herausgerissen und nichts zurückgelassen als einen Haufen Schutt.

Die Hitlerjugend und das Jungvolk waren damit beschäftigt, die Straßen leerzuräumen. Die braunen Uniformen der Pimpfe waren nun allgegenwärtig, und sie wurden für jegliche Arbeiten herangezogen. Wenn kein Mann diese Arbeit erledigen konnte, musste es halt ein Kind tun. Während das Leben auf den Straßen bereits von grotesker Normalität erfüllt war, fragte Nikolas sich, wie lange man diesen Schein noch aufrechterhalten könnte. Ab und zu blickte ein Junge hoch, widmete sich aber schnell wieder seiner Arbeit. Bestimmt dachten auch sie, dass hier ein kriegswichtiger Bediensteter des Reiches unterwegs war und kein gesuchter Hochverräter.

Endlich erreichten sie das Polizeipräsidium Düsseldorf in Unterbilk.

»Fahr eine Straße weiter«, wies Eduard seinen Sohn mit festem Blick auf seinen alten Dienstsitz an.

»Laufen wir da nicht der Gestapo direkt in die Arme?«

»Die Staatspolizei ist nach Ratingen verlegt worden. Nimm die Straße hier links.«

Ein dünner Schweißfilm legte sich auf Nikolas' Hände, während er den Wagen am Präsidium vorbeilenkte. Das kasernenartige Backsteingebäude strahlte eine unheimliche Kraft aus. Wie viele Menschen waren in den letzten Jahren verhaftet und in Zellen in diesem Gebäude gebracht worden – oder sogar darin umgekommen? Er wollte gar nicht daran denken.

»Bleib hier stehen«, befahl Eduard in einer schlecht beleuchteten Gasse und blickte in alle Richtungen. Er hatte einen nicht einsehbaren Ort für das Treffen gewählt. Zudem waren hier keine Passanten zu sehen und besonders keine Polizisten.

»Interessanter Treffpunkt, im Schatten der Polizei.«

»Das beste Versteck liegt genau vor den Augen der Verfolger.«

»Und was machen wir jetzt?«

Sein Vater holte seinen Flachmann hervor und genehmigte sich einen Schluck. »Wir warten.«

Es dauerte keine zehn Minuten, bis sich eine Gestalt aus Richtung des Kavallerieplatzes näherte. Mittlerweile hatte die Nacht Düsseldorf in Dunkelheit getaucht. Nikolas konnte nicht erkennen, um wen es sich handelte, er musste seinem Vater völlig vertrauen. »Ist er das? Ist das Goetsch?«

»Wenn du gleich eine Kugel in deinem Körper hast, weißt du es.«

Vaters Todesverachtung ließ Nikolas einen Schauer über den Rücken laufen. Der Mann vor dem Wagen sah sich mehrmals um, zog seine Dienstwaffe und kam auf die beiden zu. Automatisch ging Nikolas' Hand zu seiner Pistole. Allein Vaters beherztem Eingreifen war es zu verdanken, dass er sie nicht zog.

Mehrmals klopfte der Mann mit dem Lauf seiner Waffe gegen die Scheibe der Fahrerseite und deutete Nikolas an, sie herunterzukurbeln. Dann wurde eine Handlampe auf Nikolas gerichtet. Der Schein blendete ihn.

»Tatsächlich. Nikolas Brandenburg.« Die Stimme des Mannes war tief und wohlklingend. »Guten Abend, Eduard. Ich hatte mit allem gerechnet, aber nicht mit einem Anruf von Ihnen.«

»Setzen Sie sich, Otto. Und machen Sie bitte die Lampe aus. Wir wollen nicht, dass Ihre Kollegen uns zu viel Aufmerksamkeit widmen.«

Leise nahm er im Fond des Adler Trumpf Platz. Nikolas musterte ihn im Rückspiegel. Seine wenigen Haare waren akkurat zurückgekämmt. Er trug einen dunklen Mantel, der den Ansatz eines Bauchs verdeckte, dazu einen Anzug, der eine Nummer zu klein schien. Sein Gesicht war von Furchen gezeichnet und tiefe, beinahe violette Ringe zeichneten sich unter seinen Augen ab.

»Wie geht es Ihnen, Otto?«

»Wie soll es mir gehen? Um uns herum bricht die Welt zusammen, der Amerikaner steht in Aachen und wir sollen Düsseldorf bis zum letzten Mann verteidigen, wenn es nach unserem Führer geht. Lassen Sie diese Floskeln, Eduard. Ich riskiere Kopf und Kragen bei diesem Treffen. Der Mist steht uns ohnehin bis zum Hals.«

Nikolas drehte sich zu dem Mann um. »Können Sie uns helfen, Herr Goetsch?«

Eduard fuhr herum und seine Augen brannten sich in die von Nikolas. Die Nachricht war unmissverständlich: Hier redeten nur er und Goetsch, Nikolas hatte ruhig zu sein.

»Sie haben Nerven, mich über Ihre alten Kollegen zu kontaktieren. Ist Ihnen in den Sinn gekommen, dass die Telefone abgehört werden könnten? Die Gestapo hat ihre Finger überall im Spiel.«

»Ich muss mich entschuldigen, wenn ich Ihnen Unannehmlichkeiten bereitet habe«, entgegnete Eduard bestimmt. »Aber wie Sie sehen, können Sie mir vertrauen.«

Goetsch betrachtete sein Gesicht. »Auf dem Fahndungsfoto sehen Sie jünger aus ... Ich könnte meine Pistole ziehen und Sie festnehmen. Im Reich werden Sie gesucht und es wäre für meine Position bestimmt nicht hinderlich, wenn ich Sie festsetzen würde.«

»Das könnten Sie tun«, stellte Eduard fest. »Immerhin sind Sie stellvertretender Polizeipräsident.«

Nikolas rechnete nun jederzeit mit dem Zugriff.

»Ja, es wäre meine Pflicht. Aber es wäre für unsere Sache

nicht unbedingt hilfreich. Es ist klar, dass Ihr Sohn hier ist. Aber warum sind Sie es? Immerhin haben Sie nicht gerade den Ruf, Hitler gegenüber kritisch eingestellt zu sein.«

Eduard Brandenburg ächzte, als er sich nach vorn lehnte. Ein Schluck aus dem Flachmann folgte. Dachte er gerade an den Scherbenhaufen? An die vielen Menschen, die er verloren hatte? Welche Gründe ihn auch trieben, er war hier und dafür war Nikolas unendlich dankbar.

»Das lassen Sie mal meine Sorge sein. Von einigen Kollegen hört man, dass Sie an einer … nennen wir es alternativen Lösung zu Hitlers ›Verbrannte Erde‹-Philosophie arbeiten.«

Die Augen des Mannes funkelten, als Vater die Worte aussprach. »Die Ohren des Kriminalrats Brandenburg sind also immer noch überall.« Er räusperte sich, fuhr sich mit der Hand übers Kinn. »Was wir hier durchführen, ist Hochverrat.«

»Das Kind ist längst in den Brunnen gefallen, Otto. Ich bin mir sicher, wir können offen reden. Oder denken Sie, die Gestapo benutzt meinen Sohn als Köder, um Sie zu kriegen?«

Goetsch atmete tief durch. »Gut. Wenn wir alle unser Leben riskieren, sollten wir zumindest wissen, warum. Ich arbeite mit einigen anderen an der Übergabe der Stadt an die Alliierten. Wir nennen es: Aktion Rheinland.«

»Ein mutiges Unterfangen«, flüsterte Nikolas.

»Und eins, das mit dem Tod bestraft wird.« Goetschs Stimme war leise. »Sie wissen selbst, was passiert, wenn die Frontlinie den Rhein erreicht. Brücken werden gesprengt, der Volkssturm mobilisiert, und alles, was auf zwei Beinen stehen kann, wird an die Waffen gerufen. Sollte die Stadt belagert werden, wird von ihr nichts mehr übrig bleiben außer Schutt und Asche.«

»So will es der Führer«, sagte Eduard schlicht.

»Und genau das wollen wir verhindern«, entgegnete Goetsch schroff.

»Was haben Sie vor, Herr Goetsch?«, wollte Nikolas wissen.

»Die NS-Führung der Polizei ausschalten und die Stadt den Amerikanern kampflos übergeben, sollten sie den Rhein erreichen.«

Anerkennend pfiff Nikolas. »Von wegen die Wacht am Rhein.«

»Sehen Sie der Realität ins Auge. Dadurch würden wir unzählige Menschenleben retten.«

Mit Paris war es genauso gewesen. Hätte die Résistance die Stadt nicht von innen heraus befreit, wäre ihr ein tagelanges Bombardement gewiss gewesen. Dank mutiger Frauen und Männer konnte ihre Schönheit erhalten bleiben. Ob das Goetsch und der Aktion Rheinland ebenso gelingen würde?

»Wie können wir helfen?«, fragte Nikolas und lehnte sich zu dem Mann hinüber, sodass er sein herbes Duftwasser riechen konnte.

»Wir brauchen Menschen, denen wir vertrauen können. Ich werde mich zu gegebener Zeit an Sie wenden.« Goetsch kramte in der Innentasche seines Mantels und überreichte ihnen zwei zusammengefaltete Papiere. »Hier, zwei Passierscheine. Sie sind natürlich gefälscht, damit sie nicht mit mir in Verbindung gebracht werden können. Aber der Stempel ist echt. Sollten Sie verhört werden, sagen Sie, dass Sie sie entwendet haben.«

Eduard besah sich den Schein genau und nickte schließlich. »Vielen Dank für Ihr Vertrauen. Wir helfen Ihnen, wenn Sie uns darum bitten. Und die andere Sache?«

Goetsch blickte sich mehrmals unsicher um. Er wurde sichtbar nervöser, je länger er im Wagen saß. »Ich habe schon viel zu viel gesagt. An die Akte des Mannes war nicht dranzukommen. Ich habe mich weit aus dem Fenster gelehnt und viele Gefallen eingefordert, um zumindest einen Namen und einen Beruf zu erfahren.«

Endlich bekam Nikolas das, wofür sie gekommen waren. Er schluckte trocken. »Und?«

»Heute in den frühen Morgenstunden gab es einen Transport Richtung Berlin. Höchste Geheimhaltungsstufe. Manfred Zeitschke, 24 Jahre alt, Student an der Medizinischen Akademie.« Goetsch holte einen kleinen, zerknüllten Zettel aus seiner Hosentasche und erklärte: »Sein Professor, Dr. Conrad Wiesmer, erkundigte sich mehrmals nach dem Verbleib seines Studenten. Er war eingeteilt, um Professor Wiesmer zu unterstützen, deshalb wurde er nicht eingezogen. Vor drei Tagen haben sie ihn direkt von seiner Arbeitsstelle geholt. Laut Aussage des Doktors war er ein sehr schlechter Medizinstudent, mit einer starken Affinität zu Physik.« Der stellvertretende Polizeipräsident zerknüllte den Zettel erneut und steckte ihn ein.

»Das war es, tiefer konnte ich nicht graben. Allerdings ist mir dieser Professor Wiesmer wohlbekannt. Er hat es geschafft, etliche seiner jüdischen Kollegen vor der ›Reise‹ zu bewahren.«

»Welche Reise meinen Sie?«, wollte Nikolas wissen.

»Junger Mann, beleidigen Sie nicht meinen Intellekt. Sie wissen genau, welche Reise ich meine … Noch für Sie zur Information: Wiesmer ist nicht nur Arzt, sondern ebenfalls Physiker. Der gute Doktor ist ein Arbeitstier, schläft wenig, sitzt bis in die Morgenstunden am Schreibtisch. Vielleicht stand er Ihrem Manfred Zeitschke deshalb so nah. Wenn Sie einen Anhaltspunkt suchen, würde ich da beginnen. Vielleicht haben Sie Glück und er ist wirklich auf unserer Seite.«

»Wollen wir es hoffen«, sagte Eduard und reichte ungelenk seine Hand nach hinten. »Vielen Dank, Otto. Sie können auf uns zählen.«

Goetsch schüttelte seine Hand. »Ich hoffe, ich habe gerade keinen Fehler gemacht, der mich das Leben kosten wird. Guten Abend, die Herren.«

Wenige Sekunden später war der Mann hinter der nächsten Häuserecke verschwunden.

»Was denkst du?«, fragte Nikolas.

»Dass du den Gang einlegen und zur Akademie fahren solltest. Es wird Zeit, herauszufinden, ob dein gefälschter Ausweis etwas taugt.«

Der Kriminalist in Vater schien wieder erwacht.

KAPITEL 6

– DAS VERMÄCHTNIS UNSERER VÄTER –

Die Moorenstraße in Bilk erreichten sie wenige Minuten später. Das Verwaltungsgebäude der Städtischen Krankenanstalten war ebenfalls der Feuersbrunst zum Opfer gefallen. Einzig das Dach eines Nebengebäudes war unversehrt geblieben, als hätten die Bomben vergessen, es dem Erdboden gleichzumachen.

»Sieht schlimm aus.« Nikolas hatte Mühe, sich auf die Straße zu konzentrieren, während er an seinen alten Freund dachte. »Ob es Martin gut geht?«

»Schwer zu sagen. Es scheint die Medizinische Akademie schwer getroffen zu haben. Kaum zu glauben, dass hier noch irgendwer arbeitet. Männer unter 65 werden zur Wacht auf die linke Rheinseite gerufen, Mädchen ab 16 müssen an die Flak. Den Lehrbetrieb haben sie längst eingestellt. Soweit ich weiß, wird nur noch geforscht.« Eduard bemerkte die dunklen Gedanken seines Sohnes. »Mach dir keine Sorgen um Martin. Er arbeitet bestimmt im Lazarett in Grafenberg. Wenn er nicht an die Front geschickt wurde.«

»Können die das? Einen Arzt abziehen und an die Front schicken?« Bei dem Gedanken wurde Nikolas übel. Er dachte an den kleinen, dicklichen Jungen mit Hornbrille, der Martin einst gewesen war.

»Die ziehen alles gegen den Feind zusammen, was ihnen zur Verfügung steht. Totaler Krieg.«

Nikolas klangen die Worte von Goebbels vom Februar vor zwei Jahren noch im Ohr. Er stellte eine Frage, das Volk antwortete. So wollte es zumindest die nationalsozialistische Führung verstanden wissen. Es war eine Entscheidung der Bevölkerung. Dass sie ihr damals Sand in die Augen streuten, von Heldentaten schwärmten und Zeitungen sie in verführerischer Sicherheit wiegten, das ließ der Propagandaminister in seiner Rede aus. Die Wahrheit war viel schrecklicher, als dass man sie auf Papier hätte drucken können.

Nikolas hatte Monate gebraucht, um Rohns Äußerungen zu verstehen. Zu schwer wog die Last der Taten, welche das deutsche Volk sich auf die Schultern geladen hatte. Es war geblendet worden, bis keiner mehr zwischen Recht und Unrecht unterscheiden konnte. Der Blick war getrübt, die Handlungen wie fremdbestimmt. Sie hatten sich als Krone der Schöpfung gesehen und den Krieg als Kreuzzug für die Gerechtigkeit.

Himmel, wie hatten sie nur so dumm sein können. Noch immer wünschte er sich, dass er bald aufwachen würde aus diesem Albtraum, der schon viel zu lange dauerte. Damals hatte Deutschland am Boden gelegen, von Inflation und Arbeitslosigkeit gepeinigt. Hitler hatte kein Schild um den Hals baumeln gehabt, auf dem stand, dass er bald das Land in einen Krieg stürzen wollte, der alles zu verschlingen drohte. Bei seiner Ernennung zum Reichskanzler war er ein Hoffnungsschimmer gewesen. Vater hatte es selbst gesagt, ihn sogar gewählt. Der Prozess hatte schleichend stattgefunden. Sie hatten einen dunklen Pfad betreten, bei dem ungewiss war, wo er endete.

»Da sind wir. Dort oben, hinter den schwarz gestrichenen Fenstern, ist schwaches Licht zu sehen«, unterbrach

Eduard seine Überlegungen. »Du kannst hier parken. Lass dir nicht allzu lange Zeit.«

Nikolas musste aufhören, sich selbst zu verurteilen, sonst wäre der Abend schneller vorbei, als ihm lieb war. »Du bleibst hier?«

Sein Vater schmunzelte und griff sich seinen Flachmann. »Wenn du keinen zweiten Ausweis in der Tasche hast, werde ich wohl warten müssen. Außerdem könnte es sein, dass dieser Professor Wiesmer mich wiedererkennt.« Vater nahm einen Schluck und hob den Stumpf seines amputierten Beins. »Würdest du mir abnehmen, dass ich immer noch Kriminalkommissar bin?«

Nikolas schüttelte den Kopf.

»Gut, beeil dich und verrate dich nicht. Wenn du in einer Stunde nicht zurück bist, steig ich aus und gehe nach Hause.«

Nikolas öffnete die Tür. »Wie freundlich von dir, Vater.«

*

Kein Pförtner, keine Einlasskontrolle – gar nichts.

Von außen sah das Gebäude aus, als wäre es verlassen. Lediglich ein paar schwache Lichter im Inneren kündeten davon, dass hier jemand zugegen war. Auf der Treppe nahm er beide Ausweise in seine zitternden Hände. Den mit dem Namen ›Brandenburg‹ steckte er tief in die Manteltasche, den gefälschten Ausweis, der ihn als Adolf Dunkel ausgab, in die Innentasche des Jacketts. Er sollte seinen alten Ausweis so schnell wie möglich loswerden.

Die Eingangstür öffnete sich quietschend. Drinnen war es sogar kälter als draußen. Sekundenlang versuchte er, sich zu orientieren, entschied sich schließlich für die erste

Treppe, die ins obere Stockwerk führte. Eine gespenstische Stille lag über diesem Komplex. Unzählige Türen führten vom Korridor ab, der Hall seiner Schritte wurde weit auf die langen Gänge hinausgetragen. Wenn er aus einem der Fenster sah, konnte er bis auf Schutt, verkohlte Balken und leichten Schneefall nichts ausmachen. Die Stadt lag in Finsternis. Wohnungen, Schaufenster, Flurtüren und Arbeitsplätze mussten so ausgestattet werden, dass kein Licht in den öffentlichen Raum fiel. Überprüfungen erfolgten durch die Luftschutz-Hauswarte und die Polizei, die Strafen bei Nichtbeachtung waren drakonisch.

Endlich konnte er unter einer Tür einen schwachen Lichtschein ausmachen. Nikolas schlich näher und drückte mit zwei Fingern gegen das angelehnte Türblatt. Warme Luft kam ihm entgegen. Ein kleiner Ofen arbeitete auf der linken Seite des Büros, während die rechte Wand mit Aktenschränken zugestellt war. Mehrere Petroleumlampen erhellten den Raum. Eine junge Frau beugte sich angestrengt über Aktenberge und ließ ihren Stift über Notizbücher sausen. Sie hatte ihn noch nicht bemerkt. Nikolas kam näher. Erst als er vor ihrem Schreibtisch stand, registrierte sie den Besucher und erschrak.

»Herr im Himmel! Ich habe Sie gar nicht kommen hören.«

»Verzeihen Sie, ich wollte Sie nicht erschrecken.«

Die junge Frau lehnte sich zurück, legte die Hand vor die Brust und atmete tief ein. »Es ist nicht Ihre Schuld, am Nachmittag bekommen wir normalerweise keinen Besuch mehr.«

Sie strich sich eine blonde Strähne aus dem Gesicht. Sie war ein bisschen jünger als er, vielleicht 23 oder 24 Jahre alt. Ein richtiger Feger, war der erste Gedanke, der ihm durch den Kopf schoss. Nikolas sah zum schwarz gestrichenen Fenster. »Es ist eigentlich schon mitten in der Nacht.«

Verdutzt erhob sich die Frau und ging zum Fenster. »Unglaublich, wie die Zeit vergeht. Mein Name ist Elsa Winter«, stellte sie sich vor und schüttelte seine Hand, während sie mit der anderen ihre Brille gerade rückte. »Was kann ich für Sie tun?«

Nikolas zog den Ausweis aus der Innentasche seines Jacketts. »Adolf Dunkel, Reichskriminalpolizei. Guten Abend, Frau Winter. Ich hatte eigentlich mit Herrn Professor Dr. Conrad Wiesmer gerechnet. Er soll hier arbeiten.«

Elsa zeigte auf eine Tür hinter sich und lächelte. Ihre blauen Augen funkelten. »Oh, glauben Sie mir, er arbeitet. Ich hoffe, der Professor bekommt keine Probleme.«

»Nicht wirklich. Es geht um einen seiner ehemaligen Studenten. Ich habe ein paar Fragen, dann bin ich auch schon wieder verschwunden.«

Nikolas ließ seinen Blick über ihren Schreibtisch schweifen. Dutzende Akten waren geöffnet, daneben mehrere beschriebene Blätter Papier. Zwischen Formeln und langen Absätzen reihten sich komplexe Schaubilder ein. »Und Sie sind eine seiner Studentinnen?«

»Ich war es … oder bin es noch … So genau kann ich das gar nicht sagen. Als der Lehrbetrieb eingestellt wurde, fragte mich der Professor, ob ich ihm bei seinen Forschungen assistieren wolle. Man stellte mich vor die Wahl: entweder an die Flak-Scheinwerfer oder hierhin. Jetzt bin ich das Mädchen für alles.«

Sie war süß, ohne Frage. Ein anderes Wort wollte Nikolas partout nicht einfallen für ihre Art. Ein wenig zerstreut, fahrig und trotzdem – oder gerade deshalb – eine sehr attraktive Frau. »Eine gute Entscheidung, die Sie da getroffen haben, Frau Winter.«

Sie lächelte und legte ihren Kopf zur Seite. »Fräulein, bitte.«

»Natürlich, entschuldigen Sie.«

»Wieso natürlich?«, wollte Elsa wissen und zog eine Augenbraue nach oben. »Was wollen Sie damit sagen?«

Nikolas schwirrte der Kopf. Augenblicklich hatte er das Gefühl, als wäre der Raum noch ein paar Grad wärmer geworden. »Ähm, verzeihen Sie, ich wollte Sie nicht beleidigen. Selbstverständlich könnten Sie ... Ich meine ... Sie sind eine junge, gebildete Dame ... Es wäre doch gelacht, wenn Sie keinen finden würden, der Sie ehelicht ...«

Elsa nahm ihre Brille ab und verschränkte die Arme. »Finden würde?«

»Also ... ich meine, jeder Mann könnte sich glücklich schätzen ...«

»Lassen Sie es gut sein, Herr Kriminalkommissar Dunkel«, unterbrach sie sein Gestotter mit einem Lächeln. »Es gibt zu wenige heiratsfähige Männer hier.«

Es konnte doch nicht sein, dass diese Frau ihn binnen Sekunden aus der Fassung brachte. »Das bringt der Krieg leider mit sich«, gab er schließlich zu.

»Ja, leider.« Elsa setzte die Brille wieder auf. Kurz schloss sie die Augen, als ob sie sich sammeln müsste. »Also, Herr Kriminalkommissar, ich halte Sie nur auf. Sie wollten zum Professor?«

»Ja, nur ein kurzes Gespräch, dann werde ich Sie nicht weiter stören.«

»Schade«, hauchte sie kaum vernehmbar, ging zur Tür und klopfte an.

Hatte er gerade richtig verstanden?

Ein kurzes Gespräch folgte, schließlich bat Elsa ihn, näherzutreten. »Darf ich Ihnen Ihren Mantel abnehmen, Herr Kriminalkommissar?«

Als sie das Kleidungsstück an sich nahm, streiften ihre Finger seine Handfläche. Ein umwerfendes Lächeln folgte. Gott, wie lange war es her, seit Claire ihn so angesehen hatte? Röte stieg ihm in die Wangen und auch Elsas Gesicht schien einige Nuancen rosiger zu werden.

»Herr Kriminalkommissar?«

Die Stimme des Professors riss ihn aus seinen Gedanken. »Guten Abend, Dunkel, Reichskriminalpolizei.«

Die beiden Männer schüttelten einander die Hände und betraten das angrenzende Büro. Professor Wiesmer war von imposanter Gestalt. Sein Anzug war zu eng und spannte an einigen Stellen. Obwohl Nikolas sich beileibe nicht als klein bezeichnen würde, überragte ihn der Mann um Längen. Der Schein der Lampen ließ den dunklen Kranz aus Haaren auf seinem Kopf schimmern.

»Sie haben Fragen zu einem meiner Studenten?«, begann der Professor mit tiefer Stimme und deutete Nikolas an, sich zu setzen. Auch hier war das halbe Büro mit Aktenschränken vollgestellt. Anscheinend beschränkte der Professor sich bei seiner Arbeit auf diesen kleinen Raum. Er nahm hinter einem massigen Schreibtisch Platz und musterte ihn aus kleinen, wachen Augen.

»Das ist richtig, Professor. Erst einmal muss ich mich entschuldigen, dass ich Sie um diese Uhrzeit störe.«

Er winkte ab. »Selbstverständlich. Wissen Sie, ich bin ein Nachtmensch, ich kann besser arbeiten, wenn es dunkel ist.«

»Und Ihre Assistentin arbeitet ebenfalls lieber nachts?«

Der Professor nippte an seiner Tasse. »Das Fräulein Winter ist ein wahrer Engel. Ohne sie wäre ich aufgeschmissen.«

»Pflegen Sie einen engen Kontakt zu Ihren Studenten?«

Die Miene des Mannes verfinsterte sich. War Nikolas bereits zu weit gegangen?

»Wie meinen Sie das?«

»Sagt Ihnen der Name Manfred Zeitschke etwas?«

Der Professor lehnte sich zurück und überschlug die Beine. »Ah, natürlich. Meine Anrufe bei der Polizei und die Bitte, ihn laufen zu lassen. Nun, sehen Sie, er war ein miserabler Student, kaum für das medizinische Fach geeignet. Trotzdem ein intelligenter Mann, der, eine gewisse Führung vorausgesetzt, sicher dem Reich vorzüglich dienen könnte. Wie geht es ihm? Haben Sie Informationen über seinen Verbleib?«

Nikolas hatte es schon immer gehasst, solche Nachrichten zu überbringen. Einigen damaligen Kollegen machte das nichts aus, sie konnten ihre Gefühle unterdrücken. Bei ihm war es nicht so.

»Es tut mir leid, Ihnen sagen zu müssen, dass Herr Zeitschke leider verstorben ist. Er ist dem Bombenangriff heute Morgen zum Opfer gefallen.«

Professor Wiesmer musste seinen Kopf mit der Hand stützen. »In der Obhut des Reichs?«

»Wie es aussieht, ja.« Nikolas wartete einige Sekunden ab. »Herr Professor, können Sie mir sagen, woran Ihr Student gearbeitet hat?«

Der Mann nahm seine Tasse, schlürfte aus ihr, während er zum Fenster ging und schließlich hinausblickte. »Das ist nicht so einfach zu sagen, Herr Kriminalkommissar. Er hat mir bei Schreibarbeiten assistiert, sich um die

Ablage gekümmert, war jedoch kaum als Arzt zu gebrauchen. Zeitschke hatte vielfältige Interessen, leider fiel Menschen zu heilen nicht darunter. Sein Vater, damals ein großer Mediziner hier in Düsseldorf, wollte natürlich, dass er Arzt wird und in seine Fußstapfen tritt.«

Diese Haltung kam Nikolas nur zu bekannt vor. »Väter haben ab und zu diese Eigenart.«

Wiesmer zuckte mit den Schultern. »Obwohl ich keine Kinder habe, kann ich es durchaus verstehen. Man will jemanden, der das Werk fortführt, wenn man endlich begreift, dass auch das eigene Leben endlich ist. Ein natürlicher Vorgang, wenn Sie mich fragen.«

»Was ist passiert?«

»Die Nationalsozialisten.« Wiesmer stellte die Tasse ab. Noch immer war sein Blick starr nach draußen gerichtet. »Zeitschkes Vater – ich habe ihn nie kennenlernen dürfen – hatte sich zu sehr gegen die Partei ausgesprochen. Er hatte eine große Basis hinter sich, beinahe die gesamte Ärzteschaft. Er wetterte offen gegen die Nürnberger Rassengesetze, das kostete ihn seine Anstellung. Wenig später wurde er tot aufgefunden. Ein Unfall, wie man hörte.«

Natürlich. Es war jedes Mal ein Unfall, ein Unglück oder schlicht schreckliche Fügung. Nikolas war solch vorgeschobener Gründe überdrüssig. Abfällig schüttelte er den Kopf. »Und sein Sohn trat schließlich in seine Fußstapfen, um das Vermächtnis seines Vaters zu ehren?«

»So ungefähr«, stellte Wiesmer fest. »Leider war er eben kein besonders guter Medizinstudent. Seine Leidenschaft galt der Physik. Er konnte selbst Werner Heisenberg von seinen Arbeiten überzeugen. Tatsächlich führten die beiden einen regen Schriftwechsel.« Wiesmer lachte auf, wie über die Pointe eines Witzes. Vielleicht war es Neid.

»Sie müssen wissen, Herr Dunkel, dass Zeitschke Professor Heisenberg wie ein Idol verehrte, wie eine Ikone. Er war nicht der Mensch, der den Kontakt zu ihm für sich behielt. Um der Wahrheit den Vorrang zu geben, gab er sogar ziemlich mit den kurzen Briefen Heisenbergs an. Er zeigte sie herum wie Trophäen.«

Nikolas kniff die Augen zusammen. Sein Griff ging an die Brusttasche. Zu gerne hätte er sich an dieser Stelle Notizen gemacht, entschied sich aber dagegen. Alles, was er mit sich führte, würde bei einer Verhaftung gegen ihn verwendet werden. »Entschuldigen Sie, Professor, reden wir von dem Nobelpreisträger Heisenberg?«

»Der Mitbegründer der modernen Quantenmechanik, mit 26 Jahren als Professor an die Universität zu Leipzig berufen, fünf Jahre später dann der Nobelpreis für Physik – genau diesen Werner Karl Heisenberg meine ich. Kaum zu glauben, dass einer der klügsten Köpfe des Reichs sich mit einem unbedeutenden Studenten abgibt, nicht wahr?«

Tatsächlich gab das Nikolas zu denken. Ungläubigkeit schwang in jedem Wort des Professors mit.

»Existieren diese Briefe noch?«, wollte Nikolas wissen. »Können Sie mir sagen, wann der Briefwechsel begann und auf wann der letzte Brief datiert ist?«

»Ich kann Ihnen leider nicht mehr sagen als Ihren Kollegen. Irgendwann während Heisenbergs Zeit in Leipzig begann der Austausch von Gedanken. Zeitschke stellte Heisenberg seine Arbeit vor, seitdem schrieben sie sich alle paar Wochen oder Monate, genau weiß ich es nicht. Als Heisenberg 1942 zum Leiter des Kaiser-Wilhelm-Instituts in Berlin ernannt wurde, intensivierten sie ihren Kontakt. Vielleicht sah Heisenberg sein jüngeres Ich in Zeitschke oder ein Potenzial, welches ich nicht zu erkennen vermochte. Wo die Briefe sind, kann ich Ihnen nicht sagen. Vor drei Tagen holten sie Zeitschke ab, aus dem Vorraum. Ich versuchte, meine Kontakte spielen zu lassen, wollte wissen, wie es ihm ergangen ist, doch habe ich nichts mehr von ihm gehört und die Schutzstaffel …« Wiesmer lächelte traurig. »Nun ja, Sie wissen, wie schlecht man an Informationen kommt.«

»Leider ja. Wissen Sie den Namen des Offiziers, der für Zeitschke zuständig war?«

Professor Wiesmer rieb sich die hohe Stirn. Einige Sekunden kramte er in seinen Gedanken. »Lugner … Lüger, in der Richtung. Sie müssen verzeihen, die Anatomie des Menschen oder kaum aussprechbare Medikamente kann ich mir hervorragend merken. Bei Namen hingegen scheint mein Gehirn die Information nicht wirklich den Gang in das Langzeitgedächtnis antreten lassen zu wollen. Vielleicht müssen Sie diesbezüglich einen offiziellen Antrag bei Ihrem Vorgesetzten stellen. Ich bin mir sicher, dass der Vorgang aufgezeichnet wurde.«

Ganz bestimmt wurde er das. Nikolas würde die Akte niemals zu Gesicht bekommen. Selbst mit Goetschs Hilfe war es ein unmögliches Unterfangen. Und wieder spielte Luger in diesem Spiel eine Rolle. Nikolas krallte sich an der Stuhllehne fest. Verbissen versuchte er, alle Informationen zu verarbeiten. »Professor, was war Manfred Zeitschke für ein Mensch? War er in der Partei?«

»Zeitschke? Auf keinen Fall. Er befürwortete einen anderen Kurs, wenn Sie verstehen, was ich meine. Er wollte nicht an einen Unfalltod seines Vaters glauben und führte sein Vermächtnis fort. Ein mutiger Mann, der jüdischen Mitbürgern half. Zumindest bis ihm die SS auf die Schliche kam.«

»Und wie stehen Sie dazu?«

Wiesmers Augen blitzten. »Es ist gefährlich, in Gegenwart eines Kriminalkommissars eine Aussage zu treffen. Wie gesagt, ein mutiger Mann.«

»Den Sie versucht haben, zu retten.« Es war ein Tanz auf dem Drahtseil. Nikolas wollte mehr Informationen, durfte aber nicht zu viel riskieren. Trotzdem, er musste es versuchen.

»Sie scheinen der Ansicht zu sein, dass einige Entscheidungen des Führers ... sagen wir ... unglücklich waren?«, fragte Nikolas leise.

Augenblicke vergingen, bis Wiesmer eine Akte nahm und diese hochtrabend vor sich ausbreitete. Das Maskenspiel ging weiter. »Herr Kriminalkommissar, ich kann Ihnen nicht mehr folgen. Es ist wirklich spät und ich habe wichtige Arbeit für das Reich zu erledigen. Besser Sie oder Ihre Behörde vereinbaren einen Termin bei Fräulein Winter, wenn Sie weitere Fragen haben.« Schon war der Mann in seine Akten vertieft.

»Vielen Dank für Ihre Zeit, Herr Professor.« Nikolas war zu weit gegangen. Er erhob sich und schüttelte ihm kurz die Hand. Im Türrahmen drehte er sich jedoch noch einmal um. »Verzeihen Sie eine letzte Frage: Haben Sie eine Ahnung, was die Zahlenkombination 92 – 235 bedeutet?«

Es war ein Schuss ins Blaue. Umso mehr überraschte es Nikolas, als der Professor einen bejahenden Laut von sich gab.

»Uran«, knurrte der Mann.

»Entschuldigung, wie meinen Sie?«

»92 ist die Ordnungszahl von Uran. Sie bezeichnet die Anzahl der Protonen im Atomkern«, erklärte er beiläufig, da es für ihn offensichtlich keine große Herausforderung darstellte, dieses Wissen abzurufen. »Seit der Entdeckung der Kernspaltung im Jahr 1938 durch Otto Hahn ist Uran 235 in aller Munde, das müssen Sie doch wissen, Herr Kriminalkommissar. Lesen Sie keine Zeitung? Wo waren Sie denn die letzten Jahre?«

Nikolas biss sich auf die Lippe. Eine deutsche Zeitung hatte er in Paris nicht in die Hände bekommen.

»Uran ist benannt nach dem Planten Uranus«, führte Professor Wiesmer seine Ausführungen fort. »Martin Heinrich Klaproth nannte es bei seiner Entdeckung Uranit. 1790 wurde es schließlich in Uranium umbenannt. Klaproth forschte im Bergwerk ›Georg Wagsfort‹ bei Johanngeorgenstadt in Sachsen, wo er das Erz mit Säure behandelte und stark erwärmte. Das Ergebnis bestand aus einem schwarzen Pulver.« Professor Wiesmer blickte kurz auf, wollte zu seiner Tasse greifen und fasste ins Leere. Anscheinend hatte er vergessen, dass diese noch vor dem Fenster stand.

»Die Veröffentlichungen im Januar und Februar 1939 stieß auf außerordentliche Resonanz unter den Naturwissenschaftlern. Überlegen Sie, was diese Kernreaktionen für neue Energiequellen hervorbringen könnten. Ich will Sie aber nicht mit Details langweilen.«

Diese hätte Nikolas ohnehin nicht verstanden, war er überzeugt und nickte lediglich. »Vielen Dank, Herr Professor.«

Tief in seine Gedanken versunken, schloss er die Tür hinter sich. Es brauchte allerdings nur ein Lächeln von Elsa und die Überlegungen waren wie fortgeblasen.

»Haben Sie gefunden, wonach Sie suchten, Herr Kriminalkommissar?«, fragte sie freundlich, als sie ihm den Mantel reichte.

»Vielen Dank, Fräulein Winter. Wie lange müssen Sie in dieser Nacht eigentlich noch arbeiten?«

Sie setzte sich auf ihren Stuhl und zog die Strickjacke zurecht. »Nun, eigentlich ein wenig länger. Wieso? Haben Sie vor, mich auszuführen?« Ihre Offenheit überraschte Nikolas. »Ich würde mich über ein wenig Abwechslung sehr freuen. Die Berichte, die Akten, die Bombenangriffe. Es ist irgendwie dasselbe, oder? Vielleicht ist es morgen schon vorbei, da wäre eine vertane Chance wirklich zu schade, oder?«

Als er sich den Mantel anziehen wollte, stockten seine Bewegungen. »Natürlich, aber wissen Sie, ich bin rein dienstlich hier. Zu gerne würde ich …«

»Geben Sie sich keine Mühe, Herr Kriminalkommissar«, entgegnete sie lachend und zwinkerte ihm zu.

Nikolas wusste nicht, wie er diese Aussage deuten sollte, und konnte lediglich ein »Gu… guten Abend …, Fräulein Winter« stottern, bevor er sich, verwirrter als zuvor, der Tür zuwandte und die Klinke nach unten drückte. Was blieb ihm anderes übrig, als sich zu verabschieden und einen letzten Blick auf die blonde Frau zu werfen, die ihn mit den Augen fixierte. Er musste sich zwingen, sich das Gespräch mit dem Professor in Erinnerung zu rufen.

Mehrmals blickte er sich um, bevor er aus dem Gebäude trat. Der Schnee hatte sich wie eine dünne Schutzschicht auf die Straßen und Trümmer gelegt, als wollte er die Grausamkeit des Krieges für das menschliche Auge verbergen. Geduldig saß sein Vater auf dem Beifahrersitz des Wagens und nippte am Flachmann.

»Und, wie war es?«, wollte er wissen, als Nikolas hinter dem Steuer Platz nahm.

»Aus Wiesmers Sekretärin werde ich nicht schlau. Ihr Name ist Elsa Winter. Blonde Haare, blaue Augen, interessantes Lächeln und sehr forsche Art.« Nikolas lehnte sich zu seinem Vater. »Sie ist klug und hat irgendetwas an si...«

Ein Schlag auf den Hinterkopf beendete den Satz abrupt.

»Du sollst dich auf deine Arbeit konzentrieren und mit deinem Kopf denken, nicht mit anderen Dingen. Wie die Sekretärin von Wiesmer aussieht, ist mir völlig einerlei. Was hat der Professor gesagt?« Sein Vater drehte sich zum Fenster und schüttelte fassungslos den Kopf. »Herr im Himmel, kein Wunder, dass sie dich nach Paris geschickt haben.«

Das hätte Nikolas kommen sehen müssen. Während der Rückfahrt bemühte er sich, das Gespräch so exakt wie möglich wiederzugeben. Er äußerte den Verdacht, dass Professor Wiesmer dem Regime kritisch gegenüberstand und jüdischen Ärzten bei der Emigration geholfen hatte. Kurz nachdem sie die Skagerrak-Brücke passiert hatten, beendete Nikolas seinen Bericht.

»Nicht unbedingt überraschend«, war das Einzige, was sein Vater zu sagen hatte.

»Was willst du damit sagen?«, hakte Nikolas nach. »Das war's jetzt? Was würdest du an meiner Stelle tun?«

»Was willst du von mir hören, Nikolas? Die Sache ist klar: Der Vater eines jungen Studenten wird wegen seiner Affinität zu projüdischem Gedankengut getötet. Der Sohn will Rache und formt eine Widerstandsbewegung gegen das Regime. Natürlich wird er früher oder später umgebracht. Ob nun durch Bomben oder die Hand eines Kerkermeisters spielt keine Rolle.« Eduard unterstrich die Worte mit seinem Finger, fast wie ein Dirigent, der ein Orchester leitete. »Seine letzten Worte gelten der Arbeit

Heisenbergs, den er ohnegleichen bewundert. Und wenn du keine Verbindung zum Kaiser-Wilhelm-Institut in Berlin herstellen und den großen Heisenberg befragen kannst, sieht es wohl nach einer Sackgasse aus.«

Er hasste es, wenn Vater seine Schlussfolgerungen ausspie, als wären sie Gesetz. Seine Worte hatten etwas von Endgültigkeit, wie ein Todesurteil des Volksgerichtshofs. Schon früher war es schwer gewesen, dagegen anzukommen, und mit zunehmendem Alter seines Vaters wurde es nicht einfacher.

»Du sagtest, dass es eventuell kein Zufall war, dass Manfred Zeitschke im Bombenhagel an unsere Tür klopfte. Was ist, wenn er wirklich die Kontaktperson der Résistance war?«

»Und wie willst du das herausfinden, mein Sohn? Fragen kannst du ihn ja schlecht.«

»Vielleicht sollten wir seine Kommilitonen befragen?«

»Gib dir keine Mühe, die sind an der Ostfront und versuchen, den Russen den Garaus zu machen, oder verhungern in den Schützengräben im Westwall. Darüber hinaus … Wie stellst du dir das vor? Gibst du dich weiter als Adolf Dunkel aus und spazierst durch Düsseldorf?« Eduard schnaubte in sein Taschentuch.

Schon früher wurde seine Stimme tiefer, wenn er sich in Rage geredet hatte. Jetzt kam sie Nikolas vor wie ein Reibeisen. Der Alkohol hatte ganze Arbeit geleistet.

»Ich muss den Verstand verloren haben, dich überhaupt bis hierhin begleitet zu haben. Es grenzt an ein Wunder, dass wir nicht in eine Personenkontrolle geraten sind. Ein anderes Mal werden wir nicht so viel Glück haben, das sage ich dir. Wenn Fortuna uns nicht hold gewesen wäre, säßen wir längst in einem Verhörraum der Gestapo.«

Nikolas wusste, dass er seinen Vater an diesem Punkt nicht unterbrechen sollte. Das machte es nur noch schlimmer. Der verbitterte Greis hatte die Oberhand über den Polizisten gewonnen. Wütend klopfte sich Eduard auf seinen Stumpf, als sie auf die heimatliche Straße in Oberkassel einbogen. »Sieh der Wahrheit ins Auge. Bald wird Düsseldorf Frontstadt sein.«

Vor wenigen Monaten hatte er von einem deutschen Sieg geredet. Dass Hitlers Divisionen den Feind in den Atlantik zurückdrängen würden. Sein Vater war ein analytischer Mensch. Hatte mittlerweile auch er erkannt, dass sowohl die Bombenangriffe als auch die Verschiebung der Front Zeichen der drohenden Niederlage waren?

»Du hast keine Hoffnung mehr?«, wollte Nikolas wissen, als er den Wagen neben dem zerstörten Haus der Kramers parkte.

Eduard deutete mit einem Nicken zu den Ruinen. Die weiße Pracht bot hier den Trümmern die Stirn, dennoch waren das verkohlte Schwarz und die Trümmer, wo vor Kurzem noch das Haus gestanden hatte, unverkennbar. Hier waren heute Morgen eine Frau und ihre zwei Kinder gestorben.

»Sieht so Hoffnung aus, mein Sohn?«

KAPITEL 7

– FEUER UND EIS –

Es war vorbei.

Endgültig. Wie hatte er nur denken können, dass er dieses Rätsel lösen könnte? Bisher hatte er lediglich einen Studenten, der sich offen gegen das Regime bekannt hatte und getötet worden war. Leider kein Einzelfall in dieser Zeit. Ob durch die SS, die Gestapo oder die Bomben der Amerikaner war an dieser Stelle nicht von Belang. Zudem konnte er weder einfach bei Heisenberg in Berlin anrufen noch bei Rohn in Paris, um zu fragen, ob er wirklich seine Kontaktperson gewesen war.

Die Nacht über und die Hälfte des nächsten Tages hatte er gegrübelt und war zu einem Entschluss gekommen – ihm waren die Hände gebunden. Wenn er sein Leben nicht frühzeitig beenden wollte, konnte er gar nichts tun, außer zu hoffen, dass die Résistance bald von sich hören ließ.

Gegen Abend wusch er seinen Körper, legte sich mit Hemd und Hose ins Bett und starrte an die Decke. Ein paar Scheiben Brot, ein wenig Margarine, dazu eine dünne Suppe. Mehr war heute nicht zu kriegen gewesen. Nach wie vor erlaubte Vater nicht, dass er sich oben aufhielt. Wer sollte es ihm verdenken, bei den unangekündigten Besuchen des Staatsapparates. Im Wohnzimmer dudelte der Volksempfänger und wieder einmal ertönte die Stimme von Joseph Goebbels. Nikolas hatte die krächzende Stimme des Propagandaministers unendlich satt.

»… wir haben allerdings nichts anderes erwartet. Das Judentum hat es durch seine internationale Zersetzungsarbeit fertiggebracht, die Öffentlichkeit in diesen Ländern so zu vergiften, dass sie zu eigenem Denken, von eigenen Entschlüssen ganz zu schweigen, gar nicht mehr fähig ist. Seht dem gegenüber das deutsche Volk – im Osten verzweifelt bemüht, die Springfluten aus Innerasien einzudämmen und zu brechen. Gleichzeitig in der Heimat geschlagen und gepeinigt von einem sadistischen, feindlichen Luftterror. Im Westen und Süden …«

Weiter kam er nicht. Vater stellte den Volksempfänger aus. Anscheinend hatte auch er genug vom Tag. Das gleichmäßige Klopfen auf der Holztreppe, als Eduard zum Schlafzimmer im ersten Stock ging, war Nikolas mittlerweile vertraut. Wenn in den nächsten Stunden keine Bomben fielen, würde er die Nacht allein mit sich und seinen Gedanken verbringen. Mit der bittereren Gewissheit, dass er zu dieser Schlacht nichts mehr beitragen konnte. Er würde einfach hier liegen bleiben und das Ende des Krieges abwarten. Die Ungewissheit, was danach passieren würde, bereitete ihm allerdings Sorgen.

Immer öfter war nun Angst glühender Mittelpunkt der Ansprachen. Wenn sich ein Minister oder der Führer selbst zu Wort meldete, wurde dem Volk Furcht vor der Niederlage eingeimpft wie ein Virus, das sich langsam des Körpers bemächtigte. Ihre Worte setzten Bilder in den Köpfen der Menschen fest von mordenden Tommys und brandschatzenden Russen, die nichts zurückließen außer vergewaltigten Frauen, mehr tot als lebendig. Natürlich – alles Propaganda. Doch wie würde die traurige Wirklichkeit aussehen?

Was würde geschehen, wenn die Amis Vaters Haus stürmten? Einen versehrten Greis ließen sie womöglich laufen. Aber was wäre mit ihm? Rohn hatte versprochen, sich dieses Problems anzunehmen. Doch was war, wenn der Feldwebel nicht mehr lebte? Vielleicht hätte er in Frankreich bleiben sollen. Alles war besser, als von den amerikanischen Soldaten eine Kugel zwischen die Augen zu kriegen. Wenn sie so etwas überhaupt taten.

Viele Deutsche hatten im Leben noch keinen Amerikaner gesehen, geschweige denn mit einem gesprochen. Für sie waren die Russen blutrünstige Monster, die Briten hochnäsige Kapitalisten und die Amis wilde Cowboys, die erst schossen und anschließend die Fragen stellten. Die Angst wurde wie ein Feuer geschürt, bis sie sich der Menschen bemächtigte und niemand mehr zwischen Wahrheit und Lüge unterscheiden konnte.

Nikolas atmete tief durch, zog sich die Decke über den Kopf und schloss die Augen. Was würde passieren, wenn Deutschland den Krieg verlor? Eine Frage, die wahrscheinlich nicht nur er sich in dieser Nacht stellte. Er spürte, wie sich die Überlegungen wie Gummi dehnten. Mit aller Macht wollte er sie verdrängen und löschte das karge Licht der Lampe.

Einen Augenblick später war er wach – hellwach.

Ein Geräusch an der Tür spülte die Müdigkeit aus seinen Beinen und ließ sein Herz rasen. Als er das Pochen von Vaters Krücken in der ersten Etage vernahm, fuhr ihm ein Schreck in die Glieder. Kein Zweifel, jemand stand vor der Tür und klopfte zaghaft. Noch eben hatte er sich Gedanken darüber gemacht, was nach dem Krieg passieren würde. Plötzlich war er sich gar nicht mehr sicher, ob er das Ende überhaupt erleben würde. Die SS war für ihre nächtlichen Besuche bekannt, genauso die Gestapo. Aber würden diese zaghaft anklopfen?

Mit staubtrockenem Mund griff er sich seine Sauer-Pistole und schlich zum Treppenabsatz. Er schickte ein stummes Gebet gen Himmel. Wenn er eine Kugel abbekommen sollte, bitte schnell und schmerzlos in den Kopf. Er hielt den Atem an, hörte, wie Vater mühsam die Treppe herabstieg.

»Wer ist da?«, schrie Eduard

Nikolas konnte nicht hören, was die Stimme sagte, aber sie war ohne Zweifel weiblich.

»Was wollen Sie?«

Erneut diese dünne Stimme, schließlich wurde die Tür geöffnet. Nikolas rannte nach oben, nahm mehrere Treppenstufen auf einmal. Sein Gesicht lehnte er an das Holz des Türrahmens, die Pistole im Anschlag.

»Finde ich hier den Kriminalkommissar Nikolas Brandenburg?«

Erst in diesem Augenblick konnte er die Stimme zuordnen. Sie gehörte Elsa Winter. Doch woher wusste sie …?

»Der ist tot«, grollte Eduard. »Dieser Verräter ist gefallen, man hat mir nicht gesagt, wann und wo. Ist mir auch lieber so.«

»Dann nehme ich an, dass er gestern nicht bei mir war.«

Eduard lachte auf. Es war ein finsteres, bösartiges Lachen. »Ich hab einiges gesehen, junges Fräulein. Aber Leichen, die des Nachts umherwandeln, sind mir noch nicht untergekommen.«

Elsa ließ sich jedoch nicht abspeisen. »Sie sind Eduard Brandenburg, sein Vater, der ehemalige Kriminalrat?«

»Der bin ich und wie Sie sehen gerade auf dem Weg ins Bett. Seien Sie vorsichtig auf dem Heimweg. Gute Nacht.«

Nikolas hörte die Haustür quietschen, dann ein Scheppern. Elsa musste mit dem Fuß die Tür aufgehalten haben.

»Ich glaube, dass er lebt, unter dem Namen Adolf Dunkel. So genau weiß ich es nicht. Auf dem Ausweis, den er vorzeigte, las ich diesen Namen – Nikolas Brandenburg stand allerdings auf den Papieren, die in seiner Manteltasche steckten.«

Nikolas' Lippen formten tonlos Flüche. Wie hatte er so dumm sein können? Wieso hatte er den Ausweis nicht einfach bei der ersten Gelegenheit verbrannt? Er hatte Elsa seinen Mantel gegeben. Für sie war es ein Leichtes gewesen, in die Innentasche zu greifen und seinen Ausweis zu kontrollieren. Seinen richtigen! Schlimmer noch, es war ihm gar nicht aufgefallen, dass dieser fehlte.

»Wenn Sie möchten, kann ich damit zur Polizei gehen«, führte sie mit süßlicher Stimme an. »Ich bin mir sicher, dass Ihre ehemaligen Kollegen sich dafür intere…«

»Sind Sie allein?« Eduard schaltete schnell.

»Ja, ich bin den ganzen Weg mit dem Fahrrad von Bilk hierher gefahren. Niemand ist mir gefolgt. Bitte, ich will nur mit ihm reden.«

Einige Momente schätzte Eduard die Situation ab. »Gut, kommen Sie rein und seien Sie leise.«

Als die Haustür geschlossen wurde, betrat Nikolas langsam den Raum. Als Erstes sah er seinen Vater, der mit grimmigem Blick an ihm vorbeischritt.

»Dass ich nicht längst in Sippenhaft bin, grenzt an ein Wunder«, flüsterte er und setzte sich im Nachthemd an den Esstisch. Er machte sich nicht einmal die Mühe, ein Glas aus dem Schrank zu holen, sondern trank direkt aus der Schnapsflasche.

»Guten Abend, Herr Brandenburg.« Elsa löste ihr dunkles Kopftuch und stopfte es in ihre Manteltasche. Sie trug mehrere Kleidungsschichten übereinander, um dem bitterkalten Winter zu trotzen. Als sie ihren Mantel auszog, kam ihre rote Strickjacke zum Vorschein. »Ich hoffe, dass ich Sie zu dieser nächtlichen Stunde nicht störe?« Sie sah sich um, legte ihren Mantel über einen Stuhl und warf Nikolas seinen Ausweis zu. »Der ist Ihnen aus der Tasche gefallen. Ich wollte ihn zurückbringen.«

»Aus der Tasche gefallen ... Wie konnten Sie ...?«

»Durch Professor Wiesmer«, sprudelte es aus ihr heraus, während sie sich die Hände rieb. »Er hat gute Verbindungen. Der Name Brandenburg ist einigen Bürgern wohlbekannt. Deshalb war es nicht schwer, die Adresse herauszufinden.«

Nikolas hielt die Pistole hinter dem Rücken versteckt, seine Finger umschlossen krampfhaft den Griff. »Und nun dürfen wir damit rechnen, dass gleich mehrere Beamte das Haus stürmen?«

Amüsiert schüttelte Elsa den Kopf, nahm ihre beschlagene Brille ab und säuberte sie. »Dann wäre es wohl ziemlich dumm von mir, das Haus als Erste zu betreten, oder? Nein, niemand weiß, dass ich hier bin.«

»Außer Professor Wiesmer«, stellte Eduard fest.

Die junge Dame trat näher an Nikolas' Vater heran. »Außer dem Professor, natürlich. Ich handle in seinem Auftrag. Wir sind also allein und es tut mir aufrichtig leid, dass ich eben so deutlich werden musste. Verzeihen Sie, Herr Brandenburg. Das ist eigentlich nicht meine Art.« Bei Elsas kindlichem Lächeln musste sogar Eduard kurz schmunzeln. Schließlich wandte sie sich an Nikolas. »Besteht die Möglichkeit, dass wir uns unter vier Augen unterhalten?«

»Machen Sie sich keine Umstände. Ich wollte sowieso gerade ins Bett«, erwiderte Eduard und erhob sich. »Vielleicht solltet ihr lieber in den Keller gehen. Wenn ihr gesehen werdet …«

»Oh ja, ich hörte von Nikolas Brandenburg, dem Verräter, der sich angeblich dem Judentum angeschlossen hat und nun in Frankreich der Unzucht mit Tieren frönt.« Kurz blickte sie zu Boden und hielt sich lachend die Hand vor den Mund. »Dummes Geschwätz, wenn Sie mich fragen.«

Damit hätte er rechnen müssen. Den Namen, auf den sein Vater stolz gewesen war, hatte er für alle Zeiten befleckt. Er steckte seine Pistole und den Ausweis in den Hosenbund und vollführte eine einladende Handbewegung. »Bitte, gehen wir in den Keller.«

Als Elsa auf halbem Weg nach unten war, klopfte Eduard mit seiner Krücke auf den Fußboden. Seine Augen bohrten sich in Nikolas' Leib wie brennende Pfeile. »Den Ausweis im Anzug vergessen … unglaublich.«

Das hatte er verdient. Dieser Fehler hätte ihn das Leben kosten können.

»So lebt man also auf der Flucht.« Elsa betrachtete sein kleines Refugium mit dem Interesse eines Schatzsuchers. Was glaubte sie, hier zu finden? Dreckige Wäsche, ein karges Essen, ein paar Bücher? Nikolas wünschte sich in dieser Sekunde, seine erbärmliche Existenz vor ihr verbergen zu können. Er ließ sich auf das Bett fallen. »Sie haben mich also nicht ausgeliefert? Warum?«

Sofort veränderten sich Elsas Gesichtszüge und sie wirkte um Jahre gealtert. Plötzlich war sie nicht mehr das lebensfrohe, unbeschwerte Fräulein, sondern eine ernste Dame mit analytischem Blick.

»Sie verlieren keine Zeit, oder?«

»Haben wir denn welche?«

Schüchtern zog sie einen Mundwinkel nach oben und nahm auf Nikolas' Matratze Platz. »Ich habe das Gespräch zwischen Ihnen und dem Herrn Professor mit angehört. Jedes Wort.«

»Und?«

»Er hat Ihnen nicht die ganze Wahrheit erzählt.«

Nikolas wurde hellhörig und lehnte sich zu ihr. Der Duft ihrer Haut ließ seine Gedanken für eine Sekunde abschweifen, doch seine Neugier zwang ihn, sich wieder zu fangen. »Wer sagt heutzutage schon die ganze Wahrheit?«

»Sie verstehen mich falsch. Professor Wiesmer hat jüdischen Kollegen und Studenten geholfen, zu emigrieren. Manfred – ich meine, Herr Zeitschke – spielte dabei eine Rolle.«

»Und welche?«

Sie schüttelte vehement den Kopf. Ihre blonden Haare streiften fast Nikolas' Gesicht. »Das weiß ich nicht. Er hat nicht viel darüber geredet. Natürlich, er prahlte mit Heisenberg, konnte stundenlang über die Entdeckung der Kernspaltung referieren, aber was das anging, schwieg er beharrlich. Bis auf ...« Sie stockte.

Nikolas hatte den Eindruck, als würden ihre Gefühle sie übermannen. Elsa schluckte mehrmals und Nikolas sah sich nach etwas um, das er ihr als Taschentuch anbieten konnte. Schließlich fing sie sich wieder. »Bis auf was, Fräulein Winter?«

»Sie müssen wissen, Herr Kriminalkommissar, wir hatten eine kurze Liebschaft. Es war nichts Festes, bestand rein aus körperlicher Begierde.« Ein trauriges Lächeln umspielte ihre Lippen. »Man weiß nie, ob dies der letzte Tag ist. Wir wollten einfach ein wenig Spaß. Mein Vater wird an der Ostfront vermisst, meine Mutter wohnt in

Berlin … Ich wollte Nähe spüren, bevor es vielleicht zu spät ist.«

Nikolas konnte sie gut verstehen. Zu gut. Den halben Winter hatte er in seinem Keller verbracht und von Claires Berührungen geträumt. »Natürlich, Sie müssen sich dafür nicht rechtfertigen.«

»Vor vier Tagen sagte er zu mir, dass wir alles sofort beenden müssten. Er war ganz anders als sonst, bekam sich gar nicht mehr ein. Er wolle mich beschützen, indem er mich fortstoße, sagte er. Die Gestapo sei hinter ihm her und er könne niemandem mehr trauen.« Elsa holte ein Tuch aus ihrem Ärmel und tupfte sich die Augen. »Ich hatte das Gefühl, dass er verrückt vor Angst wird. Er sagte mir, er habe eine Aufgabe von Heisenberg bekommen. Können Sie sich das vorstellen? Professor Werner Heisenberg soll ihm eine Aufgabe übertragen haben!«

Nikolas kam ins Grübeln. Dieser junge Mann schien wichtiger zu sein, als es auf den ersten Blick den Anschein hatte. »Welche Aufgabe? Und warum er? Warum ein Student aus Düsseldorf?«

Flehend sah Elsa Nikolas an. »Sie werden gesucht, obwohl viele glauben, dass Sie tot sind. Arbeiten Sie wirklich mit der Résistance zusammen, wie die Leute sagen?«

Es gab keinen Grund zu lügen. Diese junge Frau hätte zur SS gehen und ihn ausliefern können. Sie hätte alle Informationen aus ihm herausgefoltert. »Die Résistance hat mich vor Monaten mit dem Auftrag nach Deutschland zurückgeschickt, hier auf eine Kontaktperson zu warten, die ich nie gesehen habe. Herr Zeitschke könnte derjenige gewesen sein. Sollte es tatsächlich so sein, war er meine einzige Verbindung zur Résistance. Mehr habe ich nicht zu bieten.«

»Was ist, wenn ich Ihnen sage, dass Manfred Kontakte nach Frankreich pflegte? Heisenberg muss das gewusst haben. Fragen Sie mich bitte nicht, wie, aber Manfred hat etwas von Heisenberg bekommen. Unterlagen, eine Aufzeichnung, eine wichtige Nachricht – irgendwas, das er der Résistance übergeben sollte. Er war aufgewühlt, redete wirres Zeug, als wäre er vom Teufel besessen. Und er hatte Todesangst. Seiner Aussage zufolge sei es lebenswichtig für das Volk, er müsse es überbringen, wiederholte er immerzu.«

Dieses Mal musste sie ihre Brille abnehmen, um sich die Tränen wegzuwischen. »Die Hölle auf Erden würde losbrechen, sollte er versagen. Er war nicht mehr derselbe, Herr Brandenburg. Vor etwas oder jemandem hat er sich schrecklich gefürchtet. Ich habe Manfred noch nie so gesehen, das können Sie mir glauben.«

»Haben Sie ihn darauf angesprochen? Was sollte er tun?«

»Ich weiß es nicht … Ich kann es Ihnen nicht sagen«, schluchzte sie. »Natürlich wollte ich mit ihm sprechen, aber da war es zu spät. Die SS befragte mich noch im Büro, und allein aufgrund von Professor Wiesmers Fürsprache nahm sie mich nicht mit. Wir müssen dringend finden, was Heisenberg ihm gegeben hat, und deshalb bin ich zu Ihnen gekommen. Wenn Manfred vor seinem Tod die Ordnungszahl 92 genannt hat und sie wirklich für Uran steht, ist die Lage ernst. Gleichgültig, woran Heisenberg gearbeitet hat, aber unzählige Wissenschaftler auf dem ganzen Planeten veröffentlichen Berichte über eine Nutzbarkeit der Kernspaltung.«

»Was bedeutet das?«

»Wenn ich das wüsste. Hätte ich doch bloß mit Manfred

darüber gesprochen.« Elsa faltete die Hände in ihrem Schoß. »Können Sie eine Verbindung nach Frankreich aufbauen?«

Die Sache wurde mit jeder Minute interessanter. Der junge Student war also ein Spion gewesen. Zeitschke schien wirklich sein Kontaktmann gewesen zu sein. »Ich habe leider keinen Kontakt mehr zu meinen Verbindungsleuten. Wissen Sie, wie Herr Zeitschke seine Nachrichten an die Résistance übermittelte?«

»Vor ein paar Wochen brachte Manfred mich nach Hause. Er sagte, dass er eine Kleinigkeit erledigen müsse, und holte einen Brief hervor. Ich habe nicht weiter darüber nachgedacht, meine Gedanken waren woanders.«

Nikolas konnte sich denken, auf welcher Wolke das Fräulein Winter damals geschwebt hatte.

»Wir spazierten durch den Hofgarten bis zu dem Märchenbrunnen am Ananasberg. Waren Sie schon einmal dort? Ein wundervoller Ort zum Verweilen.«

Mit seiner Mutter war er früher ab und an dort entlanggegangen, als er noch ein kleiner Junge war. Die Schönheit des Hofgartens war ihm lange Zeit nicht mehr aus dem Kopf gegangen. Sogar die Düssel, Namensgeberin der Stadt, floss durch den weitläufigen Park im Zentrum. Unzählige Denkmäler und Kunstobjekte zierten den Wald. Mutter hatte ein Faible für die Geschichten und Personen gehabt, die sich dahinter verbargen. Ob die Weyhe-Statue oder das Denkmal des ersten Westfälischen Feldartillerie-Regiments, sie wusste über alles Bescheid. Die Worte seiner Mutter waren fest in seinem Gedächtnis verankert und obschon es einige Augenblicke brauchte, um die Staubschicht auf den Erinnerungen wegzupusten, flackerten die Bilder von damals vor seinem geistigen Auge auf, als hätte er die steinernen Monumente erst gestern besucht.

Er schloss seine Augen, ging den Weg im Geiste ab. »Von der pompösen Reitallee führt ein Weg ab. Wenn man diesem Pfad folgt, kommt man an der Säule für Prinzessin Stephanie von Hohenzollern vorbei, bis man schließlich vor dem Kriegerdenkmal steht.« Er konnte sogar die Schrift sehen, welche in den Stein eingemeißelt war. »›Ruhm ward dem Sieger genug und Jauchzen und gruenender Lorbeer …‹«

»›Thraenen, von Muettern geweint, schufen dies steinerne Bild‹.« Elsas Stimme war leise. Sie sah zu Boden, als sie die Worte sprach.

»Ich bin beeindruckt, Fräulein Winter. Bisher war ich der Ansicht, dass ich der einzige Einfaltspinsel bin, der die Inschriften der Denkmäler im Hofgarten kennt.«

Noch immer glitzerten Tränen in ihren Augen und ihre Wangen waren errötet, Nikolas bemerkte den Hauch eines Lächelns auf ihren Lippen.

»Ich kann Sie beruhigen, Sie sind nicht der einzige Einfaltspinsel. Ich gehe gerne in den Hofgarten, dort ist es ruhig und man hat für einen Moment das Gefühl, als wäre der Krieg weit weg.«

»Ein Ort der Stille, wohin die Gedanken flüchten können, wenn sie zu schwer werden.«

»So etwas in der Art.«

Die beiden sahen sich tief in die Augen und Nikolas vergaß, welchen Gedankengang er eigentlich hatte verfolgen wollen. Er musste das Verlangen unterdrücken, nach ihrer Hand zu greifen. Zu gern hätte er die Wärme ihrer Haut gespürt, für einen Herzschlag alles um sich herum vergessen.

»Dann muss ich Ihnen den Weg zum Märchenbrunnen also nicht erklären?«, fragte Elsa nach einer scheinbaren Unendlichkeit, die für seine Begriffe viel zu kurz war.

»Oh, der Märchenbrunnen, natürlich. Auf ihm sind drei Kinder zu sehen, die amüsiert auf drei Frösche blicken. Und dort hat er den Brief versteckt?«

»Er zerknüllte ihn und stopfte das Papier in die Nische zwischen dem mittleren und dem rechten Kind. Ein paar hundert Meter weiter setzten wir uns auf eine Parkbank und Manfred zeichnete mit einem Kohlestift einen Kreis auf deren Holz. Er meinte, dass sein Freund dank des Kreises Bescheid wisse und den Brief abholen würde.«

Obwohl es ihm widerstrebte, lehnte sich Nikolas zurück. Die Magie des Augenblicks war verschwunden. »Kein schlechtes System. Wenn er auf diese Weise Nachrichten an die Résistance übermittelt hat, können wir diesen Weg ebenso nutzen.«

»Vorausgesetzt, der Übermittler kontrolliert jeden Tag oder wenigstens ab und an die Parkbank«, gab Elsa zu bedenken. »Vielleicht ist die Person ebenfalls der SS zum Opfer gefallen.«

»Oder den Bomben«, fügte Nikolas hinzu, während er sich erhob und zu Stift und Papier griff. »Es ist unsere einzige Möglichkeit. Außerdem haben wir nichts zu verlieren. Im schlimmsten Fall wird der Brief niemals abgeholt und verrottet.«

Nikolas setzte sich mit den Schreibutensilien auf das Bett und hielt inne. »Die Botschaft oder die Sache, die Herr Zeitschke von Heisenberg bekam, wo könnte sie sein? Hatte er irgendein bestimmtes Versteck in seiner Wohnung oder im Büro? Vielleicht einen Lieblingsplatz?«

»Nicht dass ich wüsste«, verneinte Elsa. »Die SS wird seine Wohnung auf den Kopf gestellt haben, vielleicht haben sie längst die Nachricht oder den Gegenstand. Ohnehin trug Manfred alles, was von Bedeutung war, bei sich. Er war ein vorsichtiger Mensch. Haben Sie nichts gefunden, als er zu Ihnen kam?«

Nikolas wollte ihr die grausamen Details ersparen und beließ es bei einem einfachen »Nein.«

»Umso wichtiger ist es, dass die Résistance erfährt, dass Manfred etwas zugestoßen ist, damit sie Maßnahmen ergreifen kann.«

»Wäre es eine Möglichkeit, sich direkt an Heisenberg zu wenden?«

»Wenn Sie eine Adresse oder eine Kontaktmöglichkeit besitzen? Laut Manfreds Aussage wurde das Kaiser-Wilhelm-Institut für Physik ausgelagert. Er könnte also überall im Reich sein.«

Nikolas tippte den Stift gegen seine Stirn. Das Ganze gefiel ihm überhaupt nicht. Ein wichtige Botschaft, die eventuell in den Händen des Reichs war und deren Inhalt er nicht kannte, dazu ein vager Kommunikationsweg mit der Résistance und damit mit den Alliierten – für seinen Geschmack war es definitiv eine Rechnung mit zu vielen Unbekannten. »Das macht die Sache nicht einfacher. Trotzdem, wir müssen es versuchen«, murmelte er und begann zu schreiben.

Ein einfacher Brief an Rohn, mit der Bitte, ihm mehr Informationen zu geben, musste reichen.

»Wann wollen Sie den Brief dort deponieren?«, wollte Elsa wissen, die geduldig gewartet hatte.

»Jetzt gleich. Wenn es stimmt, was Sie sagen, sollten wir keine Zeit verlieren. Gehen Sie nach Hause, ich melde mich in der Medizinischen Akademie, sobald ich etwas weiß.«

Als hätte Nikolas sie beleidigt, erhob sich Elsa und blickte ihn ungläubig an. »Ich werde auf jeden Fall mit Ihnen kommen, Herr Brandenburg. Immerhin habe ich mich an Sie gewandt, da steht es außer Frage, dass ich Sie begleite. Außerdem muss ich ohnehin in Richtung Stadtmitte. Ein wenig Gesellschaft auf dem Weg wäre angenehm.«

Wenn Frauen solch einen Ton anschlugen, war es in der Regel sinnlos, etwas dagegen zu sagen. Resigniert steckte er den Brief ein, überprüfte seine Waffe und zog sich Mantel und Schuhe an. Auf der Treppe berührte Nikolas Elsas Arm. »Ihnen ist bewusst, dass Sie ein großes Risiko eingehen? Bedenken Sie, was passiert, sollten Sie mit einem Verräter erwischt werden.«

»Ich glaube nicht. Schließlich bin ich nur eine kleine Schreibkraft, die vom Verräter Nikolas Brandenburg alias Adolf Dunkel getäuscht und verführt wurde.«

Mit diesen Worten ging sie nach oben und zog sich ihren Mantel an. Von den Geräuschen aufgeschreckt, kam Eduard nach unten.

»Vater, wir gehen kurz in den Park.«

Eduards Augen weiteten sich. Wie angewurzelt blieb er stehen und sah seinen Sohn an, als hätte er ihm gerade offenbart, sich der SS zu stellen. »Ihr geht was?«

»Wir müssen in den Hofgarten, eine Nachricht an die Résistance übermitteln. Ich erkläre dir alles später.«

»Natürlich, Kinder, habt viel Spaß!«, flüchtete sich Eduard in Sarkasmus. »Es ist ja nur mitten in der Nacht, die Tommys könnten jeden Moment ihre Angriffe fliegen und was vielleicht noch wichtiger ist: Du bist ein gesuchter Verräter! Mit deiner Halsstarrigkeit bringst du die junge Dame in Gefahr.«

»Vielen Dank, Herr Brandenburg, aber Ihr Sohn hilft mir bei einer wichtigen Sache.«

Kraftlos lehnte Eduard sich gegen die Wand, holte ein

Taschentuch hervor und schnäuzte sich. »Wieso, um alles in der Welt? Nikolas, kann ich dich kurz sprechen?«

Als er näher an seinen Vater herantrat, bemerkte er, dass die letzten Tage diesen viel Kraft gekostet hatten.

»Hast du dir überlegt, dass die Kleine eine Spionin des Reichs sein könnte?«

»Vater, du siehst überall Feinde.«

»Und das zu Recht. Denk an die zweite Ehefrau von Erik, da war es genauso, und du läufst blindlings ins offene Messer.«

Kurz sah Nikolas zu Elsa hinüber, die sich gerade ihr Kopftuch umlegte. Natürlich hatte er daran gedacht. Doch Elsa war anders. Sie war ja beinahe noch ein Kind, lächelte oft und hatte eine einnehmende Art, bei der es schwer war, zu widerstehen. Mit anderen Worten: Sie war das komplette Gegenteil von Claire. Die Französin hatte das Gesicht eines Engels, war einsilbig und wortkarg, während Elsa schnell und hastig redete. Claire war fokussiert wie ein Falke, immer das Ziel vor Augen, bei Elsa hatte Nikolas das Gefühl, schon der Flügelschlag eines Schmetterlings könne sie ablenken. Ihre Lebensfreude sprühte beinahe aus ihren Augen. Die Frauen waren Gegensätze wie Feuer und Eis, auch wenn von beiden eine unsagbare Anziehungskraft ausging.

»Wenn sie mich verraten wollte, hätte sie das längst tun können«, flüsterte Nikolas. »Mit der SS oder der Gestapo hätte sie ohne Probleme einen Brief schreiben und die Kontaktperson in eine Falle locken können. Dafür braucht sie mich nicht. Nein, Vater. Ich glaube, sie benötigt wirklich unsere Hilfe.«

»Unsere?«, erwiderte Eduard mit festem Blick. »Wenn du dich in den Abgrund stürzen willst, werde ich dich nicht aufhalten … Bitte lass diesmal deinen alten Ausweis hier. Ich brauche nicht noch mehr nächtlichen Besuch.«

Daran hatte Nikolas auch schon gedacht. Er gab seinem Vater seinen echten Ausweis, als ihm etwas einfiel: »Vater, besitzt du noch dein altes Fahrrad?«

Teilnahmslos drehte sich Eduard um und humpelte nach oben. »Es ist wahrscheinlich platt, aber nimm es dir. Wie du unschwer erkennen kannst, habe ich keine Verwendung mehr dafür.«

Nikolas wollte bereits das Haus verlassen, als Elsa sich noch einmal in Richtung des Treppenaufgangs drehte.

»Auf Wiedersehen, Herr Brandenburg. Es war schön, Sie kennenzulernen.«

Keine Antwort – natürlich nicht. Wahrscheinlich war sein Vater genauso verdutzt wie er. Noch mehr überraschte es, als plötzlich Eduard Brandenburgs Stimme ertönte: »Danke, auf Wiedersehen.«

Nikolas musste sich ein Lachen verkneifen. Es bedeutete einiges, wenn sogar sein Vater dem Charme dieses Fräuleins für eine Sekunde verfallen war. Gemeinsam traten sie hinaus in die Kälte.

KAPITEL 8

– DÄMONEN IN DER NACHT –

Der Wind blies ihnen um die Ohren, als sie endlich den Hofgarten erreichten. Vaters Rad war in einem erstaunlich guten Zustand. Wenige Handgriffe hatten genügt, um es fahrtüchtig zu machen. Sogar einen Kohlestift, um auf die Bank einen Kreis zu zeichnen, hatten sie gefunden. Nach wenigen Kilometern merkte Nikolas, wie schlecht er in Form war. Obwohl nasskalter Regen den Schnee fortgespült hatte, konnte er kaum mit Elsa mithalten. Die Monate im Keller seines Elternhauses, mit wenig Bewegung und kargem Essen, hatten Spuren hinterlassen. Ohne Licht radelten sie durch das nächtliche Düsseldorf, stets auf der Hut vor einer Patrouille.

»Wir sollten unsere Fahrräder hier abstellen. Dann können wir zu Fuß durch den Wald flüchten, wenn es brenzlig wird. Es ist nicht mehr weit bis zum Märchenbrunnen.«

»Guter Einfall«, hechelte Nikolas. Seine Lunge brannte vor Anstrengung und er war froh, nun neben der jungen Frau hergehen zu können.

Einige Meter hinter den Bäumen am Waldrand legten sie ihre Fahrräder ab. Elsa schritt energisch voran, als hätten sie nicht gerade mehrere Kilometer in rekordverdächtigem Tempo zurückgelegt. »Wissen Sie eigentlich, warum der Ananasberg seinen Namen trägt?«

Völlig außer Atem versuchte Nikolas, Schritt zu halten, und kramte in seinen Erinnerungen. Seine Mutter hatte ihm viel über den Hofgarten beigebracht, doch dieses Detail wollte ihm nicht einfallen. Im Augenblick war er froh darüber, da er unter seinem Keuchen kaum sprechen konnte. »Nicht wirklich«, gab er zu.

»Er wurde im Bereich des heutigen Hofgartens angelegt, der schon im 19. Jahrhundert bei Spaziergängern äußerst beliebt war. Der Hofkonditor Franz Geisler stellte im Jahr 1835 den Antrag, dort ein Restaurant betreiben zu dürfen. Sogar Prinz Friedrich von Preußen schätzte die Köstlichkeiten des Konditors, insbesondere seine Ananasbowle, und so durfte Geisler das Gebäude errichten. An dem Restaurant wurde eine große Ananasfrucht angebracht, was schließlich dem ganzen Berg seinen Namen einbrachte.«

Mehr und mehr wuchs seine Bewunderung für diese Frau. »Sagten Sie nicht, dass Sie Medizin studieren wollten? Sie scheinen vielseitige Interessen zu haben.«

Elsa zog sich das Tuch enger um ihren Kopf, nahm Nikolas' Arm und schmiegte sich an ihn. Es war bitterkalt, dennoch hatte er das Gefühl, als würde ein Inferno in seinem Innern toben. Ihre Schritte verlangsamten sich.

»Die Nationalsozialisten kündigten nach ihrer Regierungsübernahme an, den Anteil der Studentinnen auf unter zehn Prozent zu senken. Ich hatte Glück, überhaupt studieren zu können. Mein Vater war Hauptmann an der Ostfront und wird vermisst, wie Sie wissen. Er hatte gute Verbindungen zu Professor Wiesmer. Nur deshalb war es mir möglich, die Akademie besuchen zu können. Als kein Lehrunterricht mehr stattfand, habe ich ziemlich alles gelesen, was mir in die Finger kam.«

Für einen kurzen, verträumten Moment legte sie ihren

Kopf an seine Schulter. Ginge es nach Nikolas, hätte dieser Augenblick ewig dauern können. Es war ein Hauch Normalität in dieser grausamen Welt.

Elsa rückte ihre Brille gerade. »Darunter waren viele Bücher über die Düsseldorfer Geschichte. Na ja, was macht man nicht alles, wenn man einsam ist.«

»Man fängt zum Beispiel eine Liaison mit einem Kommilitonen an?«

»Es war körperlich, hatte nichts mit Gefühlen zu tun«, antwortete sie mit fester Stimme. »Wie ich schon sagte, es war die Nähe, ein wärmender Körper in der Nacht und das Gefühl, nicht alleine die letzten Tage verbringen zu müssen.«

Nikolas überraschte, dass sie offen über diese Thematik sprach.

»Erzählen Sie mir von Frankreich«, forderte Elsa, als sie auf einen kleinen Pfad einbogen, der sich durch das Wäldchen schlängelte.

»Was wollen Sie wissen?«

»Ist es so schön, wie die Leute sagen? Professor Wiesmer war einmal dort und berichtete, es wäre die schönste Metropole der Welt, die Stadt der Lichter, Paris est la ville de l'amour.«

Fürwahr, der Stadt haftete dieser schmückende Ruf an. Er hatte den Eiffelturm in all seiner Schönheit gesehen und den Louvre, auch wenn er nie das Museum besucht hatte, nicht einmal zu seiner offiziellen Zeit dort. Im Reichssicherheitshauptamt hatten sie ihm davon abgeraten. Die Deutschen wollten den Louvre unbedingt geöffnet lassen, im Rahmen ihrer Pariser Kulturpolitik wollten sie beweisen, dass Frankreich zum normalen Alltag zurückgekehrt war. Paris war bei den Soldaten die

Attraktion während ihres Fronturlaubs. Dass die Nazis die meisten Gemälde entfernt und die antiken Statuen durch Gipskopien ersetzt hatten, sagte ihnen niemand. Was für Nikolas von Paris übrig blieb, waren Schmerz und Trauer, mit Claire als erloschenem Lichtblick. Selbst seine Beziehung zu der Frau, die er über alles liebte, hatte er nicht retten können. In Frankreich war die Angst sein ständiger Begleiter gewesen. Das letzte Bild, das ihm von Paris im Kopf geblieben war, waren die beiden Männer, die vor den Augen ihrer Familien von ihren Landsleuten gefoltert und an der Fabrikdecke aufgehängt worden waren. Hatten sie eigentlich überlebt? Er hatte Rohn nie gefragt.

»Ihr Professor hat recht«, log Nikolas. »Es ist die schönste Stadt der Welt. All die kleinen, romantischen Cafés und Ausstellungen, dazu die Architektur und die Sprache. Sie sollten Paris nach dem Krieg besuchen. Es ist wirklich wundervoll.«

Es gab keinen Grund, Elsa die Wahrheit zu sagen. Sollte sie zumindest dieses Bild für sich aufrechterhalten.

»Vielleicht können Sie mir Ihr Paris ja einmal zeigen«, sagte sie und stupste ihn leicht an. »Nach dem Krieg, versteht sich.«

Ihm graute es bei dem Gedanken. Das Letzte, was er wollte, war in die Stadt zurückzukehren, in der er so viel Leid und Schmerz hatte erleben müssen. Was sollte er ihr sagen? Dass die Chancen nicht schlecht standen, dass er von seinen eigenen Landsleuten gefasst wurde? Dass auch nicht sicher war, ob die Amis ihn nicht töten würden? Oder eine Bombe? Er streichelte über ihren Rücken und sie blickten sich lächelnd in die Augen. »Zu gerne, Fräulein Winter.«

»Dann haben wir eine Verabredung. Sehen Sie, der Brunnen!«

Nikolas hatte gar nicht gemerkt, dass sie bereits den halben Park durchschritten hatten. Die Zeit verging in ihrer Gesellschaft wie im Flug. Im leichten Nieselregen war das Kunstwerk schwer auszumachen. Doch es war genau so, wie er es in Erinnerung hatte. Die drei lächelnden Kinder auf dem Brunnen wirkten in dieser harten und von Entbehrungen geprägten Zeit fehl am Platz. Das Wasser im Brunnen war gefroren und eine dünne Schicht Regenwasser hatte sich auf dem Eis gesammelt.

»Na dann, Herr Kriminalkommissar, legen Sie Ihre Nachricht ab.«

Ungelenk stieg Nikolas auf den Brunnen, zerknüllte den Brief an Rohn und steckte ihn in die Mulde zwischen den zwei lachenden Kindern. Es fehlte lediglich noch das Zeichen auf der Parkbank.

Als er unbeholfen dort oben stand, konnte sich Elsa kaum halten vor Lachen. »Klettern gehört nicht zu Ihren Stärken, oder?«

Genau wie Fahrradfahrern, Sprinten oder Schwimmen, dachte er.

»Nicht wirklich«, sagte er gepresst und sprang herab. »Und wo soll ich diesen Kreis machen?«, wollte Nikolas wissen, den Kohlestift bereits in der Hand haltend.

»Gleich dort drüben«, deutete Elsa mit den behandschuhten Fingern in Richtung Parkbank und sah kritisch zum Brunnen. »Machen Sie nur, aber ich werde den Brief fester in die Lücke drücken, sonst wird er noch vom Wind fortgetragen.«

Schon war sie mit wenigen Sprüngen auf dem Brunnen und stopfte den Brief tiefer hinein. Endlich ließ der Regen nach und auch die Wolkendecke riss auf. Im Mondschein beobachtete er Elsas kindliche Freude, auf dem Märchenbrunnen herumzuturnen. Diese Frau hatte irgendetwas, dessen er sich nicht erwehren konnte. Während er überlegte, ob es eine gute Idee war, sie in die Sache mit hineinzuziehen, ging er zur Parkbank und malte mit dem Kohlestift einen dicken Kreis auf das Holz. Die Parkbank stand unter einem großen Baum, war gut vor Wind und Wetter geschützt, also würde der Regen die Kohle nicht abwaschen. Zur Sicherheit malte er einen zweiten Kreis und einen dritten auf die Bank.

»Halt! Was machen Sie da?«

Die Stimme ließ das Blut in seinen Adern gefrieren. Im Mondschein erkannte er drei Männer, allesamt ohne Uniform, die auf den Brunnen zustürmten. Vielleicht waren es Beamte der Geheimen Staatspolizei? Verdammt, was machten die hier im Hofgarten? Eine Patrouille konnte es kaum sein. Schnellen Schrittes näherten sie sich Elsa, deren Hand tief in der Mulde des Brunnes steckte. Wenn sie den Brief entdeckten, wäre ihr eine Inhaftierung gewiss. Nikolas duckte sich und verschwand zwischen den Bäumen. Noch hatten sie ihn nicht entdeckt, während Elsa vom Brunnen herabstieg und ihre Hände in die Höhe reckte. Kein gutes Zeichen, dass die Männer ihre Waffen im Anschlag hielten.

Ohne zu zögern, zog Nikolas seine Pistole. Er war nie ein guter Schütze gewesen, doch für eine Ablenkung musste es reichen. Drei Schüsse hallten im Wald wider; die Projektile schlugen in der Nähe der Männer ein. Wie er gehofft hatte, gingen diese in Deckung. Auch Elsa reagierte wie erhofft und rannte in den Wald. Die mächtigen Stämme verschluckten einen Großteil des Mondlichts, was ihre Fluchtchancen erhöhte.

»Mist«, murmelte Nikolas, als einer der Männer Elsa folgen wollte.

Erneut krachten Schüsse aus seiner Deckung heraus. Diesmal konnte er die volle Aufmerksamkeit der drei erlangen. Anscheinend hatten sie sein Mündungsfeuer ausgemacht, denn sie schossen wild in seine Richtung. Eine Kugel traf den Baum, hinter dem er Schutz suchte. Das Holz splitterte und er presste sich noch fester an den Stamm.

Elsa musste mittlerweile einen ordentlichen Vorsprung haben. Sie kannte sich in dieser Gegend aus, bestimmt schaffte sie es schnell zu den Fahrrädern. Nikolas musste die drei Männer weiterhin ablenken. Im Geiste zählte er nach. Drei Schüsse zu Anfang, zwei, um Elsa die Flucht zu ermöglichen, blieben noch drei Kugeln im Magazin. Als die Männer sich langsam aus der Deckung erhoben und näherkamen, zeigte er ihnen mit zwei weiteren Schüssen, dass er es ihnen nicht leicht machen würde. Sein Herz pochte wie verrückt, alle seine Sinne waren geschärft, als er sich umsah. Bis auf die Stimmen der Männer konnte er keinen weiteren Laut vernehmen. Hinter ihm lag der Wald in Finsternis, vor ihm der Weg, zwar vom Mondlicht erhellt, aber durch die drei Männer versperrt. Mit einem flüchtigen Blick vergewisserte er sich, dass ihm wirklich die Aufmerksamkeit aller drei Männer galt, als er seine letzte Kugel verschoss und in den Wald rannte. Nach wenigen Metern stolperte er über eine Wurzel und landete schmerzhaft auf dem Boden. Sein Knie fühlte sich taub an, trotzdem raffte er sich auf. Die Männer waren ihm auf den Fersen. Erneut wünschte er sich, dass er besser in Form wäre. Besonders das angeschlagene Knie machte ihm zu schaffen, als er durch den dunklen Wald lief und die Männer in seinem Rücken spürte.

»Bleiben Sie stehen! Sie haben keine Chance!«

Ihre Rufe wurden immer lauter, zusätzlich pfiffen Kugeln an ihm vorbei. Es würde nicht mehr lange dauern, bis die Hetzjagd ein Ende hatte und sie ihn einholten. Nikolas mobilisierte alle Kräfte, ignorierte sein lädiertes Knie und humpelte weiter. Er wollte nach links, dort wo er die Fahrräder vermutete. Erneut krachten Schüsse in der Dunkelheit. Das eine Projektil flog direkt an seiner Schulter vorbei, das andere landete im Baumstamm vor ihm. Schwer atmend änderte er die Richtung, stolperte auf einen kleinen Bach zu und wollte diesen mit einem Sprung überqueren. Angstvoll drehte er sich um. Die drei Schatten, welche wie Dämonen hinter ihm her waren, kamen näher. Er biss die Zähne zusammen, setzte zum Sprung an, obwohl jede Faser seines Körpers schmerzte. Als er den letzten Schritt tat, spürte er, wie etwas ihn nach unten riss. Erst fühlte er ein Ziehen lediglich an seinem Arm, dann verlor Nikolas' ganzer Körper an Schwung und er landete auf dem harten Waldboden. Als hätte ein Geist ihn in dieser finsteren Nacht zu Fall gebracht.

»Kein Wort.« Elsas Stimme duldete keinen Widerspruch, als sie heftig an seinem Arm zog. »Komm mit!«

Sie musste ihn beinahe über den Boden schleifen, bis er sich aufgerappelt hatte und ihr geduckt folgte. Elsa zog ihn flussaufwärts eine Böschung hinab, betrat mit ihm das Eis. Es krachte, und sie brachen ein. Knöcheltief standen sie im eiskalten Wasser und blickten angespannt den Bachlauf hinauf.

»Woher wusstest du …?«, fragte Nikolas, doch Elsa legte ihre Hand auf seinen Mund.

Er rutschte aus, und beide landeten im Wasser. Schnell richteten sie sich wieder auf, ihre Kleidung hatte sich trotzdem voll Eiswasser gesogen.

»Du atmest so laut, dass man es kilometerweit hören kann«, flüsterte sie schließlich, den Blick nicht vom Bach nehmend. »Wie viele Patronen hast du noch?«

»Keine.«

Bei dieser Antwort drückte sie sich näher an ihn. Im nächsten Moment brachen die Schatten aus dem Wald. Der erste stolperte, brach durch das Eis, fluchte in die Nacht und erreichte schließlich das andere Ufer. Die anderen folgten ihm. Bald waren sie in der Dunkelheit verschwunden.

Nikolas und Elsa pressten sich aneinander, doch die Kälte fraß sich wie Gift in ihre Körper. Noch immer standen sie knöcheltief im Eiswasser und lugten über die Böschung.

»Konntest du den Kreis auf die Bank malen?«, wollte sie schließlich wissen.

»Ja. Was ist mit dem Brief? Meinst du, dass sie ihn gesehen haben?«

Elsa schüttelte den Kopf, sie fing an zu zittern. »Ich glaube nicht. Wenn sie nicht wirklich danach suchen, bleibt der Brief unentdeckt.«

Zumindest etwas Positives hatte dieser nächtliche Ausflug. Weit entfernt peitschte im Wald ein Schuss, die Männer waren glücklicherweise auf der falschen Fährte.

Nikolas zog Elsa voran. »Lass uns hier verschwinden, bevor sie mit weiteren Leuten das Gelände absuchen. Weißt du, wo die Fahrräder liegen?«

Elsa nickte, schlang ihre Arme um sich, ihr Atem bildete weiße Wolken. Ihre Lippen waren blau.

»Gut, zeig mir den Weg, wir müssen beide schnell ins Warme.«

»M-meine Wohnung is-st nicht weit von-n hi-hier«,

sagte sie vor Kälte stotternd. »Ich ha-habe einen k-kl-kleinen Ofen, an d-dem wir uns wärmen k-können.«

Sich jetzt noch dem eisigen Wind bei der langen Fahrradfahrt aussetzen zu müssen, behagte Nikolas gar nicht. Elsa würde sich sicher den Tod holen, wenn sie noch länger hier draußen blieben. Mit zitternden Fingern steckte er die Pistole ein. »Gut, beeilen wir uns.«

*

In der Nacht war die Stadt still, obwohl Tausende ihr Hab und Gut verloren hatten und auf der Flucht waren. Schweigend fuhren Elsa und Nikolas nebeneinander, wohl wissend, dass sie so schnell wie möglich ins Warme mussten. Wer derzeit ein Dach über dem Kopf sein Eigen nennen konnte, gehörte zu den Glücklichen. Öffentliche Gebäude, etwa NSDAP-Stellen, Gasthöfe und Schulen, dienten als provisorische Notaufnahmen für Ausgebombte. Unzählige Flüchtlinge wurden dort registriert. Die Behörden schickten viele der nun Obdachlosen ins Umland. Sie hatte das Schicksal nicht so hart getroffen wie diejenigen, die man tot aus zerstörten Ruinen oder zugeschütteten Kellerräumen geborgen hatte. Auch wenn sie nichts mehr besaßen, zumindest hatten sie ihr Leben.

»Wir sind da«, hauchte Elsa mit dünner Stimme, als sie den Stadtteil Pempelfort im Zentrum erreichten. Nikolas zitterte ebenfalls vor Kälte und hielt sich sein schmerzendes Knie, während er das Mehrfamilienhaus begutachte. Anscheinend war diese Straße verschont geblieben – ein seltener Anblick in jener Zeit.

»Ungewöhnlich, dass eine junge Frau wie du ganz

alleine wohnt«, brachte Nikolas hervor, während Elsa versuchte, die Haustür aufzuschließen.

»M-mein Vater hat nur zuge-gestimmt, weil Professor Wi-wiesmer ein Auge auf mi-mich h-ha-at. Er i-ist für mich ei-eine A-art Tutor und hat die Wo-wohnung durch seine Konta-takte besorgt. Sie ist kl-klein, aber we-wenigstens bin ich u-ungestört.«

Nikolas machte sich Gedanken über das Verhältnis zwischen Elsa und ihrem Professor. Anscheinend war er weitaus mehr als ihr Lehrvater. Noch immer versuchte sie vergebens, den Schlüssel in das Schloss zu stecken. Zu sehr zitterten ihre Finger und ließen Metall gegen Holz schlagen.

»Warte, ich helfe dir.« Nikolas gelang es schließlich, endlich konnten sie die Fahrräder in den Flur schieben.

»E-es ist direkt hi-ier«, sagte Elsa und steuerte die erste Tür rechts von ihnen an. »Tritt ei-ein, ich w-werde direkt den Ofen anma-machen.«

Nikolas lehnte sein Fahrrad gegen das von Elsa und folgte ihr in ihre Wohnung. Die junge Frau bewohnte ein kleines Zimmer, kaum größer als seine Kellergruft. Rechts an der Wand stand ihr Bett, links gab es eine kleine Kochnische, daneben zwei Regale, ein Tisch und eine Tür, die wohl zum Bad führte. Ihr offen stehender Kleiderschrank war noch der ordentlichste Fleck in der Wohnung. Alles lag kreuz und quer verteilt, Zeitschriften für Physik waren auf dem Boden verstreut, neben einem Wintermantel und Essensmarken. Nikolas rieb sich die Hände. Langsam kehrte Gefühl in seine Glieder zurück. Interessiert sah er sich um, während Elsa Kerzen anzündete und den Ofen mit Zeitungspapier und Kohlen befeuerte. Sie schien sich nun weitaus besser zu fühlen, denn sie zitterte kaum mehr.

»Die Essensmarken, willst du die gar nicht einlösen?«

»Ist ni-nicht n-nötig, Professor Wi-wiesmer bringt mir rei-reichlich mit.«

Dieser Mann interessierte ihn allmählich immer mehr. Unmerklich für Elsa lugte er ihr über die Schulter und traute seinen Augen kaum. Mehrere Schichten Kohlebriketts standen ihr zur Verfügung. »Ich nehme an, dass der Herr Professor auch die besorgt hat?«

Im Ofen loderte das Feuer. Die erste Wärme streichelte über Nikolas' Haut. Eine Wohltat.

»Ich habe doch gesagt, dass er ein Auge auf mich hat. Du musst wissen, Vater und er waren sehr gute Freunde. Mittlerweile ist er für mich mehr als nur mein Professor.«

Das Magazin für Physik, welches Nikolas vom Boden aufgehoben hatte, ließ er auf den Tisch fallen. »Er ist aber nicht …?«

Der Ton seiner Aussage ließ nur eine einzige Interpretationsmöglichkeit zu.

Elsa ließ einige Augenblicke verstreichen, antwortete dann aber brüskiert: »Du meinst, wir haben …? Nein, natürlich nicht! Er ist einfach ein intelligenter und gutherziger Mann, der sich um seine Studenten kümmert. Ich gebe gerne zu, dass er charismatisch und gebildet ist und sich zu benehmen weiß. In seiner Gegenwart fühlt man sich sofort wohl, aber ich bin nicht *die Art* von Sekretärin. Der Professor kümmert sich lediglich gut um mich, immerhin hat er es meinem Vater versprochen.«

Er war erleichtert, das zu hören, und gleichzeitig fühlte er sich schuldig, diesen Gedanken überhaupt formuliert zu haben. »Das mit deinem Vater tut mir sehr leid.«

»Er wird es überstehen und zurückkommen«, antwortete sie trotzig und kniete sich vor den Ofen. Beinahe wütend stocherte sie in der Glut herum. Die Wärme verteilte sich im Raum.

Endlich konnte sich Nikolas seines nassen Mantels entledigen. Auch Elsa zog einige Schichten ihrer Kleidung aus, bis erneut die rote Strickjacke zum Vorschein kam.

»Ich wollte nicht …«

»Nikolas, das ist wirklich lieb von dir. Aber ich weiß es einfach. In Ordnung? Ich bin seine einzige Tochter, und er hat mir versprochen, zurückzukommen. Mein Vater hat noch nie ein Versprechen gebrochen und auch diesmal wird er sein Wort halten.«

Er wusste nicht, was er darauf entgegnen sollte. Soldaten, die an der Ostfront vermisst wurden, kehrten selten zurück. Selbst wenn sie es ihrer einzigen Tochter versprochen hatten. Zaghaft nahm er ihre Hand. Er hätte erwartet, dass sie eiskalt war, wie die von Claire es immer war. Doch sie glühte förmlich.

»Wann hast du zum letzten Mal etwas von deinem Vater gehört?«

Elsa lächelte traurig. Und doch lag Stolz in ihren Augen. »Kurz vor Weihnachten 1942. Es ist mehr als zwei Jahre her, seit er vermisst gemeldet wurde. Wahrscheinlich denkt er jetzt gerade in russischer Gefangenschaft an mich. Aber er wird zurückkommen, dessen bin ich mir sicher.«

Nikolas streichelte über ihre Finger, schob zärtlich ihr Kinn nach oben, damit sie sich in die Augen sehen konnten. Wo Worte zu schwach waren, mussten Gesten die Gefühle ausdrücken. Elsa und Nikolas lächelten einander an. »Er wird zu dir zurückkommen. Ganz bestimmt sogar.«

»Zumindest kann er seine Tochter in die Arme schließen«, flüsterte Elsa. »Ich hätte heute sterben können.«

»Ich sagte doch, dass du nicht mitkommen sollst. Es war mein Fehler.«

Elsa lehnte ihren Kopf gegen seine Brust. Der Duft ihrer Haare ließ seinen Kopf schwirren. Dass ihre Kleidung und die Haare nach wie vor durchnässt waren und sie sich so fest an ihn presste, dass sich der Bügel ihrer Brille in seine Brust drückte, war ihm gleichgültig.

»Es war meine Entscheidung, mitzukommen. Ich habe dich darum gebeten, dein Leben zu riskieren, und du hast meins gerettet.«

Nikolas streichelte über ihren Kopf. Ihm war heiß und kalt zugleich. War es das Adrenalin, das durch seine Adern floss, oder war es die körperliche Nähe, nach der er sich zu lange gesehnt hatte?

Es war egal. Er schloss die Augen und genoss den Moment in all seinen Facetten. Selbst die Schmerzen in seinem Knie waren wie weggeblasen.

»Auch du hast mein Leben gerettet. Ohne dich hätten sie mich geschnappt.«

»Du hättest es allein geschafft.«

Er spürte ihre Hand an seinem Hinterkopf. Langsam drehte sie ihr Gesicht zu ihm. Sein Herz schlug ihm bis zum Hals, als sich ihre Lippen berührten. Ihre Lippen waren rau durch den kalten Winter, und dennoch war es eine Sekunde des Glücks, der absoluten Vollkommenheit.

»Das ist meine Art, Dankeschön zu sagen«, wisperte Elsa und trat einen Schritt zurück. Ohne ihn aus den Augen zu lassen, nahm sie die Brille ab und legte sie in ein Regal. Nach und nach knöpfte sie die Strickjacke auf. Ihre Haut glänzte im Schein der Kerzen. Zwei weitere Oberteile und ihr Büstenhalter fielen auf den Boden. Durch die Kälte der nasskalten Kleidung waren ihre Brustwarzen aufgerichtet. Mit großen Augen sah Elsa ihn an. »Möchtest du nicht zu mir kommen? Wir sollten uns aufwärmen.«

Alles um ihn herum schien keinen Sinn mehr zu ergeben. Draußen herrschte der Krieg, in wenigen Wochen würde die Kriegsfront sie erreicht haben, eben wären sie beinahe umgekommen und nun stand diese wunderschöne junge Frau vor ihm und sah ihn mit erwartungsvollen Augen an. Elsa hatte recht. Es könnte morgen vorbei sein. Er spürte die Enge in seiner Hose und trat näher. Ein langer Kuss folgte. Nikolas streichelte mit der einen Hand ihre Seite und hielt mit der anderen ihren Hinterkopf. Als ihre Lippen erneut zärtlich die seinen berührten, hatte er das Gefühl, Strom würde durch seine Adern fließen. Sanft küsste sie ihn, während ihre Hände das Hemd aus seiner Hose zogen. Kurz unterbrachen sie den Kuss, damit Nikolas seinen Oberkörper vom Stoff befreien konnte. Die Wärme des Ofens legte sich fast liebevoll auf seine Haut, während Elsas Küsse intensiver wurden. Herausfordernd biss sie in seinen Hals, löste dabei seinen Gürtel. Nach wenigen Augenblicken ließen sie ihre Kleidung auf den Boden fallen und kuschelten sich in das Bett.

In dieser Sekunde war er unendlich froh und dankbar, dass er diesen Augenblick erleben durfte. Ihr nackter Körper wiegte sich im Schein der Kerzen und die Glut ließ ihre Haut rötlich schimmern. Mit den Fingerspitzen schob er Elsa die blonden Haare aus der Stirn und küsste sie. Behutsam fuhr er mit den Fingern über ihren Körper, bis er an ihrer Scham angelangt war. Zwischen ihren Küssen stöhnte sie leise. Ihre Hand hatte sein Glied gefunden. Mit rhythmischen Bewegungen schob sie die Vorhaut vor und zurück. Ihr Daumen umkreiste seine Eichel einen Moment, bis sie den Druck erhöhte. Nikolas schloss die Augen und genoss ihre Zärtlichkeiten. Mehr und mehr driftete er ab in eine Welt aus Verführung und Lust. Sein Atem ging in ein Keuchen über. Elsa war eine hervorragende Verführerin und eine noch bessere Liebhaberin. Sie variierte immer wieder den Druck auf sein Geschlecht, spielte mit der empfindlichen Haut seiner Eichel und ließ ihre Finger zärtlich über den Schaft gleiten. Bald schon war Nikolas kurz davor, sich zu ergießen. Mit schamrotem Kopf schob er sie von sich. »Es tut mir leid, ich habe lange nicht mehr …«

Elsa lächelte, drückte ihn an den Schultern in das Bett zurück und legte sich auf ihn. »Dann nehmen wir uns die Zeit. Tagsüber kannst du sowieso nicht zurückkehren. Du bist sozusagen mein Gefangener.«

Er hatte das Gefühl, als würde seine Haut verbrennen, als ihr Busen über seine Brust streifte. »Hier bin ich viel lieber als bei den drei Kerlen eben«, brachte er gerade noch hervor.

Als Nächstes spürte er, wie Elsa nach seinem Glied fasste und es langsam in sich eindringen ließ. Er hielt den Atem an, als sie ihn mit ihren blauen Augen fixierte. Ihr Mund war halb geöffnet, die Schenkel umschlossen seinen Körper. Tanzende Sterne zuckten vor seinen Augen, während sie ihr Becken langsam auf und ab bewegte. Dazu stöhnte sie leise und biss sich auf die Lippen. Er konnte gar nicht anders, als ihr Gesicht mit beiden Händen zärtlich zu umfassen und ihre Lippen innig zu küssen.

Er dankte der ganzen Welt, dass er diese Nacht erleben durfte.

KAPITEL 9

– SPALTUNGEN –

Den folgenden Tag verbrachte er im Bett.

Elsa war kurz weg gewesen, um Professor Wiesmer über ihre Abwesenheit zu informieren und einige Essensmarken einzulösen. Glücklicherweise wurden sie von Bombenangriffen verschont, sodass Nikolas die Wohnung nicht verlassen musste.

Als die Nacht sich langsam über die Stadt senkte, lagen sie nach wie vor im Bett, ihre Körper eng umschlungen. Elsa hatte ihr Bein über Nikolas gelegt, der ihren Kopf streichelte, während ihre Stirn auf seiner Brust ruhte.

»Bald es ist dunkel«, flüsterte sie, wohl wissend, dass sie dann Abschied nehmen mussten.

»Ich sollte nach Hause, nach Vater sehen. Vielleicht wird sich die Résistance bald melden.« Er streichelte über ihre Wange. »Dieser Tag hätte ewig dauern können.«

Elsa schmiegte sich fester an ihn und küsste seine Wange, während ihre Hand tiefer wanderte. »Vielleicht haben wir noch ein wenig Zeit, bis du zurück musst. Die Résistance wird sich nicht so schnell melden.« Zärtlich suchte sich ihre Hand den Weg zu seinem Geschlecht. Ihre Finger begannen es zu streicheln, erst langsam, dann immer fordernder.

Nikolas lachte auf. »Hast du nicht genug? Nach diesem Tag brauche ich sicher erst einmal eine Woche Ruhe.«

Elsa schwang sich auf ihn und drückte ihre Lippen auf die seinen. »Weichei.«

Es tat unendlich gut, jemanden in dieser Zeit lachen zu hören. Besonders wenn dieser Jemand eine gut aussehende Blondine mit einem traumhaften Körper war und sich nackt auf einen setzte.

»Aber du hast recht«, sagte Elsa schließlich und streckte ihren Körper. »Auch ich könnte ein wenig Ruhe vertragen. Man merkt, dass du die paar Monate im Keller deines Vaters einsam verbracht hast«, scherzte sie.

Nikolas streichelte ihren Po und setzte sich auf. »War es so schlecht?«

Sie kam näher, küsste ihn erneut. Ihre Stimme war pure Verführung. »Fünf Mal ist nicht schlecht. Mach dir also keine Gedanken.« Sie drückte ihm einen Kuss auf die Lippen und legte sich wieder neben ihn. »Von Lisa habe ich genug gehört. Erzähl mir mehr von dieser Claire.«

Er hatte nicht die geringste Ahnung, warum Elsa sich so brennend für seine alten Liebschaften interessierte. Sie hatten sich den ganzen Tag eng umschlungen in den Armen gelegen und geredet, über ihre Eltern, die Ereignisse in Paris und ihre Verflossenen. Doch besonders Claire schien in Elsa ein beinahe unheimliches Interesse zu wecken.

»Was möchtest du denn wissen?«, erwiderte Nikolas. »Ich habe dir alles erzählt, was von Bedeutung ist. Wir hatten eine kurze Beziehung und dachten beide, dass der Krieg uns auffressen würde. Wir suchten Halt.«

»Ist es genau wie bei uns?« Plötzlich wirkte Elsa unsicher. Sie streichelte seine Brust, während sie auf eine Antwort wartete.

»Wie du schon sagtest, es kann morgen vorbei sein. Genau deshalb sollten wir die Zeit genießen, die uns der Allmächtige zur Verfügung stellt.«

»Ich wusste nicht, dass du gläubig bist.«

»Bin ich nicht, das heißt, ich war es nicht. In den letzten Jahren hat sich viel verändert.«

Es folgte eine kurze Pause, in der Elsa sich auf den Bauch drehte, um ihm in die Augen zu sehen. »Hast du sie geliebt? Ich weiß, es waren nur ein paar Monate, aber war es wirklich Liebe?«

Nikolas hatte sich diese Frage oft gestellt. Damals, im Schuppen, war ihr durchnässter Pullover in sein Gesicht geflogen. Sie hatte ihm ein Messer an die Kehle gehalten und alles, woran er gedacht hatte, war, dieses französische Mädchen mit den eiskalten Augen zu küssen. Auf dem Balkon in Paris hatten sie zusammen eine Zigarette geraucht, er hatte in ihre rehbraunen Augen gesehen und sich gewünscht, dass er diesen Anblick bis zum Ende seiner Tage genießen durfte. In Leverkusen hatte er ihre Hand gehalten, als sie verwundet worden war, und sich geschworen, dass er sie nie mehr loslassen würde. Und dann war da jener Tag in der Kirche vor nicht allzu langer Zeit gewesen. Sie hatte ihn fortgeschickt, einfach so, weil sie ihren Kampf allein austragen wollte. Und doch war er sich sicher, dass dieses Gefühl in seinem Bauch nichts anderes war als wahre Liebe.

»Ja, habe ich«, gab er zu und hielt ihrem Blick stand.

»Tust du es immer noch?«

Nikolas hatte sich vor dieser Frage gefürchtet. Er sollte lügen, diesem wunderschönen Mädchen, welches ihm Trost in dunklen Tagen spendete, nicht die Illusion nehmen. Doch er konnte es nicht. »Elsa, du bist eine tolle Frau, aber ich muss dir die Wahrheit sagen. Ich weiß es nicht. Zwischen Claire und mir … Ich kann es nicht einmal erklären.« Mit dem Handrücken streichelte er ihre Wange. »Sagen wir es so, ich beginne, sie zu vergessen, und daran hast du einen ziemlich großen Anteil.«

Nikolas rechnete mit allem. Einer Ohrfeige, einem Rausschmiss, doch alles, was Elsa tat, war, ihm einen weiteren Kuss zu schenken.

»Das reicht mir fürs Erste. Und an allem Weiteren können wir arbeiten.« Mit einem zufriedenen Stöhnen legte sie sich neben ihn, ihren Kopf auf seine Brust, und streichelte seinen Bauch. »Danke, dass du ehrlich zu mir bist. Du solltest dennoch langsam gehen, dein Vater wird sich Sorgen machen.«

»Der alte Griesgram macht sich bestimmt keine Sorgen um mich, eher darum, wie er an die nächste Flasche Schnaps kommt.«

»Sei nicht so hart zu ihm. Er hat Schreckliches erlebt. Denk an deine Mutter, den Unfall, sein einziger Sohn wird zum Verräter. Du musst ihm Zeit lassen«, sagte sie, während sie mit dem Fuß die herumliegende Kleidung vom Boden fischte und sich langsam die Oberteile anzog. Anschließend legte sie ein kleines Stück Kohle für die Nacht nach.

Nikolas erhob sich ebenfalls und begann, seinen Anzug überzustreifen. »Das ist leider das Einzige, was wir vielleicht nicht mehr haben. Zeit.«

»Mach das Beste draus«, antwortete Elsa scharf. Ihre nackten Beine glänzten im Feuerschein, als sie auf Nikolas zuging. Interessiert sah sie ihm beim Anziehen zu und setzte ihm seinen Hut auf den Kopf. »Sei bitte vorsichtig da draußen. Ich habe dich gerade erst kennengelernt und würde dich gerne noch ein wenig behalten. Ich komme morgen vorbei und bringe etwas zu essen mit. Der Professor wird sicherlich keine Fragen stellen, wenn ich ihn um ein bisschen mehr bitte.«

»Elsa, das ist wirklich nicht nötig und außerdem viel zu gefährlich. Denk bitte daran, ich bin ein gesuchter Verräter. Außerdem ist es auf der Straße nicht sicher. Was ist, wenn die Amis Bomben hageln lassen und du sitzt auf deinem Fahrrad?«

Sein Protest wurde mit heftigem Kopfschütteln abgewehrt. »Das ist mir gleichgültig. Das Letzte, was ich will, ist hier in der Wohnung zu hocken.« Elsa umarmte Nikolas und drückte ihn fest an sich. »Versuch, nicht zu sterben.«

Ein leidenschaftlicher Kuss folgte. Nikolas musste alle Kraft aufwenden, um sich loszureißen.

»Ich werde es versuchen.« In der Tür drehte er sich um. »Danke für die wundervolle Zeit.«

»Revanchier dich morgen.« Sie warf ihm einen Kuss zu und schloss leise die Tür.

Bereits im Hausflur schlug ihm eine Kälte entgegen, die ihm unwirklich vorkam und sich tief in seinen Körper fraß. Dieser Tag war wie Urlaub von seinem derzeitigen Leben gewesen. Oder vielmehr von seiner kargen Existenz. Gleichzeitig regten sich Schuldgefühle in ihm. Als sich die Tür hinter ihm schloss, schien er plötzlich wieder in der Realität angekommen. Und das gefiel ihm gar nicht. Als wäre er vom Paradies in die Hölle verbannt worden, welche düster und voller Gefahren vor ihm lag.

Wie konnte er nur so dumm sein und Elsa dieser Situation aussetzen? Das Mädchen hatte mit alldem nichts zu tun. Sie könnte nach dem Krieg ein einträgliches Leben führen. Eine Frau mit ihrem Aussehen und sprühendem Esprit fand schnell einen reichen Mann. Wer weiß, vielleicht sogar einen amerikanischen Major. Sie hatte etwas Besseres verdient als ihn, als diese Scheiße von Leben, die er aushalten musste und sich selbst eingebrockt hatte. Er musste sich zwingen, das Haus zu verlassen und den ersten Schritt auf den Gehweg zu setzen. Elsa gebührte ein besseres Leben als das, was er zu bieten hatte.

*

Seine Gedanken waren finster wie die Nacht, als er endlich in die heimische Straße einbog. Sein lädiertes Knie brannte wie Feuer. Er stöhnte auf vor Schmerz, als er vom Rad stieg, um die letzten hundert Meter zu gehen. Ein aufkommendes Schneegestöber spielte mit seinem Mantel. Nikolas hielt einen Moment inne und kniff die Augen zusammen, da wurde sein Hut vom Kopf gefegt.

»Verdammter Mist«, fluchte er leise vor sich hin.

Das Fahrrad lehnte er an einen Strauch und bückte sich, um den Hut aufzuheben. Mit schmerzverzerrtem Gesicht rieb er sich über das Knie. Vielleicht wäre dies ein guter Grund, Martin zu treffen. Immerhin war er Arzt – der einzige, den er in Deutschland aufsuchen konnte. Der Wind pfiff ihm um die Ohren, Schneeflocken landeten kühl in seinem Gesicht. Als Nikolas aufblickte, waren die Gedanken wie fortgeblasen.

Zwei Männer kamen auf ihn zu. Sie waren nicht uniformiert, dennoch behagte Nikolas ihre Anwesenheit absolut nicht. Ihre Hände hatten sie tief in den Taschen ihrer Mäntel vergraben.

Vielleicht war es die Tatsache, dass die Männer sich ungefähr auf der Höhe vom Haus seines Vaters aufhielten oder dass er eine Aversion gegen alle dunklen Gestalten entwickelt hatte, die in der Nacht auf ihn zukamen. Zumindest Letzteres war auch der Begegnung im Park geschuldet. Trotzdem, wegzurennen würde ihn nur verdächtiger machen. Mit ein bisschen Glück waren es lediglich zwei alte Männer, die in den umliegenden Wäldern nach Holz zum Verfeuern suchten.

Trotzig setzte er sich den Hut auf und zog ihn tief ins Gesicht. Seine Angst machte ihn vorsichtig. Unter Umständen das Einzige, was ihn noch am Leben hielt. Bemüht uninteressiert griff er sich sein Fahrrad und hielt direkt auf die Männer zu. Dabei blickte er starr zu Boden. Erst als sie wenige Meter entfernt waren, erlaubte er sich einen Blick und berührte kurz seinen Hut, um sie zu grüßen.

»'n Abend. Scheißwetter, oder?«

»'n Abend. Das können Sie laut sagen«, antwortete einer der beiden, während er seinen Kragen hochschlug.

Schon war das Gespräch beendet und die Männer entfernten sich. Unweigerlich musste Nikolas den Kopf schütteln. Es lauerten nicht überall Gefahren, versuchte er sich einzureden. Die meisten Menschen wollten einfach nur durch diesen Krieg kommen. Lächerlich zu denken, dass alle Spione oder Doppelagenten waren.

Erleichtert stellte er das Rad am Haus ab. Bis zur Haustür kam er nicht mehr. Bevor er irgendwie reagieren konnte, stieg ihm der muffig-alte Geruch eines Jutesacks in die Nase. Es folgte ein Schlag in seine rechte Nierengegend. Nikolas krümmte sich vor Schmerz, während der Sack über seinem Kopf zugezogen wurde. Aus Reflex versuchte er, sich umzudrehen und einen unkoordinierten Schlag abzugeben. Er traf irgendein Körperteil, vielleicht die Schulter oder die Brust. Auf jeden Fall hatte sein lächerlicher Verteidigungsversuch keine Wirkung. Seine Pistole wurde ihm abgenommen, dann traf etwas Hartes seinen Kopf. Leuchtende Punkte tanzten in der Dunkelheit vor seinen Augen. Der nächste Schlag in die Magengrube ließ ihn vollends zusammensacken. Mehrere Hände fassten seinen Körper. Er verlor den Boden unter den Füßen und trat mit aller Macht um sich. Doch es waren einfach zu viele. Sie sprachen nicht, packten ihn und trugen ihn ein Stück weit, während er immer wieder von Schlägen traktiert wurde. In einem letzten, verzweifelten Versuch schrie er laut auf. Doch wer sollte ihm hier schon zu Hilfe kommen? Es war, als hätte ihn eine Naturgewalt mit ihrer erdrückenden Kraft voll erwischt, als er auf einer harten Oberfläche landete. Direkt darauf vernahm Nikolas, wie ein Motor gestartet wurde und spürte ruckelnde Bewegungen.

Verdammt, sie hatten ihn auf einen LKW geladen wie Vieh. Das Atmen fiel ihm schwer, der Gestank des Jutesacks hüllte ihn ein. Dennoch wehrte er sich. Erst als er etwas Hartes an seinem Kopf fühlte und das allzu bekannte Geräusch vom Durchladen einer Waffe vernahm, erstarben seine Bemühungen, sich loszureißen.

»Noch eine Bewegung und ich knall dich ab.« Die Botschaft des Fremden war so einfach wie gnadenlos. »Kein Wort. Gar keins!«

Obwohl das Blut wie verrückt durch seine Adern rauschte, mahnte sich Nikolas zur Ruhe und versuchte nachzudenken. Der Mann sprach einwandfreies Deutsch, wahrscheinlich gehörte er also zur SS oder Gestapo. Eventuell sogar zu beiden, obwohl die verschiedenen Organisationen sich nicht gern in die Karten schauen ließen und jede einen Erfolg lieber für sich beanspruchte. Wie hatten die Nazis ihn entdeckt? Vielleicht hatten sie das Haus seines Vaters beobachtet und auf einen günstigen Augenblick gewartet, um zuzuschlagen. Andererseits entsprach das nicht der Vorgehensweise von SS oder Gestapo. Vielmehr wären sie sofort ins Haus gestürmt und hätten ihn und seinen Vater mitgenommen. Deutlich wahrscheinlicher war es, dass sie ihn beschattet hatten, um an seine Mitverschwörer zu kommen.

In ihm flammte eine unbändige Wut auf. Er hasste sich in diesem Augenblick – denn wenn er richtig lag, war Elsa in höchster Gefahr. Diese Schweine hatten einfach abgewartet und er hatte sie treudoof zu ihr geführt. Nikolas verabscheute sich dafür, was unter Umständen gerade wenige Kilometer weiter passierte. Hatten sie die Tür zu ihrer Wohnung eingetreten? Saß sie vielleicht jetzt gerade weinend in irgendeinem Keller oder in einem Verhörraum der Geheimen Staatspolizei in Ratingen?

Weiter kam er nicht mit seinen Überlegungen. Der Wagen hielt abrupt und es war kein Laut von den Männern zu hören. Unsanft wurde er auf die Füße gehoben. Seine Arme wurden verdreht und er wurde von der Ladefläche herabgestoßen. Seine Peiniger schleiften ihn in gekrümmter Haltung vorwärts. Er hörte, dass eine Tür geöffnet wurde. Die Temperatur veränderte sich schlagartig, sie betraten also soeben ein Gebäude. Konnte das hier Ratingen sein? Wohl kaum, dafür war die Fahrtzeit zu kurz gewesen. Doch bestimmt interessierte es die Gestapo nicht, wo ihre Verhöre stattfanden, solange das Ergebnis zufriedenstellend war.

Nikolas wurde weitergetrieben. Er passierte mindestens einen weiteren Raum, musste eine Treppe emporsteigen und wurde auf einen Stuhl gesetzt. Hier war es wärmer. Immerhin konnte er seine Arme frei bewegen. Noch traute er sich nicht, den Jutesack abzunehmen. Prüfend rieb er über seinen Bauch und befühlte die Stelle am Kopf, an der ihn der harte Gegenstand getroffen hatte. Nach wie vor war er noch ein wenig benommen.

Er hörte, wie jemand an ihn herantrat. Im nächsten Augenblick wurde ihm der Jutesack abgenommen. Grelles Licht blendete ihn. Er zwinkerte mehrfach, ehe er erkannte, dass eine Lampe direkt auf ihn gerichtet war. Langsam formierte sich im hellen Schein ein Gesicht und wurde deutlicher.

»Guten Abend, Kommissar.«

»Rohn?« Im ersten Moment dachte er an eine Folge des Schlags. Er könnte eine schwere Gehirnerschütterung haben oder er war schlichtweg übergeschnappt. »Willst du mich auf den Arm nehmen?«, platzte es aus Nikolas heraus.

Der Feldwebel saß verkehrt herum auf einem Stuhl und wippte mit beiden Armen auf der Lehne. In seiner Hand hielt er Nikolas' Waffe. Nikolas hatte vergessen, wie baumdick seine Arme waren.

»Nicht wirklich. Du strampelst ganz schön rum, weißt du das?« Ein Mundwinkel des Mannes zog sich schelmisch nach oben.

Nikolas meinte, sich verhört zu haben. »Das eben warst du?« Kein Wunder, dass er sich unter dem massigen Körper nicht hatte bewegen können. »Scheiße, Rohn, ich hätte krepieren können. Wäre es nicht einfacher gewesen, mich abzuholen?«

Amüsiert schnalzte der Feldwebel mit der Zunge. »Hätten wir machen können. Aber du hast uns einen Brief geschrieben, wir wussten nicht, ob du beobachtet wirst. Es musste schnell gehen und ohne viel Tamtam.« Sie erhoben sich gleichzeitig. Nikolas musste aufsehen, um dem Hünen in die Augen zu blicken.

»Stell dich mal nicht so an. Hättest du nicht gezappelt wie ein Mädchen, wäre alles schneller gegangen.«

Er hatte Rohns Art auf eine befremdliche Weise vermisst. »Du alter Scheißkerl!«, presste Nikolas hervor, als sie sich in die Arme fielen. »Beim nächsten Mal fragst du einfach.«

Als Rohn das Magazin einrasten ließ und Nikolas seine Waffe zuwarf, hatte er Probleme, sie zu fangen.

»Als gesuchter Verräter mit einer leeren Sauer 38H über die Straßen zu spazieren, ist aber nicht die beste Idee.«

»Stimmt, ich hatte schon bessere«, gab Nikolas zu und steckte die Waffe ein.

Rohn wollte noch etwas sagen, als eine Stimme hinter Nikolas ihm zuvorkam.

»Quite amusing, ihr Deutschen seid ein komisches Volk.«

Nikolas drehte sich um. Der Mann, der die Worte mit leichtem englischem Akzent gesprochen hatte, saß abseits in einer dunklen Ecke des Raumes auf einer Bank und hatte die Beine übereinandergeschlagen. Sein Scheitel war akkurat gekämmt, dazu trug er einen dünnen Oberlippenbart, der sich ansehnlich in die fein geschnittenen Gesichtszüge fügte. Das Hemd war passend zur Hose ausgesucht und auch das Jackett hatte nicht viel mit den dreckigen Klamotten gemein, mit denen Nikolas herumlaufen musste.

»Erst schlagt ihr euch und dann schließt ihr Bruderschaft«, ließ sich der Fremde weiter vernehmen. Er musterte Nikolas dabei, als wäre er ein besonders interessantes Exemplar der Gattung Mensch. »Sure enough, very interesting.«

Die letzten Silben bekam Nikolas kaum noch mit, denn er hatte eine Person neben dem Mann entdeckt. »Claire!« Er wollte auf sie zurennen, sie küssen und umarmen. Doch er unterdrückte den Impuls und blieb einfach stehen.

»Guten Abend, Nikolas. Es ist schön, dich wiederzusehen.«

Ein Detail stach ihm ins Auge. Der fremde Mann hatte seinen Arm wie selbstverständlich um sie gelegt. Gemeinsam saßen sie auf jener Bank und beobachteten ihn. Mit der rechten Hand streichelte sie über seine Finger, als wären sie seit Jahren ein Paar.

Nikolas verstand die Welt nicht mehr. Vor wenigen Monaten hatte diese Frau sein Bett geteilt und ihre schmalen Finger waren über seine Haut gefahren. Nun streichelten sie die Hand eines anderen Mannes.

Sie sah wie immer umwerfend aus. Ihre brünetten Haare waren zu einem strengen Zopf gebunden. Der schwarze Rollkragenpullover schmiegte sich an ihren Körper und betonte ihren Busen. Sie hatte ihre Beine übereinandergeschlagen und blitzte ihn aus dunklen Augen an. Wie immer konnte er in ihren Pupillen keine Reaktion lesen. Claire war wie verschlossen, als ob sie ihre Emotionen wie ein kostbares Gut hütete. Genau wie damals konnte er seine Augen nicht von ihr nehmen.

»Ich begrüße Sie, mein Freund«, sagte der Mann und erhob sich. Dabei streckte er Nikolas seine Hand entgegen. »Allan Bricks, Doktor der Physik.«

Widerwillig schüttelte Nikolas die Hand des Mannes. Er nahm sich vor, ihn ab sofort zu hassen. Diese aufgesetzte Freundlichkeit konnte nur eins bedeuten. »Double Cross oder SOE?«

»Weder noch«, sagte der Mann und musterte Nikolas von oben bis unten. »Die Cross-Doppelagenten haben mich nie interessiert und auch die Special Operations Executive ist mir zuwider. Nein, Mister Brandenburg, ich bin Amerikaner.«

Damit hatte Nikolas nicht gerechnet. Für einen Ami wirkte der Mann zu blasiert. »US-Geheimdienst also. Dafür sprechen Sie aber sehr gutes Deutsch.«

Dr. Bricks schien es als Kompliment zu nehmen. »Meine Mutter war Deutsche, mein Vater Engländer, ich wiederum bin auf amerikanischem Boden geboren, also salutiere ich vor den Stars and Strips *und* vor dem Union Jack.«

»Ihr Lebenslauf ist ja höchst interessant«, gab Nikolas patzig zurück. Noch immer brummte sein Kopf wie der Motor eines Truppentransporters, und er hatte nicht die geringste Lust, sich mit so einem Schnösel abzugeben. »Claire, können wir reden? Allein?«

»Alles, was wir bereden könnten, können wir auch hier besprechen«, erwiderte sie scharf. »Mon dieu! Mach es bitte nicht schwerer, als es ist.«

Ihr Gesicht war ausdruckslos, die Worte ohne jegliche Emotion gesprochen. Offensichtlich hatte sie nach dem Abschied in der Kirche alle Brücken zu ihm hinter sich abgebrochen. Dieser Doktor für Physik schien der neue Mann in ihrem Leben zu sein. Die Freude, sie zu sehen, wich blanker Wut.

Er konnte ihr nicht einmal mehr in die Augen schauen. Seine Zähne mahlten aufeinander, ehe er sich an Rohn wandte: »Gut, ihr habt mich entführt, mir richtig schön die Fresse poliert und mich auf die eine oder andere Weise leiden lassen.« Claire würde diesen Seitenhieb bestimmt verstehen. »Die Frage ist also: warum das Ganze? Warum so schnell? Hätte nicht eine einfache Kontaktaufnahme genügt?«

»Die Sache ist komplizierter, Kommissar. Als uns der Inhalt des Briefs von unserer Düsseldorfer Kontaktperson übermittelt wurde, haben wir alle Hebel in Bewegung gesetzt, um hierher zu kommen.«

»Es ist doch erst einen Tag her, wie konntet ihr so schnell sein?«

Rohn lachte auf und ließ seine Halswirbel knacken. Das tat er jedes Mal, wenn er zu wenig schlief – oder wenn er Menschen getötet hatte. Nikolas hoffte auf die erste Option.

»Wer sagt denn, dass wir noch in Frankreich waren?«, antwortete Rohn breit grinsend und hob die Arme. »Oder denkst du, dass wir diese Operation an einem Tag aufziehen?«

»Ihr wart also die ganze Zeit in der Nähe von Düsseldorf und habt mich nicht kontaktiert. Warum?«

»Weil wir Ihnen nicht trauen, Herr Reichskriminalkommissar!« Die Stimme von Bricks hallte im Raum wider. Ohne Frage, er war ein Mann, der es nicht gewohnt war, dass man ihn ignorierte.

In dieser Sekunde hätte Nikolas ihm am liebsten eine verpasst. Die Hand zur Faust geballt, stellte er sich vor ihn. »Sie denken, dass Sie einfach hierher kommen und mich zurechtweisen können wie einen Schuljungen?«

Bricks Augen funkelten aggressiv. Anscheinend scheute er keine Konfrontation. Gut, sollte er kommen.

»Lass ihn in Ruhe, Nikolas«, rief Claire mit fester Stimme. Wie sie seinen Namen aussprach – noch immer machte ihr französischer Akzent ihn verrückt. Obwohl sie dieses Mal eher in unbändiger Rage sprach. »Der amerikanische Geheimdienst hat uns Allan zur Seite gestellt. Er kann uns helfen, und das sollte auch dir zugutekommen.«

»Das ist nicht dein Ernst, Claire? Nach all dem, was wir durchgemacht haben?« Ungläubig breitete er die Arme aus und blickte abwechselnd zu seiner ehemaligen Geliebten und Rohn.

»Setz dich, Kommissar«, sagte Rohn ruhig. »Bricks hat hier das Sagen.«

Das war genug. »Um Himmels willen, du bist ›La Pâquerette‹«, fuhr Nikolas ihn an. »Du hast den gesamten französischen Widerstand organisiert und nun kuschst du vor einem Akademiker im Anzug?«

»Es hat alles seine Richtigkeit. Also setz dich. Bitte!«

Man konnte annehmen, der Feldwebel hatte einen Plan, doch in seinen Augen erkannte Nikolas, dass dem nicht so war. Einige Sekunden funkelten sich die Männer an, dann blickte Nikolas kurz zu Claire und setzte sich schließlich resigniert auf den Stuhl.

»Erinnerst du dich, was ich dir in Paris sagte, am Tag deiner Abreise?«, wollte Rohn wissen.

Was für eine Frage. »Natürlich erinnere ich mich. Du sagtest, dass etwas Großes bevorstehe.«

»Und unsere Befürchtungen sind leider eingetreten. Ein riesiger Haufen Scheiße.«

»Mit einer sehr explosiven Wirkung, um genau zu sein«, fügte Dr. Bricks hinzu. »Mister Brandenburg, haben Sie nähere Informationen über den Studenten, der Sie in der Nacht aufsuchte?«

»Nichts, was ihr nicht längst wüsstet. Manfred Zeitschke, blonde Haare, blaue Augen, Student – ein richtiger Arier, der Junge. Wurde gefangen genommen und konnte in der Bombennacht fliehen.« Elsa sparte er aus. Etwas Gutes konnte er der Sache abgewinnen: Sie war in Sicherheit. Soweit man hier von Sicherheit sprechen konnte. »Schlechter Medizinstudent, hatte ein Faible für Physik.«

»Trug er etwas mit sich?«, wollte Bricks wissen.

»Nein. Er flüsterte lediglich die Ziffern ›92 – 235‹ und verstarb.«

»Wissen Sie, mit wem er in Verbindung stand?«

Seine Fragetechnik erinnerte Nikolas an ein Verhör. »Heisenberg, dem Nobelpreisträger.«

»Einer der führenden Köpfe des Uranvereins, ein herausragender Physiker und Leiter des Kaiser-Wilhelm-Instituts«, ergänzte Bricks nicht ohne Anerkennung.

Sein Werdegang war auch Nikolas wohlbekannt. Bis auf ein kleines Detail. »Des Uranvereins?«

Bricks schien zufrieden. Er ging einige Sekunden im Raum umher, als müsse er sich sammeln, anscheinend glücklich, dass er nun über ein Thema referieren konnte, das für Nikolas im Dunkeln lag. Nikolas' Wut auf den Mann wuchs mit jedem Herzschlag.

»Im April 1939 entschied sich Wilhelm Hanle, einen Vortrag über die friedliche Nutzung der Kernspaltung zu halten. Nach den Erkenntnissen des Göttinger Physikers war es möglich, eine Uranmaschine, also einen Kernreaktor, zu bauen und diese zur Energiegewinnung einzusetzen. Einer seiner Zuhörer war sein Kollege Georg Joos. Wenig später informierten beide das Reichserziehungsministerium über die Möglichkeiten, die die Uranmaschine bot – sowohl technisch als auch militärisch.« Bricks sah sich kurz um und als er sich der Aufmerksamkeit aller Anwesenden gewiss war, beendete er seine Kunstpause und fuhr fort: »Natürlich war diese Entwicklung für die Nationalsozialisten sehr interessant. Ich möchte Sie nicht mit weiteren Details oder Namen langweilen, doch es wurde eine Arbeitsgemeinschaft für Kernphysik gegründet, mit dem Ziel, eine Uranmaschine zu konzipieren. Diese sollte unbegrenzte Energie liefern, ob für den zivilen oder militärischen Bereich spielte in diesem Fall keine Rolle.«

Nikolas zuckte mit den Schultern. Er wollte diesem

Doktor nicht zeigen, dass er jedes Wort in sich aufsog wie ein Schwamm. »Und?«

»Leider wurde dem Reichswehrministerium ebenfalls zugetragen, dass nun die Möglichkeit bestand, einen Sprengstoff zu entwickeln, der die Wirkung herkömmlicher Sprengstoffe deutlich überstieg.« Bricks drehte sich zu Nikolas, zog beide Augenbrauen hoch. »Das weckte natürlich Begehrlichkeiten.«

Endlich verstand Nikolas. Wenn es stimmte, was dieser Doktor sagte, könnte Hitler den Krieg verlängern. Hundertausende, vielleicht Millionen, würden ihr Leben für eine sinnlose Sache lassen. »Wie weit ist der Uranverein mit der Erforschung gekommen?«

»Genau das wissen wir leider nicht«, antwortete Bricks und setzte sich wieder neben Claire. Zärtlich streichelte sie seine Hand. Anscheinend tat sie alles, um den Mann bei Laune zu halten. »Das Heereswaffenamt stufte schon bald alle Dokumente und Versuche als geheim ein. Daraufhin leitete der US-Geheimdienst die Alsos-Mission in die Wege – kleine Spezialeinheiten, bestehend aus Wissenschaftlern und Militärs, die ganz Europa durchkämmen, um geheime Labors und Dokumente aufzuspüren und unschädlich zu machen. Ich muss Ihnen ja nicht sagen, dass das Hauptaugenmerk dabei auf Kernwaffen liegt. Unser militärischer Chef ist davon überzeugt, dass die Deutschen zum Bau einer Uranbombe fähig sind. Der wissenschaftliche Leiter, ebenfalls ein Physiker und übrigens Holländer, ist hingegen der Ansicht, dass die deutschen Wissenschaftler von der Umsetzung dieses Vorhabens meilenweit entfernt sind.«

»Und was denken Sie?«, wollte Nikolas mit möglichst desinteressierter Stimme wissen.

Bricks hielt inne, atmete mehrmals tief ein und aus. Er schien zu grübeln, überlegte womöglich, ob er seine Gedanken wirklich aussprechen sollte. »Es ist gar nicht lange her, dass ich höchstselbst einer Alsos-Mission als wissenschaftlicher Berater in Straßburg beiwohnte. Wir entdeckten Dokumente und Aufnahmen, die belegen, dass Fördermittel für die Fleckfieber- und Hepatitisversuche genehmigt wurden. Diese Versuche wurden an den Häftlingen des Konzentrationslagers Natzweiler-Struthof durchgeführt. Der Tod dieser unfreiwilligen Versuchspersonen war integraler Bestandteil der wissenschaftlichen Arbeit. Dutzende Menschen starben auf grausame Weise, als sie den Erregern in hoch konzentrierter Dosis ausgesetzt wurden. Sie können es sich nicht vorstellen, Mister Brandenburg.«

Konnte er. Nur zu gut. Leider. Für einen Moment rief er sich von Varusbachs lachende Fratze ins Gedächtnis. Auch er hatte Zwangsarbeiter für solche Versuche missbraucht. Jede Nation übte Verbrechen im Krieg aus – doch was die Nazis mit den Menschen anstellten, überstieg die Vorstellungskraft eines jeden, der damit noch nicht konfrontiert worden war.

Bricks atmete durch, fixierte Nikolas aus zusammengekniffenen Augen. »Um Ihre Frage zu beantworten – ich traue den Deutschen alles zu, und sollten sie im Besitz einer Uranmaschine sein, müssen sie gestoppt werden.«

Claire und Rohn schwiegen beharrlich. Wahrscheinlich kannten sie diese Informationen in- und auswendig und hatten das Für und Wider schon unzählige Male abgewogen.

»Wie können sie gestoppt werden?«

»Oh, wir haben bereits etliches unternommen«, entgegnete Bricks ruhig und streichelte nun seinerseits Claires

Hand, als wollte er Nikolas damit provozieren. »Es waren vor allem jüdische Emigranten, die bereits 1939 Präsident Roosevelt mit einem Brief auf die Gefahr einer deutschen Uranbombe hinwiesen. Genauso 1940. Es gäbe Anzeichen, dass die Deutschen an einer neuen, schrecklichen Waffe arbeiteten, die komplette Städte zerstören könne. Unterschrieben waren die Briefe übrigens von Albert Einstein, einem der führenden Köpfe. In Straßburg erhärtete sich der Verdacht. Die Alsos-Mission gelangte an Informationen, die unsere Annahme bestätigten, dass sich verschiedene Werke wie beispielsweise die Berliner Auergesellschaft mit der Verarbeitung von Thorium und Uranmetallen befassen, die bei der Produktion von Atomenergie verwendet werden und möglicherweise auch bei der Fertigung einer Bombe nutzbar gemacht werden können. Unter anderem hat uns Dr. Egon Ihwe, Geschäftsführer der Auergesellschaft in Paris, diesbezüglich wichtige Informationen gegeben. Wir wissen also definitiv, dass Deutschland über große Uranvorräte und eine ausreichende Menge an Schwerem Wasser verfügt.« Bricks sah Nikolas an, als betrachte er einen Schüler, der dem Unterricht nicht folgen konnte. »Ich erkläre es Ihnen ganz einfach: Schweres Wasser ist weniger reaktionsfähig als normales Wasser und wird sozusagen als Moderator eingesetzt, da es eine deutlich geringere Anzahl an Neutronen absorbiert. Diese werden benötigt, um eine Kernspaltung herbeizuführen, wie sie 1939 Otto Hahn in Berlin gelang.«

Nikolas hatte Probleme, alles nachzuvollziehen. »Das heißt, die Nazis sind im Stande, eine derartige Bombe zu bauen oder haben es bereits getan?«

»Das genau ist unser Problem: Wir wissen es nicht. Die Zeit drängt. In Straßburg ist Walther Gerlach, Bevollmächtigter für Kernphysik, verschwunden, sein Aufenthaltsort ist unbekannt. Und wo sind die anderen Lichtgestalten der deutschen Wissenschaft? Wo ist Heisenberg, wo ist von Weizsäcker, wo sind Höcker und von Laue? Das sind die Fragen, die wir uns stellen müssen und die, so hoffen wir, Sie beantworten können.«

»Die Crème de la Crème der Physik, plötzlich verschwunden«, fasste Claire die Worte ihres neuen Liebhabers zusammen.

»Gibt es keine Anhaltspunkte?«

»An einem bestimmten Ort wird in letzter Zeit hektische Betriebsamkeit verzeichnet«, erklärte sie. »Dokumente aus Straßburg belegen, dass eine Uranmaschine anscheinend als Sprühbombe eingesetzt werden soll.«

Dieser Amerikaner machte es ihm wirklich nicht leicht. Wollte er ihn schlecht aussehen lassen? Nikolas atmete mehrmals durch, als sei er genervt von alldem. »Und wo befindet sich dieser Ort?«

Die Worte, die daraufhin Claires Lippen verließen, schmerzten am meisten. »Da wir dir nicht trauen, haben wir beschlossen, dich darüber im Unklaren zu lassen.«

Nikolas fühlte sich, als hätte er einen Geröllhaufen im Magen. Er sah seine ehemalige Geliebte an, hoffte auf einen Nachsatz, eine Relativierung, irgendwas. In seiner Fantasie fing sie laut zu lachen an, den Kopf zur Seite gedreht, und kam auf ihn zu. Ein Kuss würde folgen, mit einer langen Umarmung. Rohn würde sich nicht mehr halten können, würde sich Tränen lachend über den Boden rollen. ›War alles nur ein Witz, bei allem, was du für uns getan hast‹, würde er keuchen.

Wunschdenken – natürlich. Alles, was er sah, waren ihre dunklen, kalten Augen.

»Und warum dann dieses Treffen? Warum die Schläge und die Entführung?«

»Es ist wichtig, dass Sie sich an jedes Detail erinnern, Mister Brandenburg«, warf Bricks ein. »Stand etwas auf seinem Arm? Eine Notiz vielleicht? Gab es einen zerknüllten Brief oder Wortfetzen, an die Sie sich erinnern können?«

Nikolas und Rohn wechselten Blicke. Der Feldwebel wirkte alles andere als zufrieden. Sein Daumen rieb unentwegt über das Holz des Stuhls, sein Fuß wippte auf und ab. An seinen Schläfen hatte er zahlreiche graue Haare bekommen. Laut schnalzte er mit der Zunge. »Komm schon, Kommissar. Wir brauchen etwas. Es ist wichtig.«

»Was ist wichtig?«, giftete Nikolas. »Wenn ich wüsste, was wir suchen, könnte ich euch besser helfen.«

Rohns Gesichtsfarbe wandelte sich schlagartig in ein dunkles Rot. »Es ist wichtig, verdammt noch mal!« Er packte den Stuhl an der Lehne und schleuderte ihn voller Zorn gegen die Wand. In mehrere Teile zerbrochen landete er vor Nikolas' Füßen.

Sein Ausbruch ließ Nikolas grübeln. War die Sache wirklich dermaßen ernst? Das Oberkommando ließ in all den Kriegsjahren an Dutzenden Wunderwaffen arbeiten. Eine davon, das Sarin-Beauté, hatte er mit eigenen Augen gesehen. Dazu die Vergeltungswaffen und Superbomben, mit denen das Ruder herumgerissen werden sollte. Alles Schall und Rauch, die Wehrmacht hatte den Alliierten nichts mehr entgegenzusetzen. Aber was, wenn eins dieser wahnwitzigen Projekte zum Erfolg führte?

Sicher, Rohn war impulsiv, handelte aus dem Bauch heraus und bereute nie eine Entscheidung. Egal, ob er sich eine Nutte ausgesucht hatte, bei der er sich eine Geschlechtskrankheit holte, oder den Kopf eines Franzosen gegen einen Tisch donnerte, weil dieser ihn als Nazi bezeichnet hatte. Was seine Funktion als Résistancekämpfer anging, stand er Claire in der kühlen Situationsberechnung in nichts nach. Dieser Wutanfall beunruhigte Nikolas.

Rohn atmete tief durch, um schließlich mit Engelszungen auf Nikolas einzureden. »Verzeihung, Kommissar. Wir haben alle wenig geschlafen die letzten Tage. Beantworte bitte die Frage, es könnte sehr wichtig für uns sein.«

Dass er vor diesem Dr. Bricks wie ein Kätzchen schnurrte, missfiel Nikolas. Hier steckte einiges mehr dahinter, als es den Anschein machte. Nikolas wurde das Gefühl nicht los, dass dieser Physikdoktor vom Geheimdienst eine tragende Rolle in diesem Abklatsch einer Tragödie spielte. Nur welche Rolle hatte man ihm selbst dabei zugedacht? Wahrscheinlich die des dummen August, der erst merkte, dass es zu spät war, wenn sich das Maul des Dämons längst geschlossen hatte. Bei dieser Vorstellung würde der Vorhang bald fallen und er merkte nicht einmal, dass er gar nicht mitspielen sollte.

Instinktiv betastete Nikolas seinen Kopf. Zumindest der dumpfe Schmerz hatte nachgelassen. Dann begann er zu berichten. Er erzählte, wie Vater ihn aufgenommen hatte, von den Monaten im Keller und wie schließlich Manfred Zeitschke vor ihrer Tür gelegen hatte. Den Studenten beschrieb er so genau wie möglich, ließ kein Detail aus, und er erzählte auch, wie sie versucht hatten, mehr über ihn herauszubekommen und die Schutzstaffel informiert hatten.

An dieser Stelle unterbrach Claire seinen Bericht. »Du hast also unsere einzige Verbindungsperson zu Heisenberg der SS übergeben?« Ihre Augen funkelten bei diesen Worten stärker als sonst.

»Er war schließlich schon tot. Außerdem war es die einzige Möglichkeit, mehr über ihn herauszubekommen. Und es hat funktioniert«, versuchte sich Nikolas nicht minder aggressiv zu verteidigen.

»Merde!« Claire erhob sich, ihre Gefühle hatten die Überhand gewonnen. »Und was ist, wenn er etwas bei sich trug?«

»Mein Vater und ich haben ihn mehrmals durchsucht.«

»Gründlich? Er muss etwas bei sich gehabt haben!«, schrie sie eine Tonlage höher.

»Ja, gründlich. Vielleicht hast du es vergessen, aber Vater und ich haben tatsächlich eine Polizeiausbildung genossen.«

»Wie kannst du nur?«, spie sie aus und schoss wutentbrannt auf ihn zu.

Es war Rohn, der sie zurückhielt. Er benötigte nur einen Arm, um sie von Nikolas fernzuhalten. Mit erröteten Wangen setzte sie sich neben Bricks.

»Ganz ruhig, wenn der Kommissar sagt, dass er die Leiche durchsucht hat, dann stimmt es auch«, versuchte der Feldwebel zu beschwichtigen. »Außerdem dürfen wir nicht vergessen, dass Zeitschke mehrere Tage von der SS verhört wurde. Er hatte bestimmt nichts mehr bei sich. Was er uns von Heisenberg übergeben sollte, ist entweder im Besitz der SS oder wir haben Glück und er konnte es verstecken. Doch das werden wir nicht mehr erfahren. Es muss auch so gehen.«

Rohn sah zu Bricks. Dieser rieb sich das Kinn, dachte einen Moment nach und nickte schließlich. Was ging hier vor, verdammt? Der Amerikaner räusperte sich und hielt Nikolas schließlich seine Hand hin. »Vielen Dank, Mister Brandenburg. Sie werden nicht mehr benötigt. Zu schade, dass Sie nicht von Nutzen waren.«

Er war kaum älter als Nikolas. Diese aufgesetzte Art, das schmierige Lächeln, der schicke Doktortitel. Alles an ihm befeuerte Nikolas' Wut. Beim Händeschütteln musste er sich zusammenreißen, um seiner Abscheu nicht Ausdruck zu verleihen.

»Wenn Sie uns nun bitte entschuldigen möchten«, sagte Bricks. »Die Nacht ist kurz und wir haben viel zu tun.« Dabei zog er einen Mundwinkel nach oben.

Das reichte endgültig.

Nikolas' Faust schoss dem Mann ins Gesicht. Er taumelte, konnte sich jedoch fangen. Ein kleines Rinnsal Blut lief ihm aus der Nase. Dann stürzte er auf Nikolas zu. Mit voller Wucht traf Bricks' Faust seinen Kiefer. Nikolas fiel zu Boden, der Doktor stand direkt über ihm. Zwei weitere Schläge genügten, um Nikolas' Widerstand zu brechen. Im Gegensatz zu seinem Hieb waren die Schläge Bricks' wie aus Stahl. Rohn zog den Doktor von Nikolas herunter, während Claire fast teilnahmslos auf der Bank sitzen geblieben war. Bricks rieb sich die Faust und zupfte sich die Kleidung zurecht, als Nikolas von Rohn auf die Beine gehoben und aus dem Raum begleitet wurde.

»Mister Brandenburg!« Ein letztes Mal drehte Nikolas sich um. »Auf dem College war ich in der Boxmannschaft. Sie sollten das nicht noch einmal versuchen. Das ist kläglich.«

Ein Schlag in die Magengrube, der richtig schmerzte. Als Nikolas den Raum verließ, streichelte Claire das Gesicht des Mannes. Im Geiste beschimpfte er sie mit jeder Verunglimpfung, die ihm gerade einfiel.

»Versuch, es dir nicht zu Herzen zu nehmen«, redete Rohn besänftigend auf ihn ein, während sie die Treppe hinabgingen. Als könnte er Gedanken lesen.

»Seit wann läuft das zwischen den beiden?«

Im Erdgeschoss befanden sich ein gutes Dutzend Résistancekämpfer. Eine Handvoll kannte er aus Paris, die anderen Gesichter hatte er nie zuvor gesehen. Wer war es wohl gewesen, der ihm die Schläge verpasst hatte? Er schüttelte den Gedanken ab, es war müßig, darüber nachzudenken.

Waffen und Ausrüstung waren überall im Raum verteilt, dazu drang ihm ein Geruch wie im Schweinestall in die Nase. Ein bekanntes Szenario, wenn so viele Männer unzählige Stunden auf engstem Raum verbrachten.

»Eigentlich seit er hier ist«, sagte Rohn, als sie unten ankamen. »Glaub mir, manchmal ist es nicht so, wie es auf den ersten Blick den Anschein hat.«

»Für mich hat es den Anschein, als wäre ich niemals da gewesen.«

»Weiber!« Rohn seufzte laut auf, klopfte ihm aufmunternd auf die Schulter und griff in eine Kiste. »Ein paar Magazine für deine Sauer-Pistole.«

Nikolas verstaute die Munition in seinen Hosentaschen. Wieso wurde er das Gefühl nicht los, dass der alte Haudegen mehr sagen wollte, aber nicht konnte? »Komm schon. Was steckt wirklich hinter der Sache? Was habt ihr vor?«

Sie gingen einige Schritte, zogen alle Blicke auf sich. Der Feldwebel schien genau abzuwägen, was er sagen sollte. »Weißt du, wenn ein Tier schwer verwundet in die Ecke gedrängt wird, ist es am gefährlichsten. Es hat nichts mehr zu verlieren und ist unberechenbar.«

»Und weiter?«

»Roosevelt sieht das auch so.«

»Rohn, ich verstehe nicht. Was habt ihr vor?«

Seine massige Brust hob sich bei jedem Atemzug. Seine Zähne mahlten aufeinander, er verschränkte die Arme, bis er sich zu einer Antwort durchrang. »Morgen früh werden wir nicht mehr hier sein. Such uns also nicht, stell keine Fragen und vergiss das Ganze. Wir wollen das Tier erledigen, bevor andere mit größeren und gefährlicheren Waffen es tun.«

»Das ist …«

»Mehr kann ich dir nicht sagen, Kommissar. Vielleicht irgendwann, aber nicht jetzt. Bitte verzeih mir.«

Rohn griff hinter sich. Vor Nikolas' Augen baumelte der Jutesack.

»Sag mir bitte, dass du scherzt!«

»Leider nein. Anweisung von Dr. Bricks. Er will kein Sicherheitsrisiko eingehen. Versteh mich nicht falsch, ich vertraue dir.« Endlich, ein kurzes Lächeln. »Wir haben zu viel Mist zusammen erlebt, als dass ich es nicht täte. Aber die Sache ist zu wichtig. Für uns alle.«

»Wer ist denn ›wir‹?«

»Na ja, unser Land.«

Rohn hatte die Fähigkeit nicht verlernt, ihn zu überraschen.

»Du bezeichnest es immer noch so?«

»Natürlich. Warum, meinst du wohl, mache ich diesen Mist hier?«

Nikolas' Gesicht erhellte sich. Er ergriff den Jutesack und zog ihn sich selbst über den Kopf. Von mehreren Männern wurde er zum Transporter geführt. Einige murmelten etwas auf Deutsch, andere sprachen Französisch. Wortfetzen, zu leise gesprochen, um sie zu verstehen. Während der Fahrt ging Nikolas das Gespräch erneut durch den Kopf. Schweres Wasser, Uran, Atome, die gespalten werden konnten – er verstand nicht einmal im Ansatz, was der Doktor umrissen hatte. Allein das grausame Fazit war wichtig: Eine Superbombe könnte sich in den Händen der Nationalsozialisten befinden.

Zwei Straßen von seinem Elternhaus entfernt setzten sie ihn ab. Auf dem Weg nach Hause fühlte Nikolas sich wie betäubt. Langsam kam die Kälte zurück. An jedem Teil seines Leibes war eine Stelle, die bitterlich schmerzte. Hunger und Durst vereinigten sich zu einer peinvollen Mischung. Sein Magen knurrte gewaltig. Und doch konnte er an nichts anderes denken als an Bricks' und Rohns Worte.

Er hatte keine Ahnung von Uran oder Physik. Schweres Wasser und Alsos-Missionen waren Begriffe, die er heute zum ersten Mal gehört hatte. Auch ihm wurde bewusst, dass die Sache groß sein musste. Sehr groß und sehr gefährlich.

KAPITEL 10

– EIN FUNKE HOFFNUNG –

Als er das Haus betrat, blickte er in den Lauf von Vaters Walther.

Nikolas erschrak heftig, fing sich jedoch schnell. »Wird das jetzt zu unserer normalen Begrüßung?«

Eduard Brandenburg amtete auf und steckte seine Armeepistole in den Hosenbund. »Zwei Tage, Nikolas! Du warst zwei Tage weg und kommst mitten in der Nacht wieder. Es hätte sonst wer sein können.«

Ohne weiter auf Vaters Worte einzugehen, legte er erschöpft Mantel und Hut ab, öffnete die obersten Knöpfe des Hemds und ließ sich auf die Couch fallen.

»Es ist viel passiert, ich erkläre es dir in ein paar Minuten.« Seine Lider schienen Tonnen zu wiegen. Eigentlich wollte er nichts anderes, als in ein warmes Bett zu schlüpfen und ein wenig Ruhe zu finden. Er öffnete sein rechtes Auge einen Spaltbreit. »Wieso bist du eigentlich noch wach?«

»Ich habe hier unten geschlafen. Man kann nie wissen in diesen Zeiten. Die nächtlichen Besuche von Polizei und SS nehmen zu«, brummte Eduard und nahm auf dem Sessel Platz, den er schon vor Jahrzehnten für sich beansprucht hatte. Die Oberfläche war abgewetzt, der Saum hing in losen Fäden herab. Er konnte sich einfach nicht von ihm trennen. »Ich hatte fest damit gerechnet, dass mein Haus das nächste ist, das gestürmt wird. Diesem Luger wollte ich nicht die Genugtuung geben, mich im Nachtrock abzuführen.«

Tatsächlich trug Vater einen seiner besten Anzüge, mit passender Krawatte – und er war nüchtern.

»Wie weitsichtig von dir.«

»Erzählst du mir nun endlich, wo du dich die letzten Tage herumgetrieben hast? Warst du bei ihr?«

»Ja, Vater. Und nein, ich meine … ja, ich war bei Elsa. Zumindest bis gestern Nacht. Dann wurde ich unsanft von der Résistance zu einem Gespräch geladen.«

Als hätte ihn etwas gestochen, sprang Eduard auf und humpelte zum Fenster. »Sie sind hier? Ist es so weit?«

»Nein. Mir wurden die Augen verbunden«, antwortete Nikolas und dachte an den Gestank des alten Jutesacks. »Sie haben ihr Lager ein Stück außerhalb von Düsseldorf. Keine Ahnung, wo.«

»Und was wollten sie?«

Nikolas erbat sich ein paar Minuten, trank und aß das Wenige, was Vaters Bekannter von der Diakonie gebracht hatte, und setzte sich auf die Couch. Schließlich erzählte er von Elsa, dem Brief und dem beinahe tödlichen Ausflug in den Park. Er berichtete ruhig und sachlich, ließ jedoch einige Details vom Treffen mit der Résistance aus, die Sache mit Claire beispielsweise hatte Vater nicht zu interessieren. Zum zweiten Mal stand er mit dem Rücken zur Wand, er wusste weder ein noch aus, es gab keine Spur, die er verfolgen könnte. Sein Vater steckte zu tief mit drin, als dass er ihn verraten würde. Zumindest hoffe Nikolas das. Er brauchte definitiv eine zweite Meinung, und wer war besser für die Ermittlungsarbeit geeignet als der viel gelobte Kriminalrat a. D. der Düsseldorfer Polizei?

Nikolas konnte die Augen kaum mehr offen halten, als er seinen Bericht beendete. Er musste sich zwingen, Eduard in die Augen zu blicken, und wartete gespannt auf seine Reaktion. Aber anstatt ihm einen bahnbrechenden Tipp zu geben, vielleicht einen Rat oder zumindest einen groben Weg aufzuzeigen, stand er ächzend auf und humpelte zur Treppe.

»Wohin gehst du, Vater?«

»Ins Bett, ich habe lange genug auf dich gewartet, und wenn die Polizei jetzt mein Haus durchsucht, hilft nicht mal leugnen.«

»Keine Reaktion zu Elsa? Der Résistance? Diesem Physiker vom Geheimdienst oder den Drohungen?«

Eduard schüttelte den Kopf. »Was gedenkst du denn zu tun, Nikolas? Es ist mitten in der Nacht. Vielleicht hast du es nicht mitbekommen, aber vor zwei Stunden war Fliegeralarm. Glücklicherweise ist nichts passiert.«

Das hatte er tatsächlich nicht gewusst. Der Unterschlupf von Rohn, Claire und diesem Frauenhelden musste weiter außerhalb liegen, als er gedacht hatte.

»Diese Situation hast du dir selbst zuzuschreiben. Ich habe damit nichts zu tun. Außerdem haben deine Freunde die Lage anscheinend gut im Griff. Geh ins Bett und versuche, Schlaf zu finden.«

Fast glaubte er, dass sein Vater seine Schelte damit beendet hätte, doch er drehte sich auf der Treppe noch einmal zu ihm um.

»Bei Ermittlungen ist es wichtig, einen kühlen Kopf zu bewahren. Überstürzen bringt nichts, damit zerstörst du mehr, als dass es dir nutzt.«

Wahrscheinlich hatte er recht. Nikolas waren die Hände gebunden und er war nur zu arrogant, um es sich einzugestehen. Er war raus aus dem Spiel, ersetzt durch diesen Dr. Bricks. Leider in vielerlei Hinsicht.

Als er sich auf den Weg in sein Kellerverlies machte,

ging er Vaters Worte im Kopf erneut durch. Hatte er ihm wirklich gerade einen ernst gemeinten Rat gegeben?

*

Seine Träume waren düster. Rauch und Staub legten sich über Städte und machten aus vormals wunderschönen Gebäuden einen tristen Moloch. Er lief durch seine Straße. Früher einmal, als kleiner Junge, hatte er hier mit Martin und Erik getobt. In den orangefarbenen Sonnenstrahlen des Spätsommers hatten sie Marmelade mit ihren Fingern aus einem Einmachglas genascht. Sie hatten unter dem mächtigen Kirschbaum im Garten der Familie Brandenburg gesessen und an nichts anderes gedacht als an den nächsten Streich.

Nichts von alledem war übrig geblieben. Meterhoch züngelten die Flammen in den finsteren Himmel, Ruß füllte beißend Nikolas' Lunge. Er hustete, sein Rachen schien wie verätzt. Die Häuser um ihn herum waren Ruinen. Monumente früherer Tage, als das Inferno noch nicht herrschte. Alles längst vergangene Zeiten, die nichts übrig ließen außer Schmerz.

Nikolas wandelte weiter auf der zerstörten Straße. Er war allein und wünschte sich nichts sehnlicher als jemanden an seiner Seite, damit er wusste, er war nicht verrückt geworden. Die einstürzenden Gebäude lärmten höllisch, als würden sie mit einem letzten, verzweifelten Schrei zugrunde gehen, um sich danach vollends den Flammen zu ergeben. Der Höllenschlund musste sich geöffnet haben, und er verschlang alles, was einst schön und teuer gewesen war. Selbst seine Emotionen fraß dieses gierige Tier.

Dann sah er es. Eine Feuersbrunst rollte auf ihn zu.

Nikolas wollte umkehren, Schutz suchen. Doch bei dieser Welle aus Glut war jeder Fluchtversuch zum Scheitern verdammt. Er lief so schnell seine Füße ihn trugen, aber er kam nicht vom Fleck. Das brennende Monstrum öffnete sein riesiges Maul. Unendliche, nicht auszuhaltende Qualen waren ihm gewiss. Wenige Augenblicke und die Flammen würden ihn verzehren …

»Wach auf, Nikolas!«

Vaters Finger schraubten sich in seinen Arm, ließen Nikolas hochschrecken. Sein Herz hämmerte in seiner Brust. Schweißperlen standen ihm auf der Stirn, die Unterwäsche war durchgeschwitzt.

»Was ist denn mit dir los? Schlecht geschlafen?«

Nikolas atmete tief durch, ließ sich zurück auf das Kissen fallen. »Ein düsterer Traum.«

»Du musst aufstehen, das junge Fräulein ist hier. Sie wartet oben.«

»Elsa ist hier? Muss sie nicht arbeiten?«

Eduard humpelte bereits zur Tür. »Draußen ist es nahezu dunkel. Wir haben späten Nachmittag, du musstest wohl einiges an Schlaf nachholen.«

Müde rieb er sich über das Gesicht. Die Bartstoppeln waren der Beweis, dass er lange kein Bad von innen gesehen hatte. Auch Eduard schien das zu bemerken.

»Du brauchst eine Rasur und ein Bad«, schimpfte er in seinem typischen Ton. »Ich hab keine Ahnung, was das Fräulein an dir findet. Aber die junge Dame hat Essen mitgebracht, da solltest du zumindest so aussehen, als wärst du ein anständiger Mann. Und lass sie nicht zu lange warten.«

Erst langsam fing sein Verstand an zu arbeiten. Elsa hatte ja gesagt, dass sie vorbeikommen wollte.

Hastig sprang er aus dem Bett und wusch sich ausgiebig mit Wasser aus einer Schüssel. Beim Rasieren schnitt er sich mehrere Male. Mit Haarwasser brachte er seine Frisur in Form und zog sich einen seiner alten Anzüge an. Als er die Tür seines Kellerraums öffnete, vernahm er überrascht, wie sein Vater und Elsa sich angeregt unterhielten.

Sein alter Herr konnte sich also ebenfalls ihrer einnehmenden Art nicht erwehren. Er rannte die Treppe hoch, stolperte auf der letzten Stufe, konnte sich gerade noch fangen und stand mitten im Wohnzimmer.

»Hallo, Nikolas«, begrüßte ihn Elsa mit einem umwerfenden Lächeln. »Es ist schön, dich zu sehen.« Sie stand auf, drückte ihm einen Kuss auf die Wange.

Eigentlich geziemte sich dieses Verhalten beim dritten Treffen nicht, vor allem nicht, weil sein Vater im Raum war. Diese Frau war in vielerlei Hinsicht eigenwillig.

»Hallo, worüber habt ihr geredet?«

Elsa und sein Vater sahen sich an, beide glucksten vergnügt.

»Nichts weiter«, antwortete Elsa schließlich. »Setz dich doch, Irmgard.«

Vor Wut hätte er am liebsten etwas gegen den Kopf seines Vaters geworfen. Wie hatte er Elsa den Namen verraten können, den Mutter für ihre vermeintliche Tochter ausgesucht hatte?

»Es war nur Spaß«, beteuerte Elsa, bis sich ihre Miene verdunkelte. »Du siehst müde aus. Hast du geschlafen?«

»Mein Sohn scheint eine perverse Vorliebe für nächtliche Ausflüge entwickelt zu haben«, warf Eduard ein und nippte am Tee. »Umso mehr wundert es mich, dass Sie noch einmal hierher gekommen sind, junges Fräulein.«

War da etwa ein Lächeln auf dem Gesicht seines Vaters zu erkennen?

Elsa nahm Nikolas' Hand und lenkte ihn zu dem Platz neben sich. Ihre Haut war warm und weich. Es fühlte sich großartig an, wie sie seine Finger unter der Tischplatte streichelte.

»Was meint dein Vater damit? Wo bist du letzte Nacht noch gewesen?«

Es hatte keinen Sinn, ihr irgendetwas vorzuenthalten. Sie wusste schon zu viel und würde nicht aufhören zu fragen, bis sie die ganze Wahrheit kannte.

»Die Résistance«, war seine knappe Antwort.

»Sie haben dich bereits kontaktiert?«

Er lachte müde auf. »Ja, *kontaktiert* … Es war mehr eine Entführung.«

Elsa rückte ihre Brille gerade, stand auf und ging wie selbstverständlich in die Küche. »Ich werde frischen Tee aufsetzen. Der Professor hat mir heute mehr Essen mitgegeben. Wir reden beim Abendbrot weiter.«

Selbst von seinem Vater kam kein Widerspruch. Ob er froh war, dass wieder eine Frau, wenn auch nur für einen Augenblick, die Führung des Haushalts übernommen hatte?

Elsa hatte nicht zu viel versprochen. Der Professor musste gute Verbindungen zur Partei haben, um an frisches Brot und eine derart große Menge an Wurst zu gelangen. Zusätzlich standen ihnen Tee, Kaffee und ein kleiner Pott Honig zur Verfügung. Richtiger Kaffee – nicht jener aus Getreide. Sogar an Briketts hatte Elsa gedacht. Wie sie das alles auf ihrem Fahrrad transportiert hatte, war Nikolas ein Rätsel.

Er berichtete, während sie aßen. Er musste sich zurückhalten, die Köstlichkeiten nicht hinunterzuschlingen. Ab und zu stellte Elsa eine Zwischenfrage, einzig wenn er von Claire erzählte, war sie ruhig, beinahe andächtig. Er rechnete fest damit, dass sie diese Angelegenheit nicht besprechen wollte, solange sein Vater in der Nähe war.

»Also wollten sie nur wissen, ob Manfred etwas bei sich hatte?«, schloss sie aus seinem Bericht und tupfte sich den Mund. »Es muss ein kleiner Gegenstand gewesen sein, ein Brief, ein Behälter oder etwas in der Art. Aber ich habe keine Ahnung, wie Heisenberg ihn an Manfred übermittelt haben könnte.«

»Das spielt keine Rolle, Fräulein Winter«, warf Eduard mit milder Stimme ein. So hatte Nikolas ihn selten erlebt. »Ich verabscheue zwar die Tatsache, dass Sie sich hier bei uns in Gefahr begeben, dennoch kann ich verstehen, dass Sie das Verbrechen um Ihren Kommilitonen aufklären wollen. Mein Rat: Gehen Sie nach Hause. Wir haben Ihnen genug Unannehmlichkeiten bereitet.«

»Vielen Dank, Herr Brandenburg«, antwortete sie lächelnd. »Aber *ich* habe mich an Ihren Sohn gewandt, und ich kenne die Gefahr.«

Ohne es noch einmal zu versuchen, gab Eduard sich geschlagen und setzte seinen vorherigen Gedankengang fort. »Da wir keine Möglichkeit haben, Heisenberg zu fragen, müssen wir uns auf Ihren Instinkt stützen. Gibt es ein Versteck, eine Nische oder ein Refugium, das er hätte benutzen können?«

Elsa schüttelte ihren Kopf. »Nicht dass ich wüsste.«

»Dann müssen wir davon ausgehen, dass Sturmbannführer Luger diese Nachricht mittlerweile in seinen Besitz gebracht hat«, fuhr Eduard fort.

»Es gibt noch eine andere Möglichkeit.« Ihre Stimme war leise, fast als schämte sie sich dafür, diese Überlegung auszusprechen. »Nikolas, du erzähltest mir von deinem Freund Erik. Um einen Gegenstand vor der SS zu verstecken, verbarg er ihn im Bauch eines Jungen.«

»Eine Kapsel, ja«, ergänzte Nikolas mit ebenso leiser Stimme. Bis zu diesem Zeitpunkt war es ihm gelungen, die Erinnerungen an Erik weitestgehend zu verdrängen. »Damit hat er uns auf die richtige Fährte gebracht. Du glaubst doch nicht, dass Manfred …«

Elsa sah abwechselnd die beiden Männer an. »Ich weiß es nicht, aber wenn es stimmt, dass die Résistance die Nachricht als kriegsentscheidend einschätzt, müssen wir alle Möglichkeiten in Betracht ziehen.« Hilflos nestelte sie an einer Serviette. »Was sollen wir sonst tun? Eine andere Möglichkeit, als die Leiche erneut zu untersuchen, haben wir nicht.«

Eduard Brandenburg gefiel diese Option absolut nicht. Mit der rechten Hand stützte er sich auf den Tisch und lehnte sich nach vorn. »Fräulein Winter, ich verstehe ja, dass Ihnen der Verlust nahegeht. Aber das ist Wahnsinn, glauben Sie mir. Wenn die SS von jemandem eine Information haben will, bekommt sie diese auch. Hören Sie auf mich – bunkern Sie so viele Lebensmittel wie nur möglich und suchen Sie sich ein Versteck. Sie wissen, was die Bomber in der Nürnberger Innenstadt vor wenigen Wochen angerichtet haben.« Er machte eine Pause, sah Elsa direkt in die Augen. »Es war eine völlige Vernichtung, über 2.500 Tonnen Bomben fielen auf die Stadt, und uns wird es nicht anders ergehen, wenn Sie mich fragen.« Nachdem er seinen einschüchternden Vortrag beendet hatte, lehnte er sich zurück und atmete durch. »Lassen Sie die Résistance die Arbeit machen. Entweder sind wir in wenigen Wochen alle tot oder dieser Spuk ist endlich vorbei.«

Nikolas musste die Worte im Stillen wiederholen, bevor er sie verstand. »*Dieser Spuk ist endlich vorbei,* Vater? Warst du nicht auch Parteimitglied?«

»Genau wie du, Nikolas«, zischte Eduard. »Am Ende werden alle ihre schwarzen und braunen Uniformen vergraben und beteuern, dass sie nichts mit alldem zu tun hatten. Ganz wie wir beide.«

Vaters typischer Pragmatismus. Die Stimmung war aufgeheizt. Nikolas wollte gerade etwas entgegnen, als Elsa ihre Stimme erhob: »Wir sollten es trotzdem versuchen!« Anscheinend hatte sie ein feines Gespür für den richtigen Augenblick. Der schrille Ton ließ die beiden Männer schweigen. »Wenn die winzige Chance besteht, dass wir erfolgreich sein könnten, müssen wir sie nutzen. Nikolas, ich bitte dich!«

»Was passiert mit den Leichen, die der SS übergeben werden?«, fragte Nikolas seinen Vater.

»Verdächtige, die während eines Verhörs sterben?« Eduard prustete verächtlich. »Viele werden verscharrt, teilweise mit den Bombenopfern. Sie streuen ungelöschten Kalk über die Körper, damit der Verwesungsprozess das Grundwasser nicht verseucht. Du musst nur die Augen offen halten, draußen auf den Feldern passiert es, genauso wie vor dem Wald. Manchmal werden die Körper lediglich mit einer dünnen Erdschicht bedeckt. Es sind schlichtweg zu viele Leichen. Etliche werden verbrannt. Bei einem Sonderfall wie Zeitschke kann es aber auch sein, dass die Leiche länger aufgehoben wird, solange abschließende Fragen nicht geklärt sind. Es kommt natürlich darauf an, ob sich die Familie meldet, welche Entscheidung die Vorgesetzten treffen und so weiter. Mit anderen Worten: Zum jetzigen Zeitpunkt ist es unmöglich, es mit Gewissheit zu sagen, aber wahrscheinlich wurde er bereits verbrannt.«

»Könntest du es herausfinden? Vielleicht über Goetsch?« Nikolas sah seinem Vater an, wie sehr ihm dieser Gedanke widerstrebte.

»Ich bitte Sie, Herr Brandenburg. Ein einziger kurzer Anruf. Also, wenn das Fernsprechnetz noch funktioniert.«

Nikolas wusste, dass sein Vater mit sich rang. Gegen Elsas Art kam er jedoch nicht an. »Ich kann es zumindest versuchen, aber ich verspreche nichts.«

Sie stand auf, nahm Nikolas an die Hand und führte ihn zur Kellertreppe. »Vielen Dank! Wir lassen Sie einen kurzen Moment allein, wenn Sie erlauben.«

Eduard winkte ab und war bereits dabei, nach dem Fernsprecher zu greifen, während Elsa Nikolas nach unten führte. In seinem Verlies angekommen, wünschte er sich, dass er zumindest ein wenig Ordnung geschaffen hätte. Zudem stieg ihm ein Geruch in die Nase, als hätte eine Horde Wildschweine hier übernachtet. Keine guten Voraussetzungen, um ein Mädchen zu beeindrucken.

»Die Sache mit Claire …«, begann Elsa sichtlich verunsichert. »Ist da noch etwas zwischen euch?«

Er hatte es geahnt. Nikolas wünschte sich, dass er ihr eine einfache Antwort geben könnte, die sie zufriedenstellte. Natürlich war das nicht möglich. »Ich weiß es nicht. Als ich sie mit diesem Physiker zusammen sah … Es schmerzte, dass sie so vertraut mit ihm war. Ein Teil von mir fühlt sich immer noch zu ihr hingezogen.«

Elsa nahm seine Hand. »Wenn sie ihr Leben weiterlebt, solltest du es vielleicht auch tun.« Die Brille war ihr auf die Nasenspitze gerutscht. Ihre Augen waren voller Hoffnung und selbst im kargen Schein der Lampe glänzten sie. Warum war es so schwer, die Sache mit Claire abzuhaken?

»Vielleicht hast du recht. Weißt du, ich hoffe, es gibt ein Leben nach dem Krieg, ein Leben, auf das wir uns freuen können.«

»Glaubst du daran?«

»Niemand weiß, was geschehen wird. Rohn und dieser Physiker haben mir eine ungeheure Angst eingejagt mit ihrem Gerede von einer Superbombe, die den Krieg in die Länge ziehen könnte. An allen Fronten brechen die Wehrmacht und der Volkssturm ein, im Osten ist die Rote Armee eine Übermacht, Zehntausende sind auf der Flucht und die Alliierten kurz davor, die Rur zu überqueren. Jeder im Reich weiß, dass es bis zum Ende nicht mehr lange dauert. Die Frage ist, was danach kommt.«

Sie streichelte ihm zärtlich mit den Fingerspitzen über die Wange. »Nach jedem Ende kommt ein neuer Anfang. Du musst nur überleben. Irgendwie.«

Ihr unverbesserlicher Optimismus zauberte ein Lächeln auf sein Gesicht. Gab es wirklich Hoffnung?

»Genau deshalb müssen wir unseren Weg fortsetzen. Es sind schon so viele umsonst gestorben«, hauchte Elsa in sein Ohr. »Lass es uns zumindest versuchen.«

Nikolas streichelte ihren Hinterkopf, er spürte die Wärme ihrer Haut. Gleich würden sich ihre Lippen berühren.

»Ich hab mit ihm gesprochen!« Eduards Stimme ließ sie zurückschrecken wie zwei Kinder, die beim Klauen erwischt worden waren. »Es besteht die Chance, dass die Leiche noch nicht verbrannt wurde.«

Elsa und Nikolas gingen schweigend nach oben.

»Ihr müsst schnell sein und ihr braucht einen Arzt. Goetsch konnte für nichts garantieren, aber wenn die Behörden eine Leiche noch nicht freigegeben haben, müsste sie in der Leichenhalle des Waldfriedhofs in Ratingen sein. Keine zwei Kilometer von der StaPo entfernt.«

Elsa dreht sich zu Nikolas. »Die StaPo?«

»Staatspolizeileitstelle Düsseldorf, die zweitgrößte Gestapo-Zweigstelle des Reichs. Dort wimmelt es von SS und Polizei.«

»Und wenn ihr Pech habt, ist sogar die Leichenhalle bewacht. Wollt ihr wirklich so leichtfertig euer Leben aufs Spiel setzen? Ganz davon abgesehen, dass es eine recht anständige Strecke ist mit dem Fahrrad.«

Ohne ein Wort zu verlieren, zog sich Nikolas den Mantel an und setzte den Hut auf. Bedächtig lugte er einige Sekunden durch das Fenster in die Dunkelheit. »Ich habe nicht vor, mit dem Fahrrad zu fahren, Vater.«

KAPITEL 11

– VERGESSENE GESCHICHTEN –

Elsa behagte es gar nicht, in den Wagen zu steigen. »Ist das nicht viel auffälliger als mit dem Fahrrad?«

»Denke ich nicht«, erwiderte Nikolas und startete den Motor. »Zwar kann man mit Rädern besser Straßensperren und Kontrollen umfahren, Automobile werden aber weniger angehalten, da die Männer an den Schlagbäumen annehmen, dass hohe Beamte im Wagen sitzen.« Er sah sich mehrmals um, bog schließlich auf die Straße ein. »Wer kommt heutzutage an Treibstoff, geschweige denn an ein Auto? Wir schlagen sie also mit ihren eigenen Waffen.«

Elsa krallte sich fest in den Sitz des Wagens, als Nikolas beschleunigte. Der Adler Trumpf heulte auf. Sie hatten freie Fahrt. Die Temperatur war um einige Grad über null gestiegen und hatte den Schnee schmelzen lassen.

»Wo fahren wir überhaupt hin?«, wollte Elsa mit einer gewissen Unsicherheit in der Stimme wissen.

»Zum Kriegslazarett in Kaiserswerth, dem Marienhospital.«

»Dein alter Freund arbeitet dort, nicht wahr?«

»Zumindest sagte er das meinem Vater, als er ihn vor einem halben Jahr traf.«

Er hatte Martin lange nicht mehr gesehen, geschweige denn ihm die Situation erklärt. Martin, der ihn für tot hielt. Umso mehr bereitete es Nikolas Bauchschmerzen, ihn um diesen Gefallen zu bitten. »Er ist inzwischen beim Roten

Kreuz, wie Vater sagte. Es war die einzige Möglichkeit, dem Krieg an der Westfront zu entkommen.«

»Wird er uns helfen?«

Nikolas kaute beharrlich auf seiner Lippe. »Wir haben uns lange nicht mehr gesehen. Früher waren wir beste Freunde, aber seit der Sache in Paris … Ich weiß nicht, ob ich ihn noch einmal einer solchen Gefahr aussetzen kann. Er hat eine Frau, Kinder. Er könnte durch mich alles verlieren.«

Elsa verstand, sah für eine Sekunde in die Dunkelheit, legte anschließend ihre Hand auf Nikolas' Arm. »Wir müssen ihn nicht bitten. Ich bin mir sicher, dass wir es auch so schaffen.«

»Leider nicht. Ohne sein Fachwissen sind wir aufgeschmissen.«

Sie nickte, ließ ihn konzentriert den Wagen steuern.

Nikolas' Miene verfinsterte sich mit jeder Sekunde, der sie Kaiserswerth näher kamen. Er würde es verstehen, sollte Martin nichts mehr von ihm wissen wollen. Glücklicherweise gerieten sie weder in Kontrollen noch begegneten sie allzu vielen Passanten oder Hitlerjungen. Die Menschen waren mit anderen Dingen beschäftigt, als einen Adler Trumpf zu beobachten. Sie horteten Stofffetzen, versuchten, an Lebensmittel zu gelangen und den Alltag im Krieg für sich irgendwie ertragbar zu machen. Die herannahende Gefahr schwebte wie ein allumfassendes Leichentuch über ihren Köpfen. Das Schlimmste war, dass sie nicht wussten, welche Veränderungen ihnen bevorstanden. Ob ihr Land in wenigen Monaten noch dasselbe sein würde? Nikolas stellte sich solche Fragen unentwegt. Selbst den Fanatikern unter ihnen wurde mehr und mehr klar, dass dieser Krieg nicht mehr zu gewinnen war. Trotzdem machten sie weiter. Wie Ameisen in einem Bau, obwohl das Wasser bereits von allen Seiten eindrang.

»Dort ist es!«, stellte Elsa fest und deutete auf einen mehrgeschossigen Backsteinbau. Die Eingangsfront war opulent, als wollten die länglichen Fenster und die heiligen Statuen den Bomben trotzen.

»Martin hat mir viel über die Düsseldorfer Krankenhäuser erzählt«, sagte Nikolas mit einem Anflug von Furcht in der Stimme. Der Wagen hielt in sicherem Abstand zum Marienhospital hinter aufgetürmtem Schutt. »Er ist detailversessen, saugt Kleinigkeiten auf wie ein Schwamm. Früher konnte er gar nicht genug Informationen sammeln. Immer wenn Deutschland sich im Krieg befand, wurde das Marienhospital zum Lazarett umgewandelt. Schon im Deutsch-Französischen Krieg stellte das Mutterhaus ein Lazarett mit über 50 Betten zur Verfügung. Auch im Großen Krieg wurden hier Soldaten von den Franziskanerinnen versorgt.« Nikolas war verwundert, dass er Martins Gerede wiedergeben konnte, obwohl es Jahre zurücklag, dass sein Freund ihm diese Dinge erzählt hatte. Dabei hatte er damals nur halbherzig zugehört. »Im Verlauf des Krieges zogen die Schwestern die Aufmerksamkeit der Gestapo auf sich. Selbst die Diakonieleitung konnte nicht verhindern, dass die Franziskanerinnen deportiert wurden. Im Herbst 1944 wurde das Marienhospital zu einem Kriegslazarett umfunktioniert und die Verwundeten wurden nur noch vom Roten Kreuz betreut.«

»Also tut er gerade seinen Dienst?«

Nikolas' Blick war unsicher, während er den Bau von oben bis unten musterte. Er lag im Dunkeln, über mehrere Dächer war das rote Kreuz gespannt, in der Hoffnung, die Bomber würden das Gebäude verschonen. »Dienst an der Heimatfront.«

»Und du willst einfach dort hineinspazieren und Martin aus einer Behandlung herausholen?« Ungläubig sah er zu Elsa hinüber.

»Das meinst du hoffentlich nicht ernst. Du hast in den letzten Tagen dein Glück bereits überstrapaziert. Es grenzt an ein Wunder, dass du noch nicht von einem aufmerksamen Nachbarn oder Passanten verraten wurdest.«

»Na ja, wir haben nicht mehr so viele Nachbarn, die Feuersbrunst hat ...«

»Das spielt keine Rolle, du weißt, was ich meine«, unterbrach Elsa ihn barsch und war bereits halb zur Tür hinaus. »Dr. Martin Weißenfels, oder? Du wartest hier.«

Nikolas zuckte zusammen, als sie die Tür zuschlug.

Wenn Elsa ihre Krallen zeigte, war sie noch ein Stück attraktiver, als sie es ohnehin schon war. Natürlich wäre es Wahnsinn, einfach in ein öffentliches, belebtes Gebäude zu marschieren und einen Aufruhr zu riskieren. Vor allem da er nicht wusste, wie Martin reagieren würde. Ihm blieb nichts anderes übrig, als zu warten.

*

Er hatte den Blick fest auf das Gebäude gerichtet und nicht mitbekommen, dass sich zwei Gestalten dem Wagen von hinten genähert hatten.

Ein Klopfen an der Scheibe ließ ihn aufschrecken. Sein Herz raste, als er in ein fremdes Gesicht sah. Erst beim zweiten Blick konnte er bekannte Züge im Antlitz des Mannes ausmachen. Zur gleichen Zeit öffnete Elsa die Beifahrertür und rutschte wortlos nach hinten durch.

Der Mann vor dem Fenster schwieg ihn an. Etwas Martialisches umwehte ihn. Sein weißer Arztkittel über dem Anzug und die Blutflecken auf dem Stoff ließen die Gesichtszüge noch härter erscheinen. Das konnte unmöglich …

Langsam stieg Nikolas aus, schloss die Tür hinter sich. »Martin … du siehst … dünn aus.«

Dünn war untertrieben. Wie hatte es in den letzten Monaten so weit kommen können? Martin war der kleine, dickliche Junge mit der viel zu großen Brille und dem zartbesaiteten Gemüt gewesen. Und nun stand vor ihm ein drahtiger Mann mit eingefallenem Gesicht, aus dessen Augen Härte sprach. Das konnte nicht der Junge aus seiner Vergangenheit sein, dieser Mann hier war vom Krieg gezeichnet, hatte zu viel Elend und Schmerz ertragen müssen. Der Doktor schwieg beharrlich.

»Es ist schön, dich zu sehen«, versuchte es Nikolas erneut. »Wie geht es deiner Familie?«

Martin zog sich seine blutbefleckten Handschuhe aus, ließ sie achtlos auf den Boden fallen und schüttelte voller Unverständnis den Kopf. Ohne Vorwarnung schoss er auf Nikolas zu und drückte ihn gegen das Auto.

Sein Kragen wurde gepackt. Er fühlte sich, als würden Seile seine Kehle zuschnüren.

»Wie es meiner Familie geht?«, knurrte Martin durch zusammengebissene Zähne. »Gut geht es ihr, danke der Nachfrage, du dummer Idiot. Meinst du, dass du hier einfach so herkommen kannst? Mal Hallo sagen und dich erkundigen, ob es Frau und Kindern wohlergeht?«

Nikolas wurde schwarz vor Augen.

Nein, das war definitiv nicht der kleine, pummelige Junge mit dem hellen Lachen. Hier stand ein verbitterter Mann mit Augenringen, groß wie Wagenräder, den die Kraft des Hasses antrieb.

»Martin …«, stöhnte Nikolas gepresst, »… so hör doch.«

»Was soll ich hören, Brandenburg? Hä? Dass du mal wieder auftauchst, wenn es dir passt? Dass du mal wieder, ohne eine Nachricht zu hinterlassen, abgetaucht bist und mal wieder in Düsseldorf vorbeischaust, nachdem die Behörden mich Hunderte Male befragt haben? Dass ich sicher war, du wärst tot, oder dass ich Dutzende Male an Eriks Grab stand, in der Gewissheit, dass ich meine beiden besten Freunde für immer verloren habe?« Allmählich wich der Zorn aus seinen Augen und wurde zu Hilflosigkeit. »Ich habe gedacht, es hätte dich auch erwischt.« Martins Stimme zitterte, als sich der Griff löste.

Hustend stützte Nikolas sich auf den Knien ab. »Martin, es tut mir leid.«

Der Arzt war den Tränen nahe. »Es tut dir immer leid, Nikolas. In Paris tat es dir leid und hier auch.« Er deutete mit einem Kopfnicken in Elsas Richtung. »Deine Freundin sagte, dass ein alter Freund mich sprechen möchte. Also, hier bin ich.«

Er verlangte viel von seinem alten Freund. Wahrscheinlich sogar zu viel. »Martin, du hast mit allem recht, was du gesagt hast. Ich hätte dir zumindest eine Nachricht zukommen lassen sollen. Jetzt stehe ich erneut vor dir und brauche deine Hilfe.«

Unvermittelt drehte Martin sich zur Seite, nahm seine Brille ab und reinigte sie. »Ich habe drinnen Dutzende Soldaten, die meine Hilfe brauchen. Gerade habe ich eine Amputation hinter mir. Ein 14-jähriger Junge, dessen Beine von herabfallenden Trümmerteilen getroffen wurden. Wir mussten beide abnehmen und eine Hand ist aller Wahrscheinlichkeit nach auch nicht mehr zu retten. Sag einfach, was du willst, und dann verschwinde wieder.«

Er konnte ihn verstehen. Nur zu gut. »Die Résistance und wir arbeiten an etwas, das den Ausgang des Krieges beeinflussen könnte.«

»Lässt du dich vor deren Karren spannen? Du bist ein gesuchter Verbrecher. Weißt du, was passiert, wenn sie mich mit dir sehen? Ich muss meine Familie schützen. Also, keine Details, keine Hintergrundgeschichte, je weniger ich weiß, desto besser.« Die beiden Männer funkelten sich an. Von der Freundschaft, die sie ihr Leben lang begleiten sollte, war in diesem Augenblick nichts zu spüren. »Diese eine Sache noch, Nikolas. Um der alten Tage willen und wegen Erik. Diese Sache noch … Also, sprich.«

»Wir müssen in die Leichenhalle des Waldfriedhofs. Dort soll ein Körper liegen, den wir genauer untersuchen müssen. Wir denken, dass wir dort eine Nachricht finden. Wahrscheinlich im Magen oder Darm des Toten.«

Beinahe abfällig seufzte Martin auf. »Erneut? Ist das der normale Weg, wie innerhalb der Résistance Nachrichten übermittelt werden?« Er schob seine Brille nach oben und versuchte, die Uhr zu lesen. »Wenn wir Glück haben, sind dort nur wenige Männer. Vielleicht ein Pförtner, der seine Runden dreht. Lass uns die Sache jetzt hinter uns bringen.«

Ohne ein weiteres Wort zu verlieren, stieg der Arzt ein. Nikolas setzte sich hinter das Steuer und fuhr los. Die Fahrt war eisig. Als er versuchte, Martin mit alten Geschichten zu ködern und ihm seine Situation zu erklären, winkte dieser ab.

»Fahr mich einfach dorthin«, war seine knappe Antwort.

In völliger Dunkelheit erreichten sie das Friedhofsgelände. Über dem Areal lag eine gespenstische Stille.

Zu dritt hatten sie sich in ihrer Kindheit Gruselgeschichten erzählt. Eines Nachts hatten sie sich von zu Hause weggeschlichen und auf dem Oberkasseler Friedhof versteckt. Jeder musste sich allein auf ein Grab legen, während die anderen beiden an der Hauptpforte warteten. Es war eine Mutprobe, bei der Erik und Nikolas länger durchhielten als ihr Freund. Martin war bereits nach wenigen Sekunden zurückgekommen. Heute war es anders.

Dieser Ort übertraf alle damaligen Vorstellungen bei Weitem. Die Monster und Dämonen entsprangen nicht mehr ihrer Fantasie, sondern waren real und hatten Maschinengewehre.

Nikolas brachte den Wagen im Schutz der Bäume zum Stehen. Die Leichenhalle befand sich am Ende eines kleinen Pfads, der sich zwischen mehreren Parzellen hindurchschlängelte. Zu dritt stiegen sie aus, vorsichtig, auf das Schlimmste gefasst.

»Weißt du noch damals, in Oberkassel?«, fragte Nikolas leise. »Du hast dir fast in die Hose gemacht, als du dich auf das Grab der alten Marschbach legen solltest.«

Tatsächlich ließ diese Erinnerung Martin für einen Moment freudig aufhorchen.

»Erik sagte immer, dass die alte Marschbach Kontakt zu Geistern hätte und deshalb nie richtig sterben könnte. Wer sich auf ihr Grab legte und abwartete, der könnte sie im Sarg schreien hören.«

»Hast du etwas gehört?«

»Machst du Witze? Meine eigenen Schreie, die habe ich damals gehört, nichts weiter.« Martin beschleunigte seine Schritte, als wollte er beweisen, dass Friedhöfe ihm keine Angst mehr einjagten. »Es waren schöne Tage, Nikolas. Aber sie sind vorbei. Erik ist tot, du wirst im ganzen Reich gesucht und das Land steht kurz vor dem Zusammenbruch.« Plötzlich blieb er stehen, fasste Nikolas am Arm. Hörbar atmete er aus. »Ihr wart meine besten Freunde, du weißt das und Erik wusste es auch. Ich denke gerne an die Zeiten zurück, als wir in der Altstadt Bier getrunken und den Mädels an die Hintern gegriffen haben.« Schnell drehte er sich zu Elsa. »Nichts für ungut, Fräulein.«

»Kein Problem.«

»Aber die Zeiten sind vorbei«, fuhr er fort. »Und davon zu reden, bringt sie nicht zurück. Schau, was aus uns geworden ist. Wenn der Krieg vorbei ist und wir beide noch leben, suche bitte keinen Kontakt zu mir. Tu mir den Gefallen.«

Diese Sätze schmerzten wie Schusswunden. Verletzungen verheilten, doch diese Wunde, seine zwei ältesten Freunde zu verlieren, würde es nicht. »Wie du möchtest«, flüsterte Nikolas.

Ihm kam es vor, als würden sie sich eine Ewigkeit lang anschweigen, bis Martin endlich die Stille durchbrach.

»Gut, danke. Lass uns die Leiche untersuchen.«

Martin ging, ohne Vorsichtsmaßnahmen zu treffen, auf die flache Leichenhalle zu. Durch die massige Tür würden sie sich keinen Zutritt verschaffen können, das erkannte Nikolas auf den ersten Blick.

»Wir sollten durch ein Seitenfenster rein«, flüsterte er und ging voran. »Das hier sieht gut aus.«

Dicht drängten sie sich an die Seite des Gebäudes. Mehrere sehr breite Fenster ermöglichten es ihnen, ins Innere zu blicken. Angestrengt presste Nikolas sein Gesicht ans Glas. Er konnte keine Bewegung in der Dunkelheit ausmachen.

»Bist du dir sicher, dass niemand die Leichen bewacht?«, warf Elsa ein und berührte Nikolas' Schulter.

»Das hier ist eine Leichenhalle«, gab Martin mit ruhiger Stimme zurück. »Männer im wehrfähigen Alter werden zu anderen Aufgaben herangezogen, als die Toten zu bewachen. Zum Beispiel sich die Beine in einem längst verlorenen Krieg zerfetzen zu lassen.«

»Das ist leider wahr«, hauchte Nikolas tonlos und nahm einen Stein. Er entschied sich für das erste Fenster, das im Innern von einem dicken Vorhang verdeckt war.

Die Totenruhe wurde von der zerberstenden Scheibe nur kurz unterbrochen. Atemlos hielten die drei inne. Keine Rufe, keine Taschenlampen, vor ihnen lagen nur die Leichen, welche das Glück hatten, in einem Grab beerdigt zu werden.

Nikolas stieg als Erster durch das Fenster, half danach Elsa und Martin. Bereits draußen hatte er das Gefühl gehabt, als würde eine dunkle Aura jede Emotion aufsaugen. Hier drinnen war es noch schlimmer. Schnell schalteten Elsa und er die mitgebrachten Taschenlampen an. Zwei dünne Lichtkegel wiesen ihnen nun den Weg. Elsa hielt sich an seinem Arm fest und machte den Eindruck, zumindest in der Leichenhalle nicht mehr von seiner Seite weichen zu wollen.

»Wo finden wir die Leichen?«, wollte Elsa wissen.

»Sieht wie ein Besucherraum aus.« Martin schritt durch die Reihen, strich über das Holz und für einen Augenblick glaubte Nikolas, seinen alten Freund wiederzuerkennen. »In den hinteren Räumen werden die Leichen aufbewahrt.«

Ohne einen Anflug von Furcht ging Martin voran. Nichts an ihm erinnerte mehr an den schreienden, verängstigten Jungen, der sich damals nicht auf das Grab der alten Marschbach hatte legen wollen. Der Arzt öffnete im Schein der Lampe zwei Türen und führte sie mit fast schlafwandlerischer Sicherheit weiter.

»Hier wären wir«, stellte er fest und machte Platz.

Nikolas drehte sich beinahe der Magen um. Ein beißender Geruch stieg ihm in die Nase. Auf Dutzenden Tischen waren Leichen aufgebahrt. Es übertraf die alten Gruselgeschichten bei Weitem.

»Sind das alles Opfer der SS oder der Gestapo?«

»Schätze ich mal«, antwortete Martin, zog das Tuch ein Stück weit von einer Leiche und untersuchte den Frauenkörper. »Die hier wurde grün und blau geschlagen.« Eine gespenstisches Szenario spielte sich vor Nikolas' geistigem Auge ab, während Martin zur nächsten Leiche ging und sein Schatten übergroß vom Lichtkegel an die Wände geworfen wurde. »Der hier genauso«, stellte Martin fest, als er ein anderes Leichentuch anhob. »Zusätzlich sind etliche Schnitte am Torso und im Genitalbereich festzustellen.« Er grübelte einen Moment und bedeckte die Leiche wieder. »Ich hörte davon. Die SS ist pure Bürokratie. Bei Verhörverfahren müssen die Leichen freigegeben werden und erst dann werden die Familien benachrichtigt, damit die SS nicht auf den Kosten sitzenbleibt.«

»Sie verhören, foltern sie zu Tode und erst, wenn ein Bürokrat oder Vorgesetzter der SS das Verfahren abgeschlossen hat, wird den Familien ihr Verlust mitgeteilt?«, hakte Nikolas ungläubig nach.

Martin sah sich die nächste Leiche an. »So in etwa. Zumindest, wenn die Familien Glück haben und sich von ihrem Angehörigen verabschieden können. In den meisten Fällen werden die Leichen einfach in ein Massengrab geworfen.« Der Arzt seufzte laut. »Und selbst für die gibt es immer weniger Plätze.«

Bei dem Gedanken wurde Nikolas speiübel. »Wir sollten die Leiche schnell finden. Dieser Ort gefällt mir nicht.«

»Wovor hast du Angst, Nikolas? Die Toten können dir nichts mehr antun.«

»Es sind nicht die Toten, die mir einen Schauer über den Rücken jagen, eher die Lebenden in schwarzen Uniformen und mit Maschinenpistolen, die jede Sekunde hier auftauchen können.«

»Du hast recht. Wir sollten uns wirklich beeilen.«

Nikolas machte einen Schritt auf die leblosen Körper zu. In der ganzen Zeit hatte er nicht auf Elsa geachtet, die noch immer seinen Arm umklammerte. Sie war starr vor Ekel, kaum imstande, ihre Gesichtszüge zu kontrollieren. Ihre Unterlippe zitterte, die Finger waren verkrampft.

»Du musst das hier nicht tun.« Nikolas führte sie aus dem Raum und setzte die junge Frau auf eine Bank. »Ich werde ihn erkennen. Bleib einfach hier, wir sind in Sichtweite.«

Gerade so brachte sie ein hastiges Nicken zustande. Ihre Hände umschlossen die Taschenlampe wie einen Schraubstock. Es war unbeschreiblich, was er Elsa zumutete. Sie mussten die Leiche schnell finden und dann fort von diesem dunklen Ort, der nur Unheil versprach. Nikolas küsste Elsas Stirn. Ein dünnes Lächeln folgte. Dann kehrte er zu Martin zurück.

»Zieh die Tücher nur von den Köpfen«, bat Nikolas. »Er ist seit einigen Tagen tot. Ich hoffe, dass ich ihn noch erkenne.«

»Du würdest dich wundern. Bei dieser Kälte wird der Zersetzungsprozess stark verzögert. Besonders, wenn die Leiche nicht irgendwelchen Organismen ausgesetzt ist wie Maden oder Asseln. Selbst nach einer Woche sind die meisten Körper noch recht ansehnlich.«

Nikolas spürte, wie sich sein Mageninhalt den Hals hocharbeitete. »Keine Details, bitte. Lass uns die Leiche finden und schnell verschwinden.«

Nikolas hielt respektvoll Abstand, während sie gemeinsam die Reihen abschritten. Sechsmal hob Martin das Leichentuch an und Nikolas schüttelte den Kopf. Beim siebten Verstorbenen wurden sie fündig. »Das ist er«, sagte Nikolas leise.

Martin hatte recht behalten. Obwohl seine Wangen eingefallen waren und seine Haut bläulich war, als wäre sie mit Farbe überzogen, erkannte er eindeutig die Züge von Manfred Zeitschke.

Martin holte frische Handschuhe aus der Kitteltasche und machte sich ans Werk. »Starke Verbrennungen, dazu etliche Hämatome. Der armen Seele ist wohl gar nichts erspart geblieben.«

»Martin, brauchst du mich hier? Wenn nicht, würde ich …«

»Geh ruhig«, antwortete der Arzt, tief über die Leiche gebeugt. »Ich werde schon ein Messer auftreiben und den Körper genau untersuchen. Ich lass dich wissen, wenn ich etwas finde.«

Nikolas konnte diesen Raum nicht schnell genug verlassen. Er postierte die Taschenlampe so, dass Martin arbeiten konnte, und ging zu Elsa. Sie saß nach wie vor auf der Bank, das Gesicht starr zu Boden gerichtet. Sie blickte nicht einmal auf, als er sich zu ihr setzte.

»Wie geht es dir?«

Noch immer zitterten ihre Finger. Es hatte den Anschein, als müsste sie sich zwingen, aufzusehen. »Die Welt, wie wir sie kennen, geht zugrunde, und wir haben nichts Besseres zu tun, als eine Leiche zu öffnen. Kann es noch schlimmer kommen?«

Er nahm ihre Hand und lehnte sich zurück. Was sollte man auf eine Frage wie diese antworten? Die ganze Stadt brach zusammen, Soldaten wurden in einen Krieg geschickt, der nicht mehr zu gewinnen war, und die Hiobsbotschaften rissen nicht ab. Sie lebten in einer Zeit, in der sich keiner mehr seines Lebens sicher sein konnte. Die dunklen Tage des Winters schienen ewig zu dauern, und er fragte sich, ob sie überhaupt einen weiteren Sommer erleben würden. Aber das waren die falschen Worte für eine verängstigte Frau, deren einstiger Geliebter wenige Meter entfernt tot auf einer Bahre lag.

»Irgendwann wird es besser, das verspreche ich dir. Wenn dieser Krieg vorbei ist und die Sonne scheint, wirst du dein Lachen wiederfinden. Alles, was du erlebt hast, wird dir wie ein schlimmer Albtraum vorkommen.«

Selbst im fahlen Schein der Taschenlampe sah Nikolas, dass sich eine Träne aus Elsas Augenwinkel löste. Erst kullerte sie langsam über ihre Wange, dann schneller Richtung Kinn, bis sie schließlich lautlos auf ihrer Hand landete.

»Herr Zeitschke … Manfred … er war mehr als eine flüchtige Bekanntschaft, die allein auf körperliche Nähe ausgelegt war, hab ich recht?«

Sie nickte unter Tränen. »So viele wurden einberufen und kamen nie zurück. Am Anfang waren sie stolz, für das Vaterland zu kämpfen und Hitler zu wichtigen Siegen zu verhelfen. An einem Tag saßen sie noch neben dir, büffelten wie alle anderen Anatomie. Am nächsten Tag waren sie weg, einfach fort, und man hat nie wieder etwas von ihnen gehört.« Elsa lehnte ihren Kopf gegen seine Schulter. »Ich war so allein, Nikolas. Ich wollte nur jemanden haben, mit dem ich reden konnte. Es tut mir leid, ich hätte es dir sagen müssen.«

Er streichelte ihren Rücken. Wie hätte er ihr verübeln können, dass sie nach Nähe und Geborgenheit suchte, wo alles um sie herum kalt und unbarmherzig war? Er hatte Manfred Zeitschke nur kurz gesehen. Die blonden Haare, seine blauen Augen – der Inbegriff eines arischen Mannes. »Es tut mir leid«, war das Einzige, was er noch zustande brachte, bevor Martin plötzlich im Türrahmen stand.

»Nikolas, ich brauche dich kurz.«

»Es ist in Ordnung«, wisperte Elsa und wischte mit dem Ärmel die Tränen ab. »Ich will ihn in Erinnerung behalten, wie er war.«

Nikolas legte seinen Arm um sie. Er hatte das Gefühl, als wollte sie ihn nicht mehr loslassen. Martin räusperte sich, erst dann riss er sich von Elsa los.

»Hast du etwas gefunden?«, fragte er Martin.

»Tatsächlich spürte ich im Darm einen harten Gegenstand. Nicht größer als zwei Finger. Du musst mir helfen, die Haut zurückzuhalten.«

Allein die Worte riefen bei Nikolas Ekel hervor. Gerade erst hatte er die Übelkeit bekämpfen können. Als er vor der Leiche stand und die Handschuhe überzog, überfiel sie ihn erneut mit voller Wucht.

»Einfach tief hineingreifen und alles schön auseinanderziehen«, wies ihn Martin an. »Hab keine Scheu, den schmerzt es nicht mehr.«

Nikolas versuchte, nicht hinzusehen, während er die Haut griff. Sie war eiskalt und hatte überraschend große Ähnlichkeit mit Leder. Seine Finger lagen auf etwas Nassem, was sich gleichzeitig sehr weich anfühlte. Es erinnerte ihn stark an die Haufen aus Essenresten und Maden in der Pariser Gosse. Sein Mund füllte sich mit Speichel. Ein untrügliches Zeichen für eine baldige Entleerung seines Magens.

»Noch ein Stückchen mehr«, trieb ihn Martin an und schob seine Hand tiefer in den toten Körper. Zu dem beißenden Gestank der Verwesung in diesem Raum gesellte sich nun noch der Geruch von Kot.

»Da haben wir es«, rief Martin und hielt einen Zylinder in die Höhe. Kleiner als derjenige, den er aus dem Magen des Jungen in Frankreich geholt hatte, aber unverkennbar ein Fremdkörper.

Martin drehte das Metall im Licht der Taschenlampe. »Er muss ihn geschluckt haben, als ihm klar wurde, dass ihm die Schutzstaffel auf den Fersen ist. Erstaunlich, was Menschen alles leisten können in einer Notsituation. Ich würde das Ding nicht runterkriegen. Du kannst deine Hände ruhig aus dem Körper nehmen.«

Der Arzt reinigte den Zylinder, während Nikolas die Handschuhe auszog. Alles um ihn herum drehte sich. Im letzten Moment schaffte er es, sich an einer Bahre festzuhalten. Es schepperte, und der Lichtkegel verschwamm mit jedem Wimpernschlag mehr. In schnellen Zügen sog er Luft in seine Lungen, rutschte aber stetig tiefer Richtung Boden. Er hörte, wie Martin etwas sagte, mit ihm redete, aber die Worte erreichten seinen Verstand nicht. Nikolas musste sich auf den kalten Bodenfliesen abstützen. Erneut schob sich Essen nach oben. Während er alle Kraft aufwenden musste, um sich nicht zu übergeben, hatte er das Gefühl, als würde die Dunkelheit nach ihm greifen. Im nächsten Moment schlug er mit seinem Kopf auf dem Boden auf.

KAPITEL 12

– FÜR IMMER –

Die brennende Stadt ließ ihn vor Angst erstarren. Die Monumente des Naziregimes standen lichterloh in Flammen. Rechts von ihm der Reichstag. Das Feuer züngelte in den Himmel, die Flammen umarmten sich wie Liebende beim Akt. Lodernde Papierschnipsel waren allgegenwärtig, sie tanzten um seinen Körper, berührten seine Haut und versengten die Stellen, an denen sie ihn geküsst hatten. Nikolas wollte atmen. Beißender Rauch verhinderte den Versuch, Luft in seine Lungen zu pumpen. Er wollte weg von diesem Ort, doch überall war diese Wand aus Flammen – eine Stadt aus Feuer. Sie rief seinen Namen …

»Nikolas, Nikolas!« Martins Worte klangen gepresst. Der Arzt verpasste ihm mehrere Ohrfeigen. Langsam kam er zu sich.

»Was ist passiert?«

»Du bist ohnmächtig geworden und gestürzt. Du hast einigen Krach dabei geschlagen. Deine Freundin hat Geräusche an der Eingangstür gehört. Wir müssen hier weg.«

Erst jetzt bemerkte er, dass sein Kopf auf Elsas Schoß gebettet war. Mit besorgtem Blick streichelte sie ihn.

»Los, trink das, wir müssen hier weg«, drängte Martin und hielt Nikolas einen Flachmann unter die Nase.

»Was ist das?«

»Ist das wichtig? Los, trink, du musst schnell auf die Beine kommen.«

Sein Magen rebellierte, als er die Flüssigkeit hinunterschluckte. Aufgesetzter der billigsten Art. Schlimmer als das Zeug, das sein Vater trank. Es war ihm unbegreiflich, wie man das freiwillig zu sich nehmen konnte. Durch dieses Gebräu fand er jedoch zu sich und rappelte sich auf. Die Leichenhalle drehte sich. Nun hörte auch er die Geräusche, gefolgt von zwei Stimmen. Ihm fehlte die Zeit, um seinen Kreislauf in Schwung zu bringen.

»Habt ihr den Zylinder?«

Martin nickte, klopfte gegen die Innentasche seines Arztkittels.

»Gut, raus hier.« Nikolas wollte bereits den Raum verlassen, als er bemerkte, dass Elsa fehlte. Mit der Taschenlampe leuchtete er die Halle ab. Sie stand bei ihrem früheren Geliebten. Das Leichentuch war bis zum Hals zurückgezogen, sodass sie in sein Gesicht blicken konnte.

»Elsa!«, rief Nikolas kehlig.

Keine Reaktion. Die Geräusche wurden lauter, kamen näher. Kalter Schweiß bedeckte seine Stirn, als er zu ihr hastete und sie am Arm fasste. »Wir müssen hier raus.«

»Er sieht friedlich aus.« Jedes ihrer Worte war ruhig gesprochen, als befände sie sich in Trance. »Die ganzen Blutergüsse, die Brandwunden, die Schnitte und Schläge, die ihm zugefügt wurden. Und trotzdem sieht es aus, als würde er schlafen.«

Nicht mal im Ansatz, dachte Nikolas. In seinen Augen lag hier ein Toter, dem man durchaus ansah, dass die letzten Tage seines Lebens nicht die schönsten gewesen waren. »Er ist friedlich in meinen Armen gestorben und hat gelächelt, als sich der Himmel für ihn öffnete.« Was redete er da für einen Mist? Der arme Mann hatte sich im Todeskampf vor Schmerz gekrümmt, hatte die Ziffern kaum über die aufgerissenen Lippen gebracht.

Endlich sah Elsa ihn an. »Wirklich?«

»Er war ganz ruhig und wusste, dass der Schmerz ein Ende hat«, log Nikolas.

Elsa nickte zufrieden und zog das Tuch über seinen Kopf. Mit sanftem Druck konnte er die junge Frau endlich zur Tür geleiten.

Martin lehnte am Rahmen, lugte in den Gang hinaus. »Sie sind hier im Gang, hinter dem Besucherraum.«

Nikolas fasste an seine Pistole. Sie saßen in der Falle. Hier gab es weder Fenster noch Türen, durch die sie flüchten könnten. Das Letzte, was er wollte, war ein Schusswechsel. Ganz davon abgesehen trug er lediglich ein Ersatzmagazin bei sich, während sie Verstärkung rufen konnten. Sein Blick fiel auf die Toten, die direkt neben der Tür aufgebahrt waren. »Wir tragen sie nach hinten und legen uns selbst auf die Bahren«, schlug er Martin vor. Er überwand seinen Ekel und griff die Beine einer Leiche.

Martin nahm die Handgelenke. »Das wird nicht funktionieren, die sind nicht doof!«

»Hoffen wir, dass die die Hosen genauso voll haben wie wir.«

Schnell waren drei Tote nach hinten geschafft und versteckt worden. Nikolas nahm Elsa an der Hand, führte sie zu der Bahre, die der Tür am nächsten stand. »Wenn ich aufstehe, rennst du zur Tür, hast du verstanden? Egal, was passiert, du läufst weiter!«

Die junge Frau nickte, legte sich auf die kalte Oberfläche aus Metall und verlor beinahe ihre Brille, so weit war sie ihr heruntergerutscht. Nikolas breitete das Tuch über ihren Körper aus und legte sich auf die Bahre neben ihr. Martin tat es ihnen gleich. Die Pistole lag entsichert auf Nikolas' Brust. Nun waren sie in Gottes Hand.

Durch einen schmalen Spalt zwischen Tuch und Liege hatte er die Tür fest im Blick. Wenige Sekunden später betraten drei Männer den Raum.

»Oh, Herr im Himmel!«, flüsterte der Erste. »Das brauch ich grad echt nicht.«

»Stell dich nicht so an! Wenn du sagst, dass du was gehört hast, müssen wir nachgucken.«

Junge Männer mit starkem niederrheinischem Dialekt. Nikolas sah nicht genug, um zu erkennen, ob es sich um einfache Pförtner, Soldaten oder Angehörige der SS handelte. Deutlich sah er jedoch ihre Waffen.

»Verdammt gruselig hier«, ließ die dritte Stimme ängstlich verlauten. Wahrscheinlich der Jüngste des Trios. »Hier sind nur Leichen, lasst uns gehen.«

»Aber ich habe Geräusche gehört.« Der Mann kam auf Nikolas zu, stupste mit dem Lauf seiner Waffe in dessen Magengegend. Ein paar Zentimeter höher und er hätte die Sauer berührt. Nikolas musste sich zwingen, still liegen zu bleiben.

»Ekelhaft, diese Toten – und dann dieser Geruch.«

»Lasst uns hier verschwinden«, bat der Ängstliche erneut.

»Einen Moment noch.«

Die drei gingen die Reihen ab. Nikolas hielt den Atem an, als sie links begannen, die Tücher wegzuziehen. Er drehte seinen Kopf, suchte sich einen anderen Spalt, um sie zu beobachten.

»Mir ist schlecht«, sagte einer von ihnen und entfernte sich in Richtung des Waschbeckens.

Bald hatten sie die rechte Reihe erreicht. Nikolas hielt den Griff seiner Pistole derart fest umschlossen, dass seine Finger schmerzten. Jetzt oder nie.

Er riss sich das Tuch vom Leib und feuerte zwei Schüsse grob in Richtung der Männer. Funken sprühten, die Männer warfen sich auf den Boden. Elsa und Martin lösten sich gleichzeitig aus ihrer Starre. Während sie zur Tür rannten, gab Nikolas zwei weitere Schüsse ab. Die Männer feuerten aus der Deckung zurück. Zwei Kugeln trafen direkt neben ihm eine Leiche. Das Tuch verrutschte und der Kopf des toten Leibes drehte sich in seine Richtung. Er starrte mitten in das Gesicht einer jungen Frau. Eine gespenstische Furcht überfiel ihn und er hastete zur Tür. Neben ihm schlugen die Projektile ein, als er halb kriechend den nächsten Raum erreichte. Hinter ihm schrien die Männer, Kugeln flogen, als er endlich das eingeschlagene Fenster erreichte. Sein Glück, dass die kaputte Scheibe hier nicht gleich auffiel. Hätte er mit dem Stein zwei Fenster weiter das Glas zum Splittern gebracht, hätten die Männer es sofort bemerkt. Er zog den Vorhang beiseite und stieg nach draußen. Die frische Luft war eine Wohltat. In der Dunkelheit konnte er sich schlecht orientieren, lief zunächst in die falsche Richtung und fand erst beim zweiten Versuch den Weg zum Auto. Erneut krachten Schüsse durch die Nacht. Die Männer waren ihnen auf den Fersen. Martin und Elsa waren unverletzt. Sofort klemmte Nikolas sich hinter das Steuer und startete den Motor. Leider führte er die Aufpasser damit direkt zu ihrem Fahrzeug. Wieder ertönten wilde Rufe, Mündungsfeuer blitzte auf. Glücklicherweise waren sie zu weit entfernt, um präzise Schüsse abzugeben.

»Bist du verletzt?«, wollte Elsa wissen, als sich der Adler Trumpf in Bewegung setzte.

Es dauerte, bis sich Nikolas' Atmung normalisierte. »Nein. Wir haben es geschafft.«

»Nicht ganz«, warf Martin ein, der sich umdrehte.

Jetzt sah auch Nikolas die beiden Lichter, die sie verfolgten. Das verhieß nichts Gutes. Weder einfachen Pförtnern noch dem Volkssturm oder der Wehrmacht würde das Regime ein Auto inklusive Benzin zur Verfügung stellen. Überall an der Front ging den deutschen Truppen der Sprit aus, es war schon ein Wunder, dass überhaupt noch einige Menschen – mit Beziehungen – an den so wichtigen Treibstoff kamen. Hinter ihm fuhr die SS oder die Gestapo, nichts anderes konnte stimmen.

Genau wie das Schießen gehörte Autofahren nicht gerade zu seinen Paradedisziplinen. Besonders nicht mit abgeklebten Scheinwerfern, mitten im Wald. Er lenkte das Auto über den holprigen, sich schlängelnden Weg, während sie den Friedhof passierten.

»Sie kommen näher«, rief Elsa.

»Duck dich, falls sie …«

Weiter kam er nicht. Die ersten Schüsse flogen an ihnen vorbei, einer landete irgendwo in der Karosserie und verursachte beim Einschlag einen dumpfen Ton.

»Verdammte …!« Martin kauerte sich hinter den Sitz, beäugte das herannahende Fahrzeug. »Sie haben uns bald.«

»Ich kann nichts dafür, diese Mistkarre gibt nicht mehr her!«

Tatsächlich hatte er das Gefühl, als würden sie langsamer werden. Ob die Männer etwas Wichtiges getroffen hatten? Er verdrängte alle Gedanken daran und trat das Pedal mehrmals verzweifelt durch. Der Motor heulte auf und ließ die Tachonadel zittern.

»Vorsicht!«, schrie Elsa, als sie sich einer scharfen Rechtskurve näherten. »Du musst bremsen!«

Sie musste gute Augen oder ein hervorragendes Gedächtnis haben. Nikolas tat, was sie gesagt hatte, bemerkte allerdings erst Sekunden später ein Hindernis auf der Fahrbahn. Die Männer waren ihnen weiterhin dicht auf den Fersen. Erneut trafen Schüsse ihren Wagen, sodass Nikolas halb geduckt die Fahrt fortsetzen musste. Er bremste weiter ab und konnte gerade so die Kurve nehmen. Das Auto der Männer war dicht hinter ihnen und holte weiter auf. Nikolas lenkte den Wagen ein Stück nach rechts, damit die Männer überholen konnten. Eine Sekunde lang sah er in das entsetzte Gesicht des Fahrers. Seine Augen waren weit aufgerissen, der Blick auf die drohende Gefahr gerichtet. Sie hatten die Kurve anscheinend nicht gesehen. Sie bremsten scharf und schlitterten über den Schotterweg. Der Wagen schnellte über eine Anhöhe und raste mit ohrenbetäubendem Krach gegen einen Baum. Augenblicklich schlugen Funken, dann lag der Unfallort im Dunkeln. Nur unter größter Anstrengung konnte Nikolas den Adler in der Kurve halten.

Elsa drehte sich auf der Rückbank, die Hand auf ihren Mund gepresst. »Mein Gott ...«

Niemand sagte ein Wort. Zu sehr rauschte das Adrenalin in Nikolas' Blutbahn, als dass er über das Geschehene reden wollte. Sein Mund war staubtrocken wie die Wüsten, über die Feldmarschall Rommel vor einigen Jahren noch siegreich mit seiner Geisterkompanie hinweggefegt war. Auch dieser Ruhm war verblasst. Rommel war schon seit Monaten tot und das eroberte Ödland längst verloren.

Im Dämmerzustand fand er den Weg zurück zum Marienhospital. Nikolas hielt genau an der Stelle an, wo sie Martin aufgesammelt hatten.

Wortlos drückte der Arzt Nikolas den Metallzylinder in die Hand. Die Blicke der beiden trafen sich. Gemeinsam stiegen sie aus und schlossen leise die Tür. Eine letzte, stumme Absprache, wie sie sie in früheren Tagen täglich getroffen hatten.

»Das war es also.« In Martins Stimme lag keine Wehmut, keine Trauer, es war eine reine Feststellung.

»Es tut mir wirklich leid, dass ich dich in so etwas hineingezogen habe. Wenn ich irgendwas für dich tun kann …«

»Was willst du denn für mich tun, Nikolas? Allein mit dir gesehen zu werden reicht aus, um eine Kugel in den Kopf gejagt zu bekommen. Was das für meine Familie bedeutet, muss ich dir ja nicht erklären.«

Natürlich wusste er, was Martin meinte. »Sippenhaft.« Dieses eine, scheußliche Wort kam ihm nur mit Mühe über die Lippen. »Danke, dass du es trotzdem gewagt hast.«

Martin nickte, die Hände tief in den Taschen seines Arztkittels vergraben, und lehnte sich schwermütig an den Wagen. »Es war das letzte Mal. Von nun an gehen wir getrennte Wege, alter Freund.«

Er konnte ihn verstehen. Nur zu gut. Jede weitere Kontaktaufnahme wäre gefährlich, für ihn, seine Frau und die beiden Kinder. Nikolas versuchte, sich an ihre Gesichter zu erinnern, doch es gelang ihm nicht. Martin hatte Miriam in einer Kneipe in Düsseldorf kennengelernt, er und Erik waren sogar dabei gewesen, als sie sich zum ersten Mal geküsst hatten. Eine Schande war es, dass er sich nicht besser um seinen Freund gekümmert hatte.

Nikolas streckte die Hand aus. Eine erbärmliche Geste des Dankes, das war ihm klar. Er wusste einfach nicht, wie er sich verhalten sollte. »Auf Wiedersehen, Martin.«

Der Arzt schüttelte seine Hand. »Nein, Nikolas. Leb wohl!«

Die einzelnen Silben verloren sich in der Nacht, als sein ältester noch lebender Freund mit gesenktem Kopf zum Kriegslazarett schlich. Wäre er an Martins Stelle, er hätte ebenso gehandelt. Wahrscheinlich schon früher. Unweigerlich musste er an ihre erste Begegnung zurückdenken. Sie waren Kinder gewesen, als Nikolas am Düsseldorfer Rheinufer von mehreren Schlägern bedroht worden war. Sie hatten sein Kirmesgeld und die gebrannten Mandeln gewollt. Obwohl sie ihn nicht gekannt hatten, waren Martin und Erik für ihn in die Bresche gesprungen. Eine lebenslange Freundschaft war daraus entstanden. So hatte er zumindest bis heute gedacht.

Erik war tot und mit ihm seine Tochter. Von der SS kaltblütig erschossen, als Erik seine kleine Marie hatte retten wollen. Und nun hatte Nikolas auch Martin verloren, zumindest als Freund.

Er wischte sich eine Träne ab, bevor er zu Elsa in den Wagen stieg.

»Geht es dir gut?«, wollte sie wissen.

Nein, ging es ihm nicht. Ihm ging es sogar über die Maßen elend. Aber das spielte keine Rolle. Er zog die Nase hoch, wischte sie mit seinem Ärmel ab und gab Elsa den Zylinder nach hinten. »Kannst du damit etwas anfangen?«

Sie drehte das Metall hin und her. Momente später klickte es. »Es handelt sich lediglich um ein Behältnis, um zu verhindern, dass das darin Enthaltene von der Magensäure zersetzt wird.«

Nikolas wandte sich zu ihr um. »Und das Metall verbleibt mehrere Tage lang im Magen?«

»Wenn man nicht das Bad aufsucht und nichts isst, ist es möglich. Allerdings ist das mit unmenschlichen Schmerzen verbunden. Nach dem Tod erschlafft alle Muskulatur und der Darmtrakt entleert sich. Der Zylinder muss wegen seiner Größe stecken geblieben sein.«

»Was ist in der Kapsel?«, wollte Nikolas wissen.

Prüfend hielt Elsa das Material ins Licht der Taschenlampe. »Es ist ein Mikrofilm. 8 Millimeter, glaube ich. Wir haben so etwas in der Akademie verwendet, um große Mengen an Informationen und Briefen zu archivieren.«

Nikolas beugte sich weiter nach hinten. Er hatte mal eine Filmaufführung besucht und ein Abspielgerät zu Gesicht bekommen. Doch das hier war keine Rolle. Es sah vielmehr aus, als hätte man einzelne Streifen herausgeschnitten und gepresst, damit sie in diese kleine Kapsel passten. »Kannst du erkennen, um was es sich handelt?«

Elsa hielt sich einzelne Streifen vor die Augen, schüttelte aber den Kopf. »Es ist zu klein, man kann nichts erkennen. Die Bilder sehen wie Briefe aus, Dokumente oder Formelsammlungen. Genaueres kann ich nicht sagen. Professor Wiesmer ist von der Technik in der Akademie begeistert«, fuhr Elsa fort. »Er erzählte, dass die Schweizer Banken jeden Abend nach Kassenschluss den Kontostand auf Mikrofilm festhalten, um im Kriegsfall den letzten Kontostand in die Vereinigten Staaten retten zu können. Damit bei späterem Wiederaufbau auch die Eröffnungsbilanz stimmt.« Nach wie vor versuchte sie, einzelne Aufnahmen zu entschlüsseln, und drehte sie beflissen. »Er sagte, dass das Mikrokopieren die wichtigsten Dokumente des Reiches retten könnte. Zehntausende Briefe könnten zusammengefasst werden auf wenige Zentimeter.«

»Aber wir haben lediglich ein paar Schnipsel«, warf Nikolas ein. »Heisenberg musste Zugang zu dieser Technik im Institut haben. Und er wählte offenbar nur einen kleinen Teil seiner Arbeit aus. Ist der Film überhaupt noch lesbar?«

»Schwer zu sagen. Ich kenne nur einen, der uns diese Frage beantworten kann.«

Nikolas war sofort klar, wen Elsa meinte. »Arbeitet Wiesmer überhaupt noch?«

»Natürlich, er ist ein Arbeitstier, zudem ein Nachtmensch, hat gerade einmal seine Mittagspause hinter sich. Nichts kann ihn von seinen Forschungen abhalten. Nicht einmal der Krieg.«

Sofort startete Nikolas den Wagen. Er hoffte, dass diese Tortur nicht umsonst war. Was immer sich auf diesem Mikrofilm befand, Menschen waren bereit, dafür zu töten.

KAPITEL 13

– FLIMMERNDE ALBTRÄUME –

Seit mehreren Tagen waren keine Bomben mehr gefallen.

Was sollten sie auch zerstören? Ein Großteil der Bevölkerung war in ländlichere Gegenden geflohen. Vor Kriegsbeginn hatten hier über eine halbe Million Menschen gelebt. Nikolas konnte nicht einschätzen, wie viele gegangen waren oder sich verbarrikadiert hatten, es mussten viele sein. Die Hitlerjugend arbeitete auch in dieser Nacht unermüdlich. Fanatische junge Pimpfe, denen das Virus des Nationalsozialismus von klein auf eingeimpft worden war. Unter größten Anstrengungen versuchten sie, das Leben in der Stadt aufrechtzuerhalten. Unzählige öffentliche Gebäude waren zerstört, nur wenige konnten noch zu ihren Arbeitsstellen gehen. Meistens waren es Jugendliche, die eigentlich die Schulbank drücken sollten, oder Frauen. Die Männer waren weg. Gefangen genommen von der Roten Armee oder gestorben bei einem von Hitlers Befreiungsschlägen. Düsseldorf versank in Lethargie. Allein die tägliche Lebensmittelausgabe brachte einen Funken Hoffnung, der den Überlebenswillen aufrechterhielt.

Nur einer residierte wie Archimedes in Syrakus und arbeitete beflissen weiter an seinen Forschungen. Als Nikolas den Wagen neben einer Ruine der Medizinischen Akademie parkte, hätte es ihn nicht gewundert, wenn Professor Wiesmer herausgestürmt wäre und »Stört nicht meine Kreise!« gerufen hätte.

»Kannst du etwas sehen?« Nikolas drückte sein Gesicht an der Scheibe platt.

»Er arbeitet noch«, antwortete Elsa überzeugt und stieg aus. Den Mikrofilm fest in der Hand, betrat sie das Gebäude und schritt zielsicher durch die dunklen Korridore, bis sie das Vorzimmer erreichte. Nikolas folgte ihr.

Ihn durchfuhr ein Schauer, als sie das Büro betraten. »Hier ist es ja kälter als draußen«, schimpfte Nikolas, während sein Atem weiße Wölkchen bildete.

»Ich sagte doch, ohne mich ist er aufgeschmissen. Ich habe ein schlechtes Gewissen, dass ich ihn so lange habe allein arbeiten lassen.« Elsa rieb über ihre Arme, ging zum Ofen und zündete Papier und kleine Stöckchen an. Darüber legte sie zerbröselte Briketts, die größeren Stücke obenauf. Nikolas kam nicht umhin, ihr Geschick zu bewundern. Diese Frau hatte viele Fähigkeiten und nur eine davon war ihre pragmatische Denkweise. Er konnte den Blick nicht von ihr nehmen, während sie ihre Handschuhe auszog und die Hände am Feuer wärmte. Erst dann klopfte sie an die Bürotür von Wiesmer und öffnete sie einen Spaltbreit. »Herr Professor?«

»Fräulein Winter!«, rief Wiesmer freudig und riss die Tür auf.

Die beiden umarmten sich innig. Die zierliche Blondine ging in den massigen Armen des Mannes beinahe unter.

»Es ist so schön, dass Sie da sind. Und Sie sind unversehrt«, strahlte er mit erröteten Wangen. »Welch Wohltat für meine müden Augen!« Erst dann bemerkte er Nikolas. »Sie haben den Kriminalkommissar Adolf Dunkel mitgebracht. Oder sollte ich sagen … Brandenburg?«

Elsa hatte Nikolas erzählt, dass sie dem Professor alles

berichtet hatte. Ihm war das nur recht. Einen Verbündeten konnte er gut gebrauchen.

»Ich hoffe, Sie haben gut auf das Fräulein Winter aufgepasst«, drohte Wiesmer mit einem Lächeln und schüttelte Nikolas' Hand. »Sie sehen ja, ohne ihre Fürsorge schaffe ich es nicht mal, mir einen Tee zuzubereiten.«

»Natürlich, Herr Professor«, log er.

Die Erlebnisse der vergangenen Tage musste er diesem groß gewachsenen Mann bestimmt nicht aufs Brot schmieren. Seine Statur konnte fast mit der von Rohn mithalten. Der Professor trug einen Anzug, der zu eng war, und einen Wintermantel, unter dem eine ganze Familie Platz gefunden hätte.

»Ich wollte mich vielmals für das Essen und die Briketts bedanken, die Sie uns haben zukommen lassen.«

Der Professor winkte ab, setzte sich auf seinen knarrenden Schreibtischstuhl und bot den beiden mit einer Handbewegung einen Platz an. »Machen Sie sich deswegen keine Sorgen. Hauptsache, Fräulein Winter ist bei Ihnen in guten Händen. Hätte ich gewusst, dass Sie … nun ja … ebenfalls der Ansicht sind, dass Deutschland unbedingt einen anderen Weg einschlagen muss, hätte ich Sie beim ersten Treffen anders empfangen. Wie kommen Sie mit Ihren Recherchen voran?«

»Genau deswegen sind wir hier, Herr Professor.« Elsa holte aus der Innentasche ihres Mantels die Mikrofilmstreifen hervor. »Wir haben über Umwege herausgefunden, dass Manfred diese Schnipsel bei sich trug. Sie müssen von immenser Wichtigkeit sein. Nur leider können wir sie nicht lesen. Können Sie uns weiterhelfen?«

Wiesmer nahm die Stücke an sich und drehte sie im Schein seiner Lampe. »Ein Acht-Millimeter-Mikrofilm.

Nicht mal auf einer Rolle. Nun, wir verwenden Mikrofilme, um große Mengen an Dokumenten zu speichern.«

»Besitzt die Akademie noch einen Projektor?«

Der Professor kratzte sich am Kinn, konnte die Augen nicht von Elsa nehmen. »Da haben Sie Glück. Vieles ist durch die Angriffe zerstört worden. Als das Feuer von den anderen Gebäuden Besitz ergriff, war ich überzeugt, dass dadurch alle technischen Geräte verloren wären. Aber wie der Zufall so will, haben wir noch einen Projektor im Keller entdeckt.« Offenbar hatten sie sein Interesse geweckt. Er griff sich eine Taschenlampe und sah sich um. Die Akten auf seinem Schreibtisch schlug er zu und ging mit großen Schritten voran. »Dann wollen wir mal herausfinden, was wichtig genug war, dass Herr Zeitschke sein Leben dafür ließ.«

Wusste er von der Liaison zwischen Elsa und ihrem Kommilitonen? Nikolas streichelte über ihren Rücken, erkannte, wie sehr die Aussage des Professors sie schmerzte. Nur einen Augenblick lang ließ sie sich etwas anmerken. Dann folgten sie dem Professor in den Keller.

Noch mehr Akten stapelten sich in den Räumen des Untergeschosses. Glücklicherweise hatten alle drei Daimon-Taschenlampen dabei, die auch von Wehrmacht, Polizei, Luftschutz und Reichsbahn genutzt wurden und mittlerweile wertvoll wie Briketts waren. Wiesmer führte sie zu einer Tür und schloss sie auf.

»Herr Professor, wieso wird das Gebäude nicht für die Unterbringung von Zivilisten genutzt?«

Nikolas konnte unglaublich viele Räume und Korridore erkennen, in denen man die unzähligen Verletzten und Obdachlosen unterbringen könnte. Wer nicht bei Verwandten unterkam, musste in den Notunterkünften von

Partei oder Militär um Asyl bitten. Wohnraum war kostbar.

»Dieses Gebäude ist nicht von den Behörden freigegeben«, erklärte Wiesmer beiläufig. »Es ist stark einsturzgefährdet, das hat sich anscheinend rumgesprochen. Außerdem hat die SA dreimal Zivilisten rausgeschmissen, die sich im Keller eingenistet hatten. Ich denke, das tat sein Übriges.«

»Ein beruhigendes Gefühl …«, sagte Nikolas mehr zu sich selbst. Über ihm bröckelten mehrere Tonnen Beton, die jederzeit einstürzen konnten. Vorsichtig setzte Nikolas nun einen Fuß vor den anderen. Als er in den Raum trat, erkannte er, warum die Tür abgeschlossen war. Hier bewahrte Wiesmer Kohle und Nahrung auf. Zusätzlich hatte er sich sein persönliches Lager eingerichtet. Kartoffeln, altes Brot; sogar der Duft von Schinken drang Nikolas in die Nase. Draußen verhungerten Menschen, schlachteten Pferde auf offener Straße, und hier hamsterte der Professor Vorräte. Dass Nikolas davon profitiert hatte, musste er mit aller Macht verdrängen. Es war eine schlechte Zeit für mitfühlende Menschen. Jeder war sich selbst der Nächste. Diese Lektion hatte Nikolas schmerzhaft lernen müssen.

»Darf ich?«, fragte Nikolas, als er einen Haufen mit Salem-No.6-Zigarettenpäckchen erblickte. Er hatte sogar seine Marke gebunkert. Die orangefarbene Packung stach ihm sofort ins Auge.

»Bitte, bedienen Sie sich.« Professor Wiesmer war in seinem Element. Er wuchtete den Projektor auf den Tisch, justierte ihn, damit er das Licht an die Wand warf, und fummelte bereits an dem Acht-Millimeter-Film herum. »Brandenburg, könnten Sie mir den Generator reichen?«

Nikolas' Blick fiel auf das Ungetüm neben ihm. »Haben Sie den selbst gebaut?«

Wiesmer konnte sich ein Lachen nicht verkneifen. »Ich bin Professor für Medizin und Physik. Ein alter Motor, ein wenig Bastelarbeit und ein Rohr, um die Abgase nach draußen zu leiten, mehr braucht es nicht, um einen Stromerzeuger herzustellen.«

»Abgesehen von Benzin, was eigentlich nicht mehr vorhanden ist.«

Wiesmer beendete seine Arbeit, knipste die Taschenlampe aus und sah zu Nikolas. »Ein Automobil sieht man auch nicht allzu oft in diesen Tagen. Sie sollten damit vorsichtiger sein, Herr Brandenburg.«

Nikolas ließ die Aussage so stehen. Was sollte er darauf entgegnen? Er ging in die Knie, versuchte, den Generator zu fassen, doch allein sein Umfang war zu groß für ihn.

»Ach, lassen Sie es gut sein.« Wiesmer brauchte nur wenige Handgriffe, um die Maschine anzuheben, sie an den richtigen Platz zu stellen und den Projektor mit Strom zu versorgen. Schon flimmerten die ersten Bilder auf der Kellerwand. Sie waren schwer zu erkennen. Die Qualität der Aufnahmen hatte sichtlich gelitten. Zu dritt traten sie näher, ihre Gesichter wurden dabei hell erleuchtet.

Elsa ergriff als Erstes das Wort. »Was ist das?«

»Formelsammlungen«, antwortete Wiesmer, während sein Blick wie im Wahn über die projektierten Zahlen und Buchstaben flitzte. »Allerdings habe ich so etwas noch nie gesehen. Sie müssen aus Heisenbergs Feder stammen.«

»Was besagen Sie?«, wollte Nikolas wissen.

»Junger Mann, Sie machen wohl Scherze.« Er trat einen weiteren Schritt näher. »Nur weil ich Physiker bin, muss ich nicht jeden Teilabschnitt von Heisenberg verstehen können. Es sind Berechnungen, lose Algorithmen, ohne Ergebnis nichts wert. Es ist, als baue man eine Versuchsanordnung auf, ohne zu wissen, welches Resümee man ziehen muss.«

So ging es weiter. Vor Nikolas' Augen flimmerten Gleichungen und Formeln, ab und zu Firmennamen sowie Mengenangaben von Metallen, von denen Nikolas nie zuvor gehört hatte, alle handgeschrieben, wahrscheinlich von Heisenberg. ›Degussa-Spezialmetall – nicht mehr lieferbar. Uranwürfel statt Platten! Vielleicht Paraffin als Moderator anstatt Schweres Wasser? Nicht genug SW – Norsk-Hydro-Werke zerstört. SW aus Berlin besorgen!‹ Zumindest diese Sätze konnte Nikolas zuordnen. ›SW‹ musste für ›Schweres Wasser‹ stehen. Wahrscheinlich wollte Heisenberg die letzten Reste dieses Stoffs an einen geheimen Ort bringen lassen.

Die nächste Abbildung mit Notizen war noch kryptischer: »›Neutronenbeschuss von Uran 235 in Schwerem Wasser – wie sichern? Hahn 1939 – Bohrs Tröpfchenmodell‹«, las Wiesmer laut vor.

Nikolas verstand kein Wort. »Können Sie mir das übersetzen?«

»Das heutige Tröpfchenmodell wurde von Niels Bohr entwickelt, einem dänischen Physiker, mit dem Heisenberg eine freundschaftliche, aber konkurrierende Beziehung pflegte. Vor der Versuchsanordnung Hahns waren sich die Physiker weltweit einig, dass sich ein Atomkern niemals spalten lassen könne. Wollte man diesen mit einem einzigen Neutron spalten, wäre das in etwa so, als würde man einen Kieselstein auf einen Felsbrocken werfen und hoffen, dass er genau in zwei Teile zerfällt«, erklärte Professor Wiesmer. »Das Tröpfchenmodell besagt, dass schwere

Kerne sich wie Flüssigkeitstropfen verhalten, sich also dehnen und stauchen lassen. In Zusammenhang mit der Oberflächenspannung müsste dieser Atomkern trotz seiner Beweglichkeit stabil bleiben. Dazu muss man wissen, dass im Atomkern zwei entgegengesetzte Kräfte wirken. Die anziehende Wirkung der Kernkraft und die abstoßende der Protonen. Beide heben sich im Normalfall auf, ein ständiges Gleichgewicht zwischen Explosion und Implosion.«

»Und wenn man dieses Gleichgewicht stört«, folgerte Elsa um einiges schneller als Nikolas, »ist es möglich, einen Atomkern zu spalten.«

Nikolas konnte nicht wirklich folgen, verstand aber das Grundprinzip. »Welche Auswirkungen könnte das haben?«

»Vielseitige«, erklärte Wiesmer abgelenkt, von den Bildern in den Bann gezogen. »Es wird Energie freigesetzt. Eine Uranmaschine wäre möglich, wenn man die Kettenreaktion unter Kontrolle halten könnte.«

»Oder eine Bombe, wenn man es nicht tut?«

Jetzt sah der Professor Nikolas direkt in die Augen. »Unter Umständen und einfach ausgedrückt – ja.«

Das war es also. Heisenberg arbeitete an einer Uranmaschine oder Schlimmerem. Wieso wollte er, dass die Dokumente weitergegeben wurden? Das nächste Bild flimmerte auf. Zumindest mit dieser Aufnahme konnte Nikolas etwas anfangen. Es musste so etwas wie eine Versuchsanlage in einem Felsenkeller sein. Jedenfalls ließen die Abmessungen darauf schließen. Über der Zeichnung prangte sogar der Name des Orts.

»Wo ist denn Haigerloch, verdammt?«, fragte Nikolas.

»Eine Ortschaft in der Nähe der Schwäbischen Alb, bei Hechingen«, antwortete Wiesmer. »Das Kaiser-Wilhelm-

Institut für Physik wurde dahin verlagert. Sie müssen einen der Kalkfelsen ausgehöhlt oder eine bestehende Höhle ausgebaut haben, um eine Versuchsanlage wie diese zu errichten. Das würde Sinn ergeben. Wenn Sie mich fragen, sind Heisenberg und Ihre Antworten dort zu suchen.«

Das musste der Ort sein, an dem Claire, Rohn und Bricks ihre Kommandomission durchführten – der Ort, den sie vor ihm geheim gehalten hatten. Eine kleine Stadt in Süddeutschland war also der Schauplatz, wo sein Schicksal und das vieler anderer entschieden werden würde. Während er darüber nachdachte, ließ der Professor die nächste Abbildung an die Wand werfen. Es war ein Brief, unterschrieben mit Initialen, die Nikolas eindeutig Heisenberg zuordnete. Er war direkt an seine Kontaktperson gerichtet. Nikolas las laut vor: »›Manfred, sorge dafür, dass Bricks diese Informationen erhält. Nur er kann es aufhalten. Wir sind noch nicht so weit, noch lange nicht. Wenn es stimmt, was Dr. Bricks sagt, ist es lebenswichtig, dass du ihm diese Informationen übermittelst. Ich habe Angst vor Manhattan und bin zerrissen zwischen dem Eifer, etwas wirklich Großes zu erreichen, und der Angst, etwas Schreckliches zu tun. Bricks muss am Leben bleiben. Ohne ihn sind wir verloren. WH‹.«

Heisenberg stand also indirekt mit Bricks in Verbindung. Nur über Zeitschke? Oder zog das Ganze noch weitere Kreise? Leitete Heisenberg einen Teil seiner Aufzeichnungen vom Uranprojekt an die Amerikaner weiter? War er ein Verräter und hatte diesen Schachzug von langer Hand geplant?

Nikolas brummte der Kopf. Diese Jagd nach Brotkrumen nahm immer groteskere Züge an, während er sich tiefer im Wald verirrte. »Wieso hat Heisenberg Angst vor Manhattan?«

Der Professor zuckte mit den Schultern, schaltete den Projektor aus und stellte den Generator zurück in die Ecke. Es dauerte, bis sich ihre Augen an die üblichen Lichtverhältnisse gewöhnt hatten.

»Wer ist Bricks?«, fragte Wiesmer schließlich.

Nikolas wollte ihm nicht zu viel verraten, aber dennoch mit genügend Informationen füttern, damit er selbst weiterrecherchieren konnte. »Ein amerikanischer Physiker, hat Verbindung zur Résistance.« Nikolas spie die Worte förmlich aus, als redete er über den Teufel selbst. Kurz wechselte er mit Elsa einige Blicke und drehte sich schließlich wieder zu Wiesmer.

»Warum ist es so wichtig, dass dieser Mann die Informationen erhält? Sie sind der einzige Physiker hier im Raum, Professor. Was sagen diese Unterlagen aus? Warum sind sie derart gefährlich?«

Wiesmer schüttelte verwirrt den Kopf und zog trotz der Eiseskälte den Mantel aus. Schwer atmend, als hätte er gerade eine schreckliche Nachricht gehört, ließ er sich auf einen der herumstehenden Stühle fallen.

»Ich weiß es nicht, ich weiß es wirklich nicht. Ich müsste die Unterlagen studieren, sie mit Kollegen besprechen. Wissen Sie, Atomphysik wurde lange Zeit belächelt, nicht ernst genommen, bis Hahn uns die Möglichkeiten aufzeigte. Erst langsam entdeckte das Oberkommando dieses Feld. Ich erkenne nicht viel mehr als Sie.«

»Also kann es alles bedeuten«, schlussfolgerte Nikolas.

Wiesmer räusperte sich. »Wenn Sie mir die Schnipsel hierlassen würden … Ich könnte sie vielleicht entschlüsseln und Ihnen bald mehr sagen.«

»Verzeihen Sie, Professor, aber dafür haben wir keine Zeit.« Nikolas ging energisch zum Projektor und nahm den Acht-Millimeter-Film an sich. »Ich muss sofort nach Haigerloch«, flüsterte Nikolas Elsa zu. »Wenn ich herausfinden will, was es mit dieser Superbombe auf sich hat und ob sie wirklich existiert, muss Bricks diese Nachricht von Heisenberg erhalten.«

»Dann komme ich mit«, schoss es aus ihr hervor. Sie trat näher, nahm seine Hand. »Du hast so viel für mich getan, jetzt bringen wir es gemeinsam zu Ende. Wir können sofort aufbrechen.«

Einerseits wollte er nichts anderes, als in ihrer Nähe zu sein, dann wiederum schämte er sich, dass er überhaupt daran dachte, sie auf diese Selbstmordmission mitzunehmen. Er schob sie ein Stück zur Seite, sodass Wiesmer nicht hören konnte, was sie sagten. »Elsa, ich weiß wirklich nicht …«

»Ich will es, Nikolas.«

Wieder einmal musste er sich geschlagen geben. Ihre Stimme ließ keinen Widerspruch zu. »Wir sind erschöpft und bald wird es hell. Des Weiteren sollten wir nicht unvorbereitet aufbrechen.«

»Gut, soll ich dir helfen?«

Zu gern hätte er in dieser Nacht ihren warmen Körper gespürt. Allerdings musste er jemandem einen Besuch abstatten. Die Sache duldete keinen Aufschub.

»Es geht nicht, ich habe noch eine Aufgabe zu erledigen. Ruh dich aus und komm zu mir, wenn die Nacht hereinbricht. Ich hoffe, dass ich bis dahin alle Vorbereitungen getroffen habe.«

Sie drückte ihm einen Kuss auf die Lippen. »Du willst wirklich nicht, dass ich dich begleite?«

Es war die reinste Folter, das in diesem Moment sagen zu müssen, aber es ging nicht anders. »Das muss ich allein machen. Ich bin es ihm schuldig.«

KAPITEL 14

– EIN LÄNGST ÜBERFÄLLIGER BESUCH –

Nachdem er Elsa nach Hause gefahren und sich vergewissert hatte, dass sie sicher in ihrer Wohnung verschwunden war, verharrte Nikolas bewegungslos am Steuer des Fahrzeugs. Es würde noch ein wenig dauern, bis die ersten Sonnenstrahlen über die Düsseldorfer Dächer kröchen und den Schutz der Dunkelheit zunichtemachten. Wenn man in diesem Zusammenhang überhaupt von Sonne sprechen konnte. Der Januar des dunkelsten Kriegsjahres schien finsterer als alles, was er bisher erlebt hatte. Es wurde nie richtig hell, als müsste die Stadt unter einer beschlagenen Glocke ihr Dasein fristen.

Nikolas blickte auf die Uhr. Sie zeigte zwei Uhr morgens an. Genug Zeit, um seinen Vater ins Bild zu setzen. Er startete den Wagen und suchte sich den einfachsten Weg zwischen den Trümmerhaufen hindurch. Zu Hause angekommen, wartete sein Vater bereits auf ihn.

»Du warst lange fort.«

»Setz dich, Vater, ich brauche deine Hilfe.« Über seinen herrischen Tonfall war Nikolas selbst überrascht. Er setzte sich an den Esstisch und berichtete über alles, was er in den letzten Tagen zusammengetragen hatte. Einmal in Fahrt, beichtete er seine Gefühle für Claire und alles, was in der Nacht in Leverkusen passiert war. Nikolas ließ nichts aus, weder Rohn noch Stülpnagel oder von Varusbach. Als er von Sarin-Beauté und dem Plan des Oberkommandos sprach, schüttelte Eduard Brandenburg abfällig den Kopf, sagte aber nichts. Mittlerweile hatten sie eine halbe Flasche Schnaps geleert. Nikolas war sich nicht sicher, ob sein Vater ihn einfach weiterreden ließ oder ob ihn seine Überlegungen zu Wiesmer, Heisenberg und der kleinen Ortschaft Haigerloch tatsächlich interessierten. Sein Mund war trocken, als er endlich bei Elsa angelangt war und damit seine Beichte schloss. So kam es ihm jedenfalls vor, dass er die letzten Monate seines Lebens dem übermächtigen Vater hatte beichten müssen.

»Eine schöne Geschichte hast du da erlebt«, sagte Eduard nach einiger Zeit und noch mehr Klarem. »Du scheinst diesen Mist magisch anzuziehen.«

»Ich weiß es nicht, Vater. Aber du verstehst, dass ich aufbrechen muss zu diesem Ort?«

»Deine Kleine retten, natürlich.« Er schien zwischen Ungläubigkeit und blankem Hohn zu schwanken. »Und den geheimen Felsenkeller finden, wo die Nazis eine Superbombe bauen, nicht wahr?«

Laut ausgesprochen klang es wirklich zu fantastisch, als dass man daran glauben könnte. Herrgott, hatte er schon so viel getrunken?

»Ich gebe zu, dass sich das alles nach dem Gefasel eines Geisteskranken anhört. Aber ich habe Beweise!« Nikolas zeigte seinem Vater die Schnipsel des Mikrofilms. »Und genau deshalb bin ich zu dir gekommen. Du musst ein paar Anrufe für mich erledigen. Versuche, Goetsch zu erreichen, wir brauchen Passierscheine, Proviant, Waffen und neue Dokumente. Alles Ausnahmegenehmigungen. Es muss aussehen, als wären wir befugt, diesen Ort zu inspizieren.«

Sein Vater blickte ihm direkt in die Augen. Worauf hoffte er? Dass Nikolas sich einen Scherz mit seinem alten

Herrn erlaubte? Dass er zu grinsen begann und sich mit einem Schulterklopfen ins Bett verabschiedete?

Jedes Wort war lang gezogen und triefte vor Abscheu. »Wann willst du aufbrechen?«

»So bald wie möglich«, antwortete Nikolas. Er musste sich zusammenreißen, um nicht zu lallen.

»Nikolas, sag mir bitte, dass das nicht dein Ernst ist!«

»Vater, wenn in diesem Film nur ein Funken Wahrheit steckt, muss Bricks ihn erhalten.«

Schallendes Gelächter ließ Nikolas zusammenzucken. Eduard griff zum Fernsprecher, stellte ihn demonstrativ und unter großem Scheppern vor sich auf den Tisch. »Sag, dass du es willst, und ich werde mit diesen Anrufen unser beider Todesurteil unterschreiben.«

Nikolas stand auf, schwankte und legte die Hand auf die Schulter seines Vaters. »Bitte, tu es für mich. Mir bleibt keine andere Wahl.« War sein Vater bereits dem Wahnsinn verfallen?

Zu Nikolas' Überraschung lächelte er nur kopfschüttelnd. »Alles, was du willst, mein Sohn.«

Eine Gänsehaut zog sich über Nikolas' Rücken. So hatte er ihn schon lange nicht mehr genannt. Und wenn, dann meistens mit beißender Ironie.

»Danke, Vater, ich werde noch einmal gehen.«

»Tu das.«

»Einen alten Freund besuchen«, fügte Nikolas kaum hörbar hinzu.

Er spürte seines Vaters Blick, als er torkelnd das Haus verließ. Es war riskant gewesen, ihm alles zu erzählen. Doch welche Möglichkeit war ihm geblieben?

Nikolas startete den Wagen. Er sollte nicht allzu lange an einem Ort bleiben. Auch wenn in dieser Stadt alles zusammenbrach, die Behörden arbeiteten immer noch wie die letzten Zahnräder einer Uhr.

Das Auto parkte er einige hundert Meter entfernt vom Nordfriedhof. Er war erst einmal hier gewesen. Kurz nach Eriks Tod. Die Kieselsteine knirschten unter seinen Schuhen, als er die ersten Schritte zurücklegte. Seit damals waren nur wenige Gräber hinzugekommen, obwohl sich die Leichenberge selbst in den Innenstädten türmten. Es war einfach nicht genug Platz vorhanden, um die sterblichen Überreste aller Menschen auf geheiligtem Boden zu bestatten.

Nikolas ließ seinen Blick über das Areal schweifen. Auch die Kerzen, welche ihm vor einem Jahr den Weg gewiesen hatten, waren nicht mehr vorhanden. Wahrscheinlich geplündert von armen Teufeln, die nichts mehr ihr Eigen nennen konnten. Ein Schauer lief ihm über den Rücken, als plötzlich Wind aufkam und die Bäume zum Rauschen brachte. Unbeholfen fummelte er die Verpackung der Zigaretten auf. Er musste sich bücken und den Mantel als Windschutz verwenden, um den Glimmstängel anzuzünden. Hastig zog er an der Zigarette und spürte, wie sich seine Lungen mit Rauch füllten. Der Qualm wurde vom Wind fortgetragen, während er sich seinem Ziel näherte. Nikolas kramte in seinen Erinnerungen, um das Grab seines besten Freundes wiederzufinden, als ein Geräusch ihn aufschreckte. Er verschluckte sich am Qualm, unterdrückte den Hustenreiz und hechtete hinter einen Grabstein. Erst danach versuchte er, den Ursprung des Geräuschs auszumachen. Hier war nichts außer den Trauerweiden, die ihre Zweige zärtlich im Wind über die Gräber streicheln ließen, als wollten sie die Toten besänftigen.

Seine Hand zitterte, während er an der Zigarette zog. Nur noch wenige Schritte, ehe er das Grab erreichte. Als er Erik vor einem Jahr besucht hatte, war die Erde noch frisch angehäuft gewesen. Kränze von Familie und Freunden hatten seine letzte Ruhestätte bedeckt. Der größte war von der IG Farben gespendet worden. Den Menschen, die ihn getötet hatten. Nikolas benutzte den aufkommenden Hass, um seine Trauer zu verdrängen und den Mut zu finden, ans Grab zu treten. Die beiden Grabsteine waren schlicht. Ein eingraviertes Kreuz und die Namen der Verstorbenen.

Erik Stuckmann
Geboren: 10. März 1916
Gestorben: 04. März 1944

Marie Stuckmann
Geboren: 25. August 1938
Gestorben: 04. März 1944

Die arme Marie. Wie oft hatte er daran gedacht, welche Qualen sie in den letzten Minuten ihres Lebens hatte erleiden müssen. Wie ihr eigener Vater, von Kugeln durchsiebt, sie mit letzter Kraft hatte beschützen wollen und wie die Männer der SS kein Erbarmen gezeigt hatten und sie, ein kleines, wehrloses Mädchen, getötet hatten.

Nikolas erinnerte sich an ihren ersten Schrei auf dieser Erde. Er war im Krankenhaus gewesen, als ihre Mutter bei der Geburt gestorben war. Marie war keinen Tag alt gewesen und bereits Halbwaise. Erik hatte sie fest im Arm gehalten und ihr geschworen, dass er immer für sie da sein würde. Er hatte geweint, als er die Worte sprach.

Bei dem Gedanken liefen Nikolas Tränen über die Wangen. Von der hell erleuchteten Grabstätte und den Kränzen war nichts übrig geblieben. Lediglich ein kleiner Blumenstrauß kündete davon, dass jemand von Zeit zu Zeit an ihn dachte. Er war selbst gepflückt, ein kleiner Zettel hing an einer Kordel.

›Du bist niemals vergessen. Martin.‹

So einfach, so deutlich. Mit diesen wenigen Worten drückte Martin alles aus, was ihn bewegte. Nikolas fühlte sich mit einem Mal noch elender als ohnehin schon. Ob ihre Leben anders verlaufen wären, wenn seine Freunde ihn damals am Rheinufer nicht beschützt hätten? Vielleicht wären Erik und seine Tochter noch am Leben.

»Es tut mir leid, Erik«, hauchte Nikolas, als seine Kräfte ihn verließen. Alle Dämme brachen und die Tränen schossen aus seinen Augen. Erneut war er es, der in diesen Strudel aus Angst und Dunkelheit geraten war. Zu gern hätte er Erik an seiner Seite gewusst. Sogar Martin hatte sich von ihm abgewandt. Vor ihm lag dieser riesige Berg von Gefahren, eine schrecklicher als die andere. Es grenzte an ein Wunder, dass er Leverkusen überlebt hatte. Und nun sollte er nach Haigerloch. Das Reich lag am Boden, die Bevölkerung lebte in Angst, und er musste in all dem Chaos zu einem weit entfernten Ort gelangen, ohne die Hilfe der Résistance. Ein Unterfangen, bei dem er nur verlieren konnte.

Nikolas sank zu Boden. Es war zu viel, der Druck übermächtig. Mit letzter Kraft kroch er in den Schutz einer mächtigen Trauerweide. Zumindest erreichte ihn der eisige Wind hier nicht. Es war, als wollte ihn sein alter Freund hierbehalten, als würde er rufen, dass Nikolas sich ausruhen solle. Kraft tanken für die kommenden Aufgaben, die zu gewaltig schienen. Für einen Moment schloss er die Augen in dieser kalten Nacht. Die vielen Kleidungsschichten boten ihm die Illusion von Wärme. Er konnte nicht sagen, warum, aber er war sich sicher, dass der Winter ihm nichts anhaben konnte. Nicht hier, wo Erik über ihn wachte. Den Mantel zog er zu und den Hut tief ins Gesicht, obschon ihm graute vor dem, was ihn in seinen Träumen erwartete.

*

Es war ein metallisches Geräusch, das ihn hochschrecken ließ. Eine Waffe? Oder ein Schuss?

Das Herz hämmerte in seiner Brust. Nikolas war sich nicht sicher, ob er wach war oder träumte. Zumindest war er diesmal von der Wand aus Feuer und den brennenden Gebäuden verschont geblieben. Schlaftrunken rieb er sich die Augen und sah sich um. Die dunkle Nacht war längst einem neuen Tag gewichen, genauer gesagt einem grauen, tristen Tag. Nikolas spähte aus seinem Versteck hervor wie ein Spitzbube, der etwas ausgefressen hatte und sehen wollte, ob die Luft rein war. Einer alten Frau war die Gießkanne heruntergefallen. Ächzend stützte sie sich an einem Stein ab, um die Kanne aufzuheben. Heute war Sonntag, und er war an Eriks Grab eingeschlafen. Er sah sich um. Bis auf ihn und die Dame war der Friedhof leer. Wie lange hatte er geschlafen? Konnte es sogar bereits Nachmittag sein? Gott, was hatte Vaters Fusel mit ihm angerichtet?

»Wie konnte das nur …?« Mit der flachen Hand rieb er sich über das Gesicht. Dann kam die Kälte. Seine Finger waren wie Eiszapfen. Es war, als hätte sich der Wind in ihn hineingefressen. Jeder Muskel schmerzte, als er sich aufrichtete und den Rücken durchdrückte. Einige Knochen knackten, aber er war am Leben. Hätte er ein paar Stunden länger auf dem zugigen Friedhof gelegen, wäre es bestimmt anders ausgegangen. Nikolas sehnte sich nach einem warmen Ofen und etwas Essbarem. Nur noch ein letzter Gruß …

Er stellte sich vor das Grab und wünschte seinem alten Freund, dass er mit seiner Familie vereint bis in alle Ewigkeit glücklich sein werde. Er schwor, dass er ihn wieder besuchen würde, sobald die Sache erledigt war, und hoffte, dass Erik von oben über ihn wachte.

Er sah aus wie ein Verwundeter, als er den Kieselweg Richtung Wagen entlanghumpelte. Sein Kopf dröhnte und er spürte Wangen und Nase nicht mehr. Nikolas pustete warme Luft in seine Hände, als Stimmengewirr über die Büsche hinweg zu ihm geweht wurde. Sofort war die Kälte zweitrangig. Er ging ein paar Meter weiter, dann sah er sie.

Mehrere Männer mit Maschinenpistolen und in Uniformen der Schutzstaffel standen um den Adler Trumpf und hatten ihn aufgebrochen. Die meisten redeten ruhig, während andere sich Notizen machten und das Auto durchsuchten. Nikolas überprüfte die Innentasche des Mantels und atmete erleichtert aus. Glücklicherweise trug er den Mikrofilm bei sich.

»Ne, ne, als ob die nichts anderes zu tun hätten.« Gebückt schlich die alte Frau an ihm vorbei. Die volle Gießkanne konnte sie kaum tragen. Ihre Augen waren nicht mehr als Schlitze, und die Zeit hatte tiefe Furchen in ihrem Gesicht hinterlassen. Ihre Stimme strotzte vor Kraft. »Die sollten sich was schämen, sollten lieber gucken, dass die Menschen was zu essen kriegen.«

Der helle Klang ihrer Worte machte die Männer auf sie aufmerksam. Zwei der SS-Leute sahen in ihre Richtung, runzelten die Stirn und machten Anstalten, den Friedhof zu betreten.

»Lassen Sie mich das für Sie tragen«, sagte Nikolas und ergriff die Gießkanne.

»Das ist aber nett von Ihnen, junger Mann.«

»Sehr gerne«, flüsterte Nikolas und bot der Dame einen Arm an. »Wohin?«

»Zum Grab meines Mannes. Ist schon sechs Jahre tot, musste den ganzen Mist nicht mehr miterleben.«

Die zwei Männer kamen näher. In ihren schwarzen Uniformen und mit den Maschinenpistolen wirkten sie zwischen all den Gräbern noch martialischer.

»Haben Sie Probleme mit denen da?«

Was sollte er tun? »Nicht direkt«, murmelte er unsicher, während sie das verdorrte Gestrüpp in der Nähe des Grabes goss. »Hab mal was gegen die gesagt.«

Die Dame holte ein Taschentuch hervor und putzte sich die Nase. »Eine Schande ist das. Die jungen Männer sollten lieber dafür sorgen, dass alle zu essen bekommen. Stattdessen spielen die immer noch Krieg!«

Erst in diesem Augenblick fiel Nikolas auf, dass sie tote Sträucher goss. Und das zu allem Überfluss im Winter.

»Gibt es hier ein Problem?«

Nikolas kniete sich hin, versteckte sein Gesicht hinter dem Rücken der Frau. Er riskierte einen kurzen Blick. Die beiden waren keine Grünschnäbel. In ihren Augen lag die ruhige Arroganz der Schutzstaffel, mit ihrem Anspruch, einer Elite anzugehören.

»Probleme gibt es genug«, giftete die Frau. »Gehen Sie weg und lassen Sie uns das Grab meines Mannes gießen.«

Es machte den Eindruck, als ob ein gebeugter Zwerg gegen einen Riesen aufbegehrte. Doch die Frau ließ nicht locker. »Dies ist geheiligte Erde. Scheren Sie sich nach draußen und lassen Sie mich und meinen Enkel unseren Hubert besuchen!«

»Ist ja schon gut, Mütterchen«, sagte einer der Männer belustigt. Endlich zogen sie von dannen.

Selbst aus der Hocke heraus musste Nikolas nicht besonders zu ihr hochgucken. »Danke schön.«

»Sie erinnern mich an meinen Hubert.« Erneut putzte sie sich die Nase. »Ist aber tot, genau wie unsere Söhne, die liegen hier auch. Unser Enkel hatte Ihr Alter, als er den Russki besiegen wollte. Für den gibt es leider kein Grab. Ist in Stalingrad gefallen.« Die Dame nahm die leere Gießkanne, drehte sich um und ging langsam davon. »Den Heldentod ist er gestorben, stand in dem Brief! Den Heldentod!« Sie lachte hell auf.

Nikolas beäugte das Grab. Die Erde hatte das Wasser nicht aufgenommen. Eine dicke Pfütze hatte sich gebildet und Wasser lief bereits auf den Kieselweg. Es musste ein Ritual der alten Dame sein, jeden Sonntag ihre verstorbenen Angehörigen zu besuchen. Wann hatten Tod und Leid begonnen, der armen Frau den Verstand zu rauben?

Nikolas vergrub die Hände in den Manteltaschen und ging zum Südausgang des Friedhofs. Die Frau kam ihm mit ihrer Gießkanne entgegen. Sie war erneut mit Wasser gefüllt.

Er konnte nicht anders und musste diese schwermütigen Gedanken fortschieben. Trotzig, als könnte er so der Kälte etwas entgegensetzen, marschierte er nach Oberkassel. Zwar kehrte durch die Bewegung langsam die Wärme in seine Glieder zurück, doch Erschöpfung und Hunger machten sich in ihm breit. Jegliches Zeitgefühl war ihm verloren gegangen, als er endlich die heimische Straße erreichte.

Nikolas sah sich um, entdeckte jedoch keinerlei verdächtige Personen. Eine weitere unangenehme Gesprächsrunde mit der Résistance oder anderen Organisationen, die nicht gerade für ihre Milde bekannt waren, wollte er unbedingt vermeiden. Als er den Türknauf drehen wollte, stockte das Blut in seinen Adern. Die massige Eingangstür stand offen. Ein leichter Schubs – und sie schwang auf.

Sofort zog er seine Sauer. Eigentlich sah alles wie immer aus. Allerdings war es kälter, als sein Vater es mochte. Er presste sich an die Wände, kontrollierte das Wohnzimmer und die Küche. Hier war nichts von Interesse. Er schlich die Treppe hoch. Das Schlafzimmer war leer. Vater hatte sogar sein Bett ordentlich hergerichtet. In seinem alten Zimmer und in den übrigen Räumen des ersten Stocks konnte er ebenfalls nichts Verdächtiges ausmachen. Dann, auf der Treppe, vernahm er ein Geräusch. Ein Husten oder Winseln, etwas in der Art. War Vater gestürzt? Aber warum sollte die Tür dann offen stehen?

Nikolas schlich vorsichtig die Treppe hinab, darauf bedacht, kein Knarren zu erzeugen. Blut bedeckte die Wände. Nicht viel, aber genug, um ihn wissen zu lassen, dass es von einer größeren Verletzung herrühren musste. Die Geräusche kamen aus dem Keller, wo er den halben Winter zugebracht hatte. Seine Finger waren wie aus Eis. Er hatte das Gefühl, als würden sie beim kleinsten Widerstand brechen. Hoffentlich schaffte er es, den Abzug zu betätigen, sollte es darauf ankommen.

Er hielt den Atem an, als er durch den Türspalt lugte. »Rohn!«

Ungläubig trat Nikolas an sein Bett. Der Mann lag blutüberströmt und zusammengekauert auf Nikolas' Laken, dabei trug er die Uniform eines Hauptfeldwebels der Wehrmacht. Sofort steckte Nikolas die Pistole weg und berührte ihn sanft. Langsam öffneten sich Rohns Augen.

»Kommissar, schön, dich zu sehen.« Seine Stimme brach, war nicht mehr als ein Wispern.

»Herrgott, Rohn … Was ist passiert?«

Keine Antwort. Flüchtig besah Nikolas Rohns Körper. Zwei Schüsse hatten seinen linken Arm touchiert. Zudem blutete er aus etlichen kleineren Wunden. Sein Gesicht war übel zugerichtet, selbst für seine Verhältnisse. Blutergüsse schimmerten überall aus der zerrissenen Kleidung hervor. Verdammt, mit wie vielen hatte er sich angelegt?

»Rohn, kannst du mich hören?«

Er murmelte vor sich hin, als ob er zwischen Traum und Realität schwankte. »Müssen Bricks beschützen … Er ist wichtig.«

Diese Aussage kam Nikolas bekannt vor. Genau so hatte sich Heisenberg in seinem Brief ausgedrückt. Was fanden sie nur alle an diesem gelackten Amerikaner?

»Mist, Rohn. Das rote Zeug sollte eigentlich in deinem Körper sein und nicht überall auf meinem Bett.«

Müdes Knurren drang an Nikolas' Ohren. Ein untrügliches Zeichen, dass der Feldwebel weggesackt war. Nikolas' Hände waren voller Blut. Zwar schoss es nicht aus den Wunden, es war also keine Arterie getroffen worden, aber mögliche innere Verletzungen machten Nikolas Sorgen. Zumindest das war von Martins nicht enden wollenden Vorträgen hängengeblieben. Sehnsüchtig wünschte er sich den Arzt an seiner Seite. Er hätte gewusst, was zu tun war.

Nikolas schoss die Treppe hinauf, packte alles Verbandszeug und das, was er in irgendeiner Form dafür zweckentfremden konnte, und versuchte, Rohns Wunden behelfsmäßig zu verbinden. Als er den linken Arm mit den klaffenden Fleischwunden anhob, wurde ihm speiübel. Er nahm ein Tuch, legte es auf die Wunde und umwickelte es mit mehreren Mullbinden. Er versorgte jede Verletzung, so gut er konnte, und legte Rohn schließlich ein kühles Tuch auf die Stirn. Das alles half jedoch nicht gegen das Gefühl der Hilflosigkeit. Zumindest atmete Rohn ruhig und sein Puls war gleichmäßig.

Warum war Rohn hier? Was war schiefgelaufen und wo um alles in der Welt war sein Vater?

Ein erneuter Rundgang durchs Haus brachte keine neuen Erkenntnisse. Eduards Kleidung war unberührt, sein großer Reisekoffer lag nach wie vor unter dem Bett. Spuren eines Kampfes waren nicht zu erkennen, wenn man von dem Blut an den Wänden absah. In Nikolas keimte ein schrecklicher Verdacht.

Vater hatte sich doch nicht etwa den Behörden anvertraut? Genug Zeit hatte er gehabt. Noch lagen die Fernverbindungen des Reiches nicht völlig am Boden. Ein kurzer Anruf bei der SS würde genügen, die wiederum ihre Leute in der Nähe von Haigerloch instruieren würde. Zeitlich würde es passen, sollte sein Vater nach seiner Beichte zum Hörer gegriffen haben.

Ein Klopfen riss ihn aus seinen Gedanken. Reflexartig ging Nikolas in Deckung, schlich mit der Waffe im Anschlag zur Tür. Fast hätte er abgedrückt, als sie sich öffnete und Elsas Gesicht im Türspalt auftauchte.

»Nikolas, alles in Ordnung bei dir?« Sie trug einen Korb, einen Rucksack über ihre Schulter und mehrere Schichten Kleidung.

»Nichts ist in Ordnung. Mein Vater ist verschwunden und Rohn liegt angeschossen im Keller.« Schnell zog er sie in das Haus. »Ist dir jemand gefolgt?«

»Nicht dass ich wüsste. Wie steht es um ihn?«

Er führte sie in den Keller, griff sich Wasser und sauberes Bettzeug. Rohn lag in seinem Bett, wie er ihn verlassen hatte. Nur der Verband an seinem Arm hatte sich gelöst. Als Nikolas den Stoff stramm zog, stöhnte Rohn vor Schmerzen auf. Es dauerte, bis er seine Augen einen Spaltbreit öffnete. »Kommissar, schön, dich zu sehen.«

»Das hatten wir schon, Rohn. Wie geht es dir?«

Endlich schien er sich gefangen zu haben. Ächzend lehnte er sich mit dem Rücken gegen die Wand. »Bin schon schlimmer vermöbelt worden.« Der Feldwebel befühlte seinen Arm und die Brust. »Oder warte, nein, doch nicht. Wer ist das hübsche Fräulein?«

»Elsa Winter«, stellte sie sich vor und richtete die dilettantisch angelegten Verbände. »Und du bist Heinz Rohn. Der Organisator des Widerstands.«

»Ich würde mich nicht so sehen.«

»Warum bist du hier?«, drang es Nikolas über die Lippen. »Wo sind die anderen, wo ist Claire?«

»Noch in Haigerloch oder Hechingen, keine Ahnung, wo sie die Übrigen hingebracht haben.«

»Raus damit! Was ist passiert?«

Nikolas ahnte bereits, was er sagen würde. Dieser geschlagene Ausdruck in den Augen des Hünen gefiel ihm gar nicht.

Kurz blickte Rohn zu Elsa. Nikolas wusste, was er damit andeuten wollte. »Wir können ihr vertrauen, Rohn.«

»Wir wurden verraten, Kommissar.« Er spuckte aus. Mit Blut vermischter Speichel traf den kargen Boden.

»Zunächst lief alles wie am Schnürchen. Durch unsere Kontakte haben wir alles bekommen – Uniformen, Passierscheine, sogar Mannschaftswagen. Gut, auf der Strecke gab es Probleme mit einem Posten der Wehrmacht, aber mit dem haben wir kurzen Prozess gemacht.« Ein makabres Lächeln zeigte sich auf seinen aufgeplatzten Lippen. Nicht schwer zu begreifen, was mit den armen Teufeln passiert war, welche die Ausweiskontrolle durchführen wollten.

»Und weiter?«

»Geplant war ein Treffen zwischen Bricks und Heisenberg, am Kaiser-Wilhelm-Institut für Physik in Hechingen. Von da an ging alles schief. Wir hatten einen sicheren Unterschlupf in Haigerloch. Heute, im Morgengrauen, begann eine Truppe, den Ort zu durchkämmen. Es war wie in Paris, die Blockdurchsuchungen.«

»Was waren das für Männer?«

Rohn nahm einen Schluck Wasser. Zu trinken bereitete ihm offenbar Schmerzen. »Ich habe so etwas noch nie gesehen. Uniformen von SS und Schläger der Wehrmacht. Ein zusammengewürfelter Haufen, angeführt von einem alten Bekannten. Luger.«

Als er diesen Namen hörte, biss Nikolas seine Zähne fest zusammen, bis es schmerzte. »Luger!«

»Dieser Hundesohn hat seine kleine, private SS-Armee aus der Taufe gehoben, gespickt mit groben Kerlen der Wehrmacht. Sie müssen einen Tipp bekommen haben und haben uns überrascht. Viele gute Leute sind draufgegangen. Es wären noch mehr gewesen, hätten sie uns nicht lebend gewollt. Vier Soldaten nahmen mich in die Mangel, ich konnte mich losreißen und mich in einen Wald durchschlagen. Von dort aus war es nur ein kurzer Weg bis zum Mannschaftstransporter. Gerade so schaffte ich es hierher, doch du warst nicht da.«

Das sah Rohn gar nicht ähnlich. Es klang nicht nach dem Mann, der sich als Erster in eine Schlacht stürzte. »Du hast Claire und die anderen einfach zurückgelassen?«

Elsa hielt für einen Augenblick den Atem an. Rohn zog seine Verbände zurecht. »So einfach ist das nicht. Bricks, sie und ich waren im ersten Stock, als Luger und seine Leute begannen, das Gebäude zu durchsuchen. Wir hörten Schüsse, Luger rief etwas von einem Mikrofilm, den seine Leute auf jeden Fall finden mussten. Sie schrien, dass *du* ihn bei dir trägst. ›Achtet darauf, dass ihr Brandenburg lebend erwischt! Ich will den Film‹, schrie er. Er scheint ein Auge auf dich geworfen zu haben, Kommissar.«

»Lass die blöden Scherze.«

»Schon gut«, stöhnte Rohn. »Dieser Film war genau das, was Bricks unbedingt haben wollte. Heisenbergs Aufzeichnungen. Er braucht sie, um die Amerikaner zu überzeugen.«

»Wovon zu überzeugen?«

Eine kurze Pause entstand, als wollte der Feldwebel seine nächsten Worte gut abwägen. »Dass sie keine Uranbomben auf Deutschland fallen lassen. Irgendwo in den Vereinigten Staaten arbeiten Wissenschaftler an einer Superbombe. Die Stimmen mehren sich, dass diese Bombe in Berlin und anderen Städten getestet werden soll. Und die Stimmen werden umso lauter werden, wenn bekannt wird, dass auch Hitler angeblich im Besitz einer solchen Uranwaffe ist. Präventive Abschreckung, die Muskeln spielen lassen, nenn es, wie du willst. Nur Bricks setzt sich vehement dagegen ein.«

Mit zusammengekniffenen Lippen lehnte er sich zu Nikolas. »Bricks ist der Einzige, der Deutschland davor bewahren kann, dass wir zum Testgebiet der Amis werden. Doch er braucht Beweise, entweder von Heisenberg persönlich oder seine Aufzeichnungen, die er dem Geheimdienst und dem Präsidenten vorlegen kann, dass Deutschland keine Bombe besitzt. Stirbt er oder gehen die Unterlagen verloren, bleibt nichts mehr, wie es war.« Rohn lachte auf. Ein trauriges, dreckiges Lachen. »Überleg mal, Kommissar, wie viele in Berlin draufgehen werden, wenn eine solche Bombe gezündet wird.«

»Das kann nicht sein«, stöhnte Nikolas und rieb sich seine Schläfen. »Was ist mit den anderen passiert, mit Claire?«

»Du kennst doch Claire. Sie packte sich ein paar Waffen und schoss nach unten, um uns Zeit zu verschaffen. Ich sollte Bricks aus der Gefahrenzone bringen. Aber die Kerle von der Wehrmacht waren schneller. Sie überwältigten uns, ich war der Einzige, der gerade noch fliehen konnte. Deshalb bin ich hier. Wenn Luger behauptet, dass du den Mikrofilm hast, muss etwas Wahres dran sein.«

Das alles wäre nicht geschehen, wenn Vater und er die Leiche genauer untersucht hätten. Aber woher hätten sie wissen sollen, dass der junge Student eine Kapsel geschluckt hatte? Nikolas klopfte auf seinen Mantel.

»Gut, du hast ihn also«, sagte Rohn anerkennend. »Ich habe nur keine Ahnung, wie Luger an diese Informationen gekommen ist.«

»Das ist meine Schuld«, gab Nikolas zu und vergrub sein Gesicht in seinen Händen. »Ich habe es Vater erzählt.«

Rohns Pranke umschloss seine Schulter. »Was hast du ihm erzählt? Und wer weiß noch davon?«

»Nur Elsa und Professor Wiesmer, wir können beiden vertrauen.«

»Sicher?«

»Ganz sicher«, bestätigte Elsa und zog den Verband um Rohns Schulter enger als eigentlich nötig.

»Und deinem Vater?«

Eine gute Frage, auf die er keine Antwort wusste. »Ich habe ihm alles gesagt. Er muss Luger informiert haben, der daraufhin einen Kommandotrupp zusammengestellt und euch gefangengenommen hat. Nur wusste er nicht, dass ich noch zu Erik … dass ich noch jemandem einen Besuch abstatten musste. Nachdem Vater mich verraten hatte, muss Luger ihn mitgenommen haben, was bedeutet …«

»… dass dieses Haus nicht mehr sicher ist«, beendete Rohn Nikolas' Gedankengang. Zum ersten Mal seit langer Zeit sah er Angst in den Augen des Feldwebels.

Elsa schaltete am schnellsten. »Wir müssen sofort aufbrechen. Kannst du gehen?«

»Ich bin besser im Liegen, Fräulein. Aber wenn es sein muss.«

Diesen Kommentar überging Nikolas. Das Vorhaben, Rohn aufzuhelfen, glich dem Versuch, einen Berg versetzen zu wollen. Erst nach einigen Anläufen schafften sie es und machten sich daran, gemeinsam die Treppe zu erklimmen.

»Wiesmer kann es nicht gewesen sein«, stellte Elsa fest. »Sonst hätte ich ebenfalls Besuch erhalten.«

»Da wird die Auswahl eng, oder, Kommissar?«

Leider ja, dachte Nikolas, während er Rohn die Treppe hoch half.

Sie mussten hier raus. So schnell wie möglich. Luger war nicht dumm. Bald schon würde er die Verbindung zu Elsa hergestellt haben und ihre Wohnung komplett durchsuchen lassen. Wenn sein Vater ihn wirklich verraten hatte, würde er das Haus mehrmals kontrollieren, wenn nicht sogar beschatten lassen. Hier waren sie in höchster Gefahr.

»Wohin?«, zischte Nikolas mit gezogener Waffe und spähte aus dem Fenster. Seine Stimme war leise. »Wir müssen nach Haigerloch.«

Rohn stand aufrecht, atmete schwer und holte ebenfalls eine Pistole hervor. »Du willst wirklich zurück in dieses Wespennest? Da wimmelt es von Nazis.«

»Hast du einen besseren Vorschlag?«

»Wir könnten auf Verstärkung warten. Ich informiere meine Kontaktleute und wir ziehen uns bis zu ihrem Eintreffen in unseren Unterschlupf zurück.«

Erneut klang das gar nicht nach dem Rohn, den Nikolas kannte. Er schlich zur Haustür, spähte auf die Straße.

»Dafür bleibt keine Zeit. Wenn Luger in Haigerloch ist, wird er Vater mitgenommen haben.« Oder er ist bereits tot, fügte er in Gedanken hinzu. »Wir besitzen den Film, die haben Bricks. Mit ein wenig Glück weiß Luger nichts von der Verbindung zwischen der Résistance und Heisenberg. Allein aufgrund einer Aussage werden sie den großen Nobelpreisträger nicht einsperren. Vor allem nicht, wenn er an einer von Hitlers Wunderwaffen arbeitet.«

Noch war niemand auf der Straße zu sehen. Die karge Nachmittagssonne würde bald untergehen, und die Finsternis würde über die Stadt hereinbrechen.

»Rohn, wir haben keine andere Wahl. Wir müssen dorthin.«

Elsa hatte sich bisher alles ruhig angehört. »Das ist dein Plan, Nikolas?«

Langsam drehte sie sich zu ihm um. Ihre Hände waren blutverschmiert von Rohns Wunden, sodass sie ihren

Handrücken nutzen musste, um ihre Brille nach oben zu schieben. »Mitten im Krieg in ein kleines Dorf zu reisen, darauf zu hoffen, durchzukommen, und sich dann gegen eine Übermacht von Lugers Truppen zu stellen? Du weißt selbst, dass das nicht funktionieren kann. Den Tod findest du auch einfacher.«

Natürlich war es Selbstmord, zu hoffen, sie könnten zu dritt Lugers persönliche Armee ausschalten. Elsa konnte mit Waffen nicht umgehen, er konnte nicht töten und Rohn war alles andere als in Bestform. Nikolas wollte schreien, gegen die Wand schlagen, irgendwas zerstören, doch eine kleine Stimme in seinem Kopf ließ ihn innehalten. »Den Tod …«, flüsterte er leise. »Verdammt, das könnte funktionieren.«

Rohn beugte sich zu Elsa hinunter. »Großartig, er hat den Verstand verloren.«

»Habe ich nicht!«, protestierte Nikolas. »Rohn, hast du noch Waffen in dem Mannschaftstransporter? Und Ausweise? Haben wir genug Benzin?«

Er schnalzte mit der Zunge. »Glaub mir, unsere amerikanischen Freunde haben für alles gesorgt. Wir haben Sondergenehmigungen für die Schlagbäume, genug Benzin, Waffen und Granaten, so viele du willst. Also, ich denke, dass wir Haigerloch zumindest lebend erreichen. Danach stehen die Chancen nicht schlecht, dass wir beide ganz schnell draufgehen.«

»Gut, ich nehme an, du hast den Transporter versteckt?«

»Klar, er steht ein paar Steinwürfe entfernt, mitten in einem Wäldchen.«

Elsa drehte ihr Gesicht so langsam zu Nikolas, dass er das Gefühl hatte, zu träumen. Mit blutigen Fingern fasste sie seine Hand. »Nikolas, sag mir, dass du das nicht riskieren willst. Das ist Selbstmord!«

»Und genau das ist das Geheimnis.«

Sie lächelte und schüttelte heftig den Kopf, dass man meinen könnte, sie rede mit einem kleinen Kind. »Ich verstehe nicht.«

»Das werde ich euch alles später erklären. Wir müssen los.«

KAPITEL 15

– EIN TRITT INS WESPENNEST –

Drei ganze Straßensperren!

In den Stunden, in denen sie von Düsseldorf nach Haigerloch fuhren, war das Einzige, was sie aufhielt, drei lausige Straßensperren. Dem Reich musste es schlecht gehen. Nikolas hatte mehr erwartet und sich gleichzeitig weniger erhofft. Die Soldaten waren noch Kinder. Halbe Milchgesichter, die Rohns bösem Blick und Nikolas' Wehrmachtsuniform mit den Schulterklappen eines Oberleutnants nicht viel entgegenzusetzen hatten. Hitlers letztes Aufgebot pisste sich fast vor Angst in die Hosen, als Rohn schrie, der Gefreite solle sich gefälligst beeilen, sie transportierten schließlich kriegswichtige Güter zum Institut, und der Oberleutnant warte nicht gern.

Als sie die Straßensperren hinter sich gebracht hatten, kroch Elsa von der Ladefläche und kuschelte sich an Nikolas. Lediglich eine kurze Pause gönnten sie sich und aßen Elsas mitgebrachte Köstlichkeiten. Es tat Nikolas unendlich gut, ihre Nähe zu spüren. Auch wenn es das letzte Mal sein sollte. Er machte sich keine große Hoffnung, diese Mission zu überleben. Es irritierte ihn selbst, dass er so ruhig war, fast gefasst.

Die Nacht war längst hereingebrochen, als sie Haigerloch erreichten. Zwischen Schwarzwald und Schwäbischer Alb ruhte der malerische Ort im Schatten eines mächtigen Felsens.

»Das ist ein ganz mieser Plan, Kommissar«, sagte Rohn zum wiederholten Male, während er den Wagen auf einen Pfad lenkte, der sich durch einen Wald hindurchschlängelte. »Das wird niemals funktionieren.«

»Haben wir eine andere Wahl?«, raunzte Nikolas. »Wenn es stimmt, was du sagst, können wir nur so der Katastrophe entgehen.«

Eine Taschenlampe musste reichen, um sich auf die bevorstehende Mission vorzubereiten. Sie stiegen aus. Rohn war bereits einige Schritte entfernt, als Nikolas' Wange von einer warmen Hand berührt wurde. Selbst im fahlen Schein der Lampe leuchtete das Blau ihrer Augen.

»Ich will nicht, dass du stirbst«, flüsterte Elsa nur für ihn hörbar.

Nikolas nahm ihre Hand, streichelte die Innenfläche. »Da sind wir schon zu zweit. Aber du musst verstehen, dass ich es tun muss.«

Elsa stellte sich auf die Zehenspitzen. Ein leidenschaftlicher Kuss folgte. Eine Träne rann über ihre Wange. »Versuch nicht zu sterben.« Jede Silbe war nicht mehr als ein Flüstern – schnell vom aufkommenden Wind fortgetragen und verloren in der Nacht.

»Du hältst dich bitte im Hintergrund«, forderte Nikolas. »Danke für alles, was du für mich getan hast. Wenn etwas schiefgeht, versuch, dich nach Hechingen durchzuschlagen. Dort im Kaiser-Wilhelm-Institut muss Heisenberg die Wahrheit erfahren. Vielleicht kann er dann noch etwas retten.«

»Ich werde es versuchen«, wisperte sie unter Tränen.

»Bist du bereit, Kommissar?«, polterte Rohn und zog seinen Wehrmachtsmantel enger.

Wie konnte man dafür bereit sein? »Bist du es denn?«

Rohn drückte seinen Rücken durch und stöhnte laut auf. »Es wird schon gehen.« Eins musste man dem Hünen lassen – er hatte gutes Heilfleisch und einen noch stärkeren Willen. Jeder andere hätte sich bei diesen Verletzungen in ein Lazarett geflüchtet. Nicht so Rohn, er war Schmerzen gewohnt.

Als ob der Himmel von ihrer Ankunft zeugen wollte, rieselten die ersten Schneeflocken auf Nikolas' grauen Mantel herab. Gemeinsam stapften sie durch den Wald, bis ein paar trübe Lichter ihnen den Weg wiesen. Nikolas entdeckte eine Schlosskirche auf dem Felsen. Wuchtig stand sie da, als wollte sie ein mahnendes Auge auf ihre Gemeinde haben.

»Dort im Felsen ist die Versuchsanlage?«

Rohn nickte, das Gesicht im Mantel vergraben. »Früher war das mal ein Kartoffel- und Bierkeller. Nach unseren Informationen haben sie ihn für 100 Reichsmark im Monat gemietet.« Er hustete, spuckte auf den Boden. »Was man für das Geld alles an Frauen und Bier bekommen würde ... Ist ja auch gleichgültig. Zumindest dieser Ort ist von den Bomben verschont geblieben. Leider nicht von Einquartierungen.«

Nikolas konnte lediglich ahnen, wie viele Zimmer hier von den Soldaten der SS besetzt wurden.

»Wer vermutet hier auch schon Forschungen an Hitlers Wunderwaffen?«, erklärte Rohn. »Und falls sich doch mal eine Avro Lancaster hierher verirren sollte, schützt die 30 Meter dicke Felsschicht aus Muschelkalk.«

Endlich erreichten sie die ersten Häuser des Dorfs.

»Irgendeine Idee, wie wir Luger finden?«

»Natürlich, aber sie wird dir nicht gefallen.« Energisch stapfte Rohn durch die dünne Schneeschicht.

»Was meinst du damit?«

Nikolas blieb nichts anderes übrig, als dem Mann zu folgen. Er spürte, wie das Gewicht von vier Maschinengewehren und drei Pistolen drückte. Auch Rohn schien mit der Last zu kämpfen. Ab und zu kreuzte eine Gruppe von SS-Leuten ihren Weg. Sie hoben den rechten Arm, grüßten und gingen energisch an ihnen vorbei. Mitten auf dem Marktplatz blieb Rohn stehen und sah sich um. Zwei kleine Gruppen von Soldaten unterhielten sich unter einem Vordach. Aus zwei Gaststätten dröhnte Lärm über ihre Köpfe hinweg und verhallte in den verwinkelten Gassen des Städtchens. Der Felsenkeller war ein paar hundert Meter entfernt.

Rohn stützte sich an Nikolas' Schulter ab. Dieser kleine Fußmarsch bereitete ihm sichtbar Schmerzen. Als er den Kopf hob, zeigte sich auf seinen Lippen dieses diabolische Lächeln, das Nikolas immer schon einen Schauer über den Rücken gejagt hatte.

»Hast du letzte Worte?«, wollte der Feldwebel von ihm wissen.

»Wie bitte?«

»Schlechte Wahl.«

Rohn öffnete die oberen Knöpfe seines Mantels, holte die MP40 hervor und schoss eine Salve in die Luft. In Nikolas' Ohren fiepte es durchdringend.

»Was hast du vor, verdammt noch eins?«, zischte er gepresst. »Sieht so eine von deinen Kommando-Missionen aus?«

Schon formierten sich zögerlich die ersten Soldaten. Sie hielten ihre Waffen fest im Anschlag. Auch aus den Gasthäusern strömten die Offiziere. Einer ersten Verwunderung war Skepsis gewichen. Zumindest hatten sie die ungeteilte Aufmerksamkeit des gesamten Dorfes.

»Du wolltest zu Luger, also bringe ich dich zu ihm. Es hätte Stunden gedauert, bis wir das richtige Haus gefunden hätten. Außerdem habe ich es beim letzten Mal mit einer ruhigeren Taktik versucht, diesen Fehler mache ich kein zweites Mal.«

Es dauerte nicht lange, bis Dutzende SS-Soldaten um sie herumstanden. Auch die grobschlächtigen Kerle der Wehrmacht, von denen Rohn gesprochen hatte, scharten sich um sie. Sie strömten aus einem Gasthof auf der anderen Seite des Markts. Die Männer schrien durcheinander, befahlen, dass sie sofort die Waffen auf den Boden legen sollten. Rohn und Nikolas hoben die Arme, ihre Gewehre fest im Griff.

»Wir suchen Sturmbannführer Luger!«, schrie Rohn, als sich der größte Tumult gelegt hatte. Seine raue Stimme donnerte über den Marktplatz. Wahrscheinlich war sie im nächsten Dorf noch zu hören. »Wir können ihm sagen, wo sein Mikrofilm ist. Er vermisst nämlich einen und möchte ihn ganz, ganz dringend haben. Also, wo ist Luger?«

Keine Antwort von den jungen Männern. Vielleicht waren sie mit der Situation überfordert oder sie warteten auf Order ihrer Vorgesetzten. Einige wechselten unsichere Blicke, viele Gewehrläufe zitterten. Ob vor Kälte oder Angst war nicht auszumachen.

Rohn startete einen zweiten Versuch: »Ihr könnt uns natürlich auch eine Kugel zwischen die Augen jagen. Aber dann wird euer Chef nie herausfinden, wo der Mikrofilm ist.«

»Und ihr wisst ja, wie er ist, wenn er wütend wird«, ergänzte Nikolas. »Er kann ein richtiges Monster sein!«

Der Wind schien lauter zu pfeifen, als eine schneidende Stimme ertönte: »Kann ich das?«

Ihre Köpfe fuhren herum. Lugers Organ stand Rohns in nichts nach. Zwischen den SS-Soldaten entdeckte Nikolas den Sturmbannführer im Eingang des Gasthofs. Er trug keinen Mantel, seine Uniformjacke war offen. Allem Anschein nach hatte er es sich gerade bei Bier und Wurst gut gehen lassen. Als Nikolas im Zwischenboden kauernd die Stimme des Mannes gehört hatte, hatte sich sein Magen vor Wut verkrampft. Nun fühlte es sich an, als würde purer Zorn sein Denken bestimmen.

Luger kratzte sich am Kinn, bedachte die beiden mit einem Blick, der zwischen Verachtung und Interesse schwankte. Er zog die Nase hoch, schloss seine Uniformjacke und stieg langsam die Treppe des Gasthofs hinab. »Brandenburg und Rohn – Verräter und Schandflecke des deutschen Volkes, das sie in den schwersten Stunden hintergingen. Zwei Totgesagte, die wie aus dem Nichts hier auftauchen. Augenscheinlich lebendig und sich guter Gesundheit erfreuend. Wie zwei Bazillen, die überall Nährboden für ihre krank machende Existenz finden. Aber warum wundert mich das nicht?«

Nikolas' erster Impuls war, ihm zu antworten. Er biss sich jedoch auf die Zunge. Dieser Mann hörte sich am liebsten selbst reden und alles, was seine Monologe unterbrach, machte ihn noch unberechenbarer.

»Was treibt dieses Gesindel an? Ist es Angst, Reue oder der pure Wahnsinn, der sich tief in den kranken Verstand gefressen hat?« Luger war wenige Schritte entfernt. Ein breites, siegesgewisses Lächeln umspielte seine Lippen. Fröstelnd rieb er sich die Hände. »Lasst es uns herausfinden. Aber nicht bei dieser Eiseskälte. Es gibt bessere Örtlichkeiten für ein Geständnis.« Er drehte sich auf dem Absatz um und schritt voran.

Nikolas und Rohn wurden ihre Waffen abgenommen, ehe sie grob in Richtung Gasthof gestoßen wurden. Auf der Schwelle schlug ihnen warme Luft entgegen. Unteroffiziere saßen an Tischen und spielten Karten. Sie labten sich an Bier und anderen Köstlichkeiten, die für die Zivilbevölkerung unerreichbar waren.

Nikolas versuchte, die Stärke von Lugers Privatarmee zu schätzen. Draußen waren sie von etwa 40 jungen Männern eingekesselt gewesen, hier drin befanden sich noch einmal 20, dazu eine Handvoll Offiziere. Er hatte einen ganzen Zug unter sich. Ungefähr 60 gegen zwei. Keine guten Aussichten.

Luger residierte im Saal der Schenke. Nikolas' und Rohns Waffen wurden auf einen Tisch gelegt, während sich ein Dutzend Soldaten neben sie stellte. Ein Feuer prasselte im Kamin, von den fünf Tischreihen war lediglich die mittlere besetzt. Der Sturmbannführer und seine Getreuen hatten hier wie die Könige gespeist. Nikolas war es schleierhaft, wo sie einen Braten herbekommen hatten. Glücklich war zu dieser Zeit schon, wem es gelang, ein dürres Kaninchen einzufangen. Verendete Pferde wurden noch auf dem Feld ausgenommen, um die kargen Lebensmittelrationen aufzustocken, und dieser Mann hatte hier am Feuer gesessen mit Bier und Braten.

Nikolas lief das Wasser im Mund zusammen.

»Ein ganzes Arsenal an Waffen bringen Sie mir mit. Also, meine Herren, was verschafft mir die … nun ja … Ehre?« Luger kratzte sich am Hals, strich über die vier neuen SS-Runen seines Kragenspiegels. Dem Sturmbannführer war anzusehen, wie er diesen Moment genoss, ja, beinahe zelebrierte. Er würde ihn in die Länge ziehen, jede Sekunde auskosten und Nikolas' ehemaliger Verlobten Lisa erzählen, wie er diesen Schandfleck des Reichs am Ende doch noch in die Knie gezwungen hätte.

»Ein Angebot«, antwortete Nikolas knapp. »Die gefangenen Résistancekämpfer gegen den Mikrofilm.«

Luger schnalzte mit der Zunge. »Natürlich, handeln wollen Sie, wie die Juden es tun. Ich darf vermuten, dass Sie ihn nicht bei sich tragen, Brandenburg?«

»Natürlich nicht«, zischte Nikolas. »Er ist gut versteckt und für Sie unauffindbar.«

Luger nickte, trank einen Schluck Bier. »Sie haben sich die Unterstützung eines weiteren Verräters besorgt.« Er blickte zu Rohn, jede Silbe zog er in die Länge. »›La Pâquerette‹, das Gänseblümchen. Wissen Sie, wenn die Kaiser damals im Römischen Reich einen besonders verhassten Feind gefangen nehmen konnten, dachten sie sich für ihn eine neue Methode aus, um ihn zu töten.« Er baute sich vor Nikolas auf, musterte ihn von oben bis unten. »Vor einigen Monaten in Paris deutete ich ja bereits an, was ich mit Ihnen vorhabe, Brandenburg. Besonders verhasste Personen, also Verräter, wie Sie es sind, wurden aus den Annalen getilgt. Damnatio memoriae, die Auslöschung des Andenkens. Nichts wird mehr von Ihnen übrig bleiben. Alles, was Ihr Vater schuf, wird mit Ihnen vernichtet werden.«

Nikolas erinnerte sich sehr gut daran, was Luger ihm damals über sich erzählt hatte. Dieser Mann liebte die römische Sklavenkultur, verschlang Bücher darüber und wäre nur zu gern in dieser Epoche geboren worden.

»Aber was mache ich mit Ihnen?«, sinnierte der Sturmbannführer und stolzierte auf Rohn zu. »Ihr Name hat bald keine Bedeutung mehr, ganz davon abgesehen, dass Sie keinen Wert darauf legen. Wenn wir uns tatsächlich im alten Rom befänden, wäre es mir eine Freude, dabei zuzusehen, wie Sie im Zirkus verrecken würden. Obwohl Sie bestimmt eine Menge Kämpfe gewinnen würden.« Luger schloss die Augen, war offenbar für einen Moment in diese Vorstellung vertieft. »Aber nein, ich werde Sie in ein Verlies werfen lassen und Ihnen gerade einmal ausreichend Brot und Wasser geben, um Sie am Leben zu erhalten. Und nach ein paar Monaten, wenn Sie abgemagert, nackt und mit Wunden übersät an den Galgen treten, wird die ganze Welt Ihrer jämmerlichen Existenz beim Sterben zusehen.«

Rohn war ganz ruhig. Nikolas fragte sich, ob diese Bilder gerade auch vor seinem geistigen Auge abliefen. Dann lehnte Rohn sich zu ihm. »Jetzt kann ich verstehen, warum du ihn so unsympathisch findest.«

Hätte sein Herz nicht bis zum Hals geschlagen, hätte dieser Spruch ihm tatsächlich ein Lachen entlockt. Rohn kam ohne Frage mit der Situation um einiges besser klar als Nikolas. Er musste sich zwingen, stehen zu bleiben, obwohl jede Faser seines Körpers danach gierte, schnell den Raum zu verlassen.

Luger gluckste amüsiert, lehnte sich mit dem Gesäß an einen Tisch und verschränkt die Arme.

»Meine Herren, ich darf zusammenfassen: Sie haben etwas, das ich will, und wollen im Gegenzug dieses französische Pack freipressen?«

Nikolas' Mund war staubtrocken, als er seine Antwort laut aussprach: »So ungefähr.«

»Und was hindert mich daran, das Versteck einfach aus Ihnen herauszufoltern?«

Langsam und bedächtig griff Nikolas an die Knöpfe seines Mantels. Er löste sie und ließ den dicken Stoff auf den Boden gleiten. Darunter trug er die Uniform eines

Oberleutnants – und Kordeln, an denen zwei Dutzend Handgranaten baumelten. »Das hier!«

Lugers Pupillen weiteten sich. Genau wie seine Soldaten wollte er zurückweichen, bis Rohn seine Hand hob.

»Wir bleiben alle schön in diesem Raum. Das ist genügend Sprengstoff, um den ganzen Block in die Luft zu jagen. Eine Bewegung, die uns nicht gefällt, und der Krieg ist für uns alle vorbei. Jetzt und hier!«

Wie zum Beweis zupfte Nikolas an der Leine, welche die Sicherungsstifte der Mk2-Handgranaten miteinander verband. Sie hatten auf der Fahrt eine Stunde für diese Konstruktion gebraucht.

»Ihr habt sie nicht durchsucht?«, schrie Luger wutentbrannt. »Wie konntet ihr so dumm sein?«

Da war sie wieder. Diese pochende Ader an seiner Schläfe, wenn das Blut in seine Wangen schoss und die kratzende Stimme alles übertönte. Die jungen Soldaten hatten ihre Gewehre erhoben und blickten voller Angst auf die Batterie von Granaten.

Rohn drehte sich im Kreis, sah jedem Einzelnen von ihnen in die Augen. »Sollte einer von euch nervös werden und der Ansicht sein, dass er mit einem finalen Heldenschuss das alles hier beenden kann, muss ich euch leider mitteilen, dass die Chance groß ist, dass ihr mit draufgeht. Ich würde euch also nicht raten, auf dumme Ideen zu kommen.«

»Hört auf ihn!« Lugers Stimme war von Angst durchsetzt.

Zumindest für diesen Augenblick hatten sie ihn überraschen können.

Luger scherte sich einen Dreck um seine Männer. Er

würde ganze Kompanien opfern, nur damit eine Rune mehr auf seinem Kragenspiegel glänzte. Und genau das war seine große Schwäche. Er liebte das Leben, die Frauen, den Alkohol und die Philosophie. Nie hatte er Befehle an vorderster Front gegeben, immer geschützt durch die eigenen Reihen kommandiert. Ob als Polizist oder bei der SS, er liebte niemanden mehr als sich selbst. Genau das wollte Nikolas ausnutzen. Langsam ging er auf Luger zu. »Wo sind die Widerständler?«

»Nicht weit weg.«

»Bringen Sie sie her!«

»Und dann bekomme ich den Mikrofilm?« Lugers Augen glänzten.

»Bei freiem Geleit werde ich Ihnen eine Nachricht zukommen lassen, wo er sich befindet.«

Ein Blick auf die Granaten, dann in Nikolas' Augen. »Wer garantiert mir, dass Sie ihn wirklich haben und mich nicht übers Ohr hauen?«

Rohn stapfte auf die beiden zu, zog gefährlich heftig an der Schnur, welche die Sicherungsstifte miteinander verband. »Gar keiner! Aber wenn du es nicht tust, gehen wir alle drauf. Also schick endlich einen deiner Wehrmachtslümmel los, und wehe, er verliert nur ein einziges Wort über unser kleines Zusammentreffen hier. Er soll einfach die Résistancekämpfer hierher bringen.«

Luger nickte in Richtung eines Soldaten, der sich sofort aufmachte und glücklich schien, dieses Pulverfass zu verlassen. Vom ersten Schreck erholt, lehnte sich Luger gegen den Tisch. »Und die Kämpferin«, sagte er.

»Wie bitte?«, zischte Rohn, während er die Waffen an sich nahm und Nikolas seine Sauer in die Hand drückte.

»Sie vergaßen die Kämpfer*in* – die Amazone, die drei

meiner Leute getötet hat, bevor wir diese französische Wildkatze einfangen konnten.«

Nicht schwer zu erraten, von wem Luger sprach. Claire war also am Leben. Ein Stein fiel Nikolas vom Herzen.

»Sie ist ein bisschen kratzbürstig«, fuhr Luger fort. Nikolas wusste sofort, wie das dreckige Grinsen zu verstehen war. »Aber damit weiß ich schon umzugehen. Nicht wahr, Herr Brandenburg?«

Das Salz in dieser Wunde brannte fürchterlich. »Wenn du ihr auch nur ein Haar ...!«

Abwehrend hob Luger die Hände. »Vorsicht, mein Freund. Das wollen Sie nicht wirklich. Bedenken Sie, wenn Sie die Nerven verlieren, sterbe nicht nur ich, sondern auch Sie und Ihre Freunde aus Frankreich. Niemand würde gewinnen.«

Der Status quo würde so lange Bestand haben, bis Luger einen Vorteil darin sah, ihn zu brechen. Natürlich konnte er sich nicht an die getroffene Absprache halten, genauso wenig wie Nikolas. Und beide Kontrahenten wussten das. Es kam nur darauf an, den größtmöglichen Vorteil aus der Situation zu ziehen.

Nikolas' Überlegungen wurden von lauten Stimmen unterbrochen. Unter Protest wurden die Résistancekämpfer von SS-Soldaten in den Raum geführt. Ihre Hände waren auf den Rücken gefesselt, jeder von ihnen hatte zahlreiche Wunden. Sofort tauschten die Männer und Rohn Worte auf Französisch aus. Es fielen Namen, die Nikolas nicht zuordnen konnte. Es waren nicht mehr als ein Dutzend Männer.

»So wenige«, flüsterte Rohn kaum hörbar.

Als Letztes wurden Claire und Dr. Bricks in den Raum gebracht. Sie hatte es noch härter getroffen. Das ebenmäßige Weiß von Claires Gesicht war dunklem Grün gewichen. Ein Auge war zugeschwollen, sie humpelte leicht. Dr. Bricks ging es nicht besser. Innerhalb weniger Sätze auf Französisch klärte Rohn die Gruppe auf. Die Fesseln wurden gelöst und die Mitglieder der Résistance mit den wenigen Gewehren bewaffnet, welche die beiden mitgebracht hatten.

»Was habt ihr mit ihnen gemacht?«, brüllte Nikolas.

Entschuldigend breitete Luger die Arme aus. »Das gehört nun einmal zu einem Verhör, dazu ein paar Kratzer vom Kampf. So ist das halt, Brandenburg. Tun Sie nicht so, als ob Sie das nicht aus Paris kennen würden.«

Nikolas' Blick blieb an Claire haften. Ihr unversehrtes Auge strotzte vor wütendem Stolz, als ob sie die ganze Wehrmacht mit ihren eigenen, kalten Händen umbringen wollte.

»Ich sollte Sie dafür in die Luft sprengen.«

»Tun Sie das.« Die Angst in Lugers Stimme nahm ab. »Töten Sie sich und Ihre kleine Freundin. Aber dazu haben Sie nicht den Mumm.« Luger holte sein Bierglas, nahm einen ordentlichen Schluck. »Also, Herr Kommissar, wie geht es weiter? Erzählen Sie mir von Ihrem großen Plan.«

»Wie groß ist Ihre Privatarmee?«, wollte Nikolas mit harscher Stimme wissen.

»Meine was?« Das Lachen schallte durch den Raum. »Großartige Bezeichnung. Aber Sie haben recht. Ich benutze ein paar loyale Männer für Aufgaben der besonderen Art. Wenn ich die Befehlskette beachtet hätte, wäre dieser Ort voll von Soldaten. Sie wissen ja, wie das Oberkommando in solchen Sachen verfährt. Leider müsste ich dann auch den Ruhm teilen. Eine Tatsache, die mir gar nicht behagt. Sie dürften sich bereits einen groben Überblick verschafft haben, rechnen Sie das Dreifache hinzu, falls es zum Schusswechsel kommen sollte.«

Das könnte eine Übertreibung sein, eine Finte. Wusste er, wie wichtig Bricks war? Wie viel hatte sein Vater diesem Scheusal verraten? Nikolas holte den metallischen Zylinder aus seiner Uniformtasche. Lugers Augen klebten mit einem Mal an dem Behälter, sein Bierglas fiel zu Boden.

»Sie kleiner Bastard haben es die ganze Zeit bei sich gehabt.«

»Der sicherste Ort befindet sich unter mehreren Kilogramm Sprengstoff. Da greift niemand so schnell hin. Wenn die Granaten in die Luft fliegen, werden von dem Film nur Fetzen übrig bleiben. Sie werden uns gehen lassen, ohne dass ein Schuss fällt. Wenn wir in Sicherheit sind, lasse ich den Zylinder zurück, und unsere Wege trennen sich.«

Erschreckend schnell zuckte Luger mit den Schultern. »Einverstanden.«

Verdammt, was plante dieser Mann? Nikolas hatte sich auf schwere Verhandlungen eingestellt, auf Wortgefechte oder Anschuldigungen. Stattdessen ließ Luger sie ziehen. Etwas konnte da nicht stimmen. Trotzdem war er sich sicher, solange dieser Mann mit draufgehen würde, waren von ihm keine Dummheiten zu erwarten.

Die Soldaten ließen auf Anweisung von Luger die Waffen sinken. Langsam schritt die Gruppe der Kämpfer Richtung Ausgang. Claire rieb sich die blutigen Handgelenke, nahm eine Pistole an sich und postierte sich neben Nikolas.

»Was hast du vor? Du kannst ihm nicht den Film überlassen«, flüsterte sie.

»Stell dich hinter mich, ich habe einen Plan.«

Natürlich tat sie es nicht. Stattdessen richteten sie und die anderen Mitglieder des Widerstands ihre Waffen auf die Soldaten. Die Spannung war beinahe greifbar, als sie auf den Marktplatz traten. Der kühle Wind ließ Nikolas frösteln. Seine linke Hand zitterte an der Kordel. Luger und die übrigen Soldaten folgten ihnen gemächlich mit großem Abstand. Der Sturmbannführer war bereits 20 Meter entfernt, stand im Eingang des Gasthofs und redete mit seinen Vertrauten. Immer weiter zogen sich die SS-Soldaten zurück. Der Schneefall wurde stärker und die Umrisse des verhassten Mannes verschwammen zusehends. Sollten sie es doch noch schaffen?

Nikolas' rechte Hand umfasste seine Sauer, die linke hatte die Kordel fest im Griff. Bald hatten sie die kleine Gasse erreicht, die sich zwischen den Fachwerkhäusern hindurchwand. Von dort aus war es nur mehr ein Katzensprung zum rettenden Wäldchen. Ein letzter Blick auf Luger musste genügen. Obwohl er sein Gesicht nicht mehr erkennen konnte, war sich Nikolas sicher, dass er sein typisches diabolisches Grinsen aufgelegt hatte. Durch die Wand aus aufgewirbeltem Schnee sah er schemenhaft Lugers Arm. Er hob ihn zum Hitlergruß in die Höhe. Diese melodramatische Ader hatte Nikolas schon immer an ihm gehasst. Dann ließ Luger seinen Arm nach unten schnellen. Nikolas hielt den Atem an. Das war kein Gruß, sondern ein Zeichen!

Der Schuss ertönte bereits eine Sekunde später. Die Kugel zerfetzte die Finger seiner linken Hand, ohne dass die Granaten gezündet wurden.

»Scharfschützen!« Rohns Stimme war auf dem gesamten Marktplatz zu hören.

Im nächsten Moment brach die Hölle los. Die SS eröffnete das Feuer, Projektile zischten Nikolas um die Ohren, während die Kämpfer der Résistance Deckung suchten und zurückschossen. Nur er blieb wie angewurzelt stehen. Der Schnee unter ihm hatte sich tiefrot gefärbt. Die Erde schien sich langsamer zu drehen, als er die angeschossene Hand vor sein Gesicht hielt. Vom Ring- und vom kleinen Finger war nichts mehr übrig, der Mittelfinger war ebenfalls schwer in Mitleidenschaft gezogen worden. Erst dann kam der Schmerz. Die Stümpfe brannten, als würde jemand sengend heiße Lava in die offenen Wunden gießen.

Im Kugelhagel kniete Nikolas sich auf den Boden, durchwühlte mit der rechten Hand den Zentimeter hohen Schnee. Als er endlich seinen Ringfinger fand, war dieser noch warm. Er wollte ihn auf den blutenden Stumpf setzen, als jemand ihn von hinten packte und hinter die Häuserwand zog. In der Hektik ließ er den Finger in den Schnee fallen.

»Nikolas, hast du den Verstand verloren?« Claire schoss über seine Schulter hinweg. »Bist du getroffen?«

Aus Reflex schüttelte er den Kopf, hob jedoch seine linke Hand. Sie fluchte auf Französisch und zog ihn weiter.

Rohn übernahm das Kommando. Er feuerte mit der Maschinenpistole auf zwei herannahende Soldaten. »Es sind zu viele. Sie drängen uns in Richtung des Felsens!«

Die SS-Männer klappten zusammen und fielen in den Schnee, der sich ebenfalls rot verfärbte.

Rohn wandte sich an drei seiner Leute: »Rennt in den Wald, dort steht ein Mannschaftstransporter beladen mit Panzerfäusten, weiteren Waffen und Munition. Holt so viel ihr könnt und greift die SS von hinten an. Wir geben euch Deckung!«

Die Männer nickten. Rohn zählte, ohne ein Wort zu sagen, mit seinen Fingern von fünf runter. Die Widerständler erhoben sich und feuerten aus allen Rohren. Aus dem Augenwinkel sah Nikolas, wie sich die drei aufmachten, unter dem Sperrfeuer der Résistance.

»In den Forschungskeller, schnell!«

Der Feldwebel und Bricks gingen voran, drängten die verbliebenen Wachposten zurück, während der Scharfschütze einen weiteren Résistancekämpfer tötete. Eben noch hatte der Mann voller Kampfeslust schreiend vor Nikolas gestanden, plötzlich verlor sein Gesicht jeden Ausdruck und er kippte vornüber in den Schnee.

Claire musste Nikolas in das Gewölbe ziehen. Wenigstens bot es für den Moment ein klein wenig Schutz. An den hölzernen Stützbalken waren Lampen befestigt, die den Weg erhellten. Rohn ließ die Gruppe anhalten und befahl drei Männern, an dieser Stelle zu warten. Sie sollten die Nachhut bilden.

»Der Felsenkeller ist tief in den Berg getrieben worden«, keuchte Rohn atemlos. »Wir müssen weiter und herausfinden, ob es einen Notausgang gibt.«

Diesen Komplex hatte sich Nikolas größer vorgestellt. Es roch muffig. Einige der Holzbalken waren nass, und die nackte Felswand glänzte im Schein der Lampen. Zwischen ihnen und der Schlosskirche lagen 30 Meter Kalkstein. Luger würde nicht riskieren, den Berg zu sprengen, nur um sie darunter zu begraben. Immerhin hatte Nikolas den Zylinder und diesen wollte der Sturmbannführer unbedingt. Andererseits hatte er sich heute schon einmal geirrt.

Claire umwickelte seine linke Hand mit einem Stofffetzen. »Bist du schwer verletzt?«

»Es geht schon. Ich spüre die Hand nicht mehr.«

Sie lächelte matt. Seit langer Zeit mal wieder. »Das wird schon. Komm, wir müssen weiter.«

Als sie den Hauptraum erreichten, bestätigte sich Nikolas' vorherige Annahme. Der Stollen war alles andere als riesig. Ein kurzer Gang, ein Vorraum und schließlich dieser hintere Teil – hier sammelten sich die ganzen Hoffnungen des Oberkommandos auf eine Wunderwaffe?

Nikolas waren die zahlreichen Gerätschaften fremd, die hier aufgebaut waren. Dr. Bricks hingegen eilte mit dem Gewehr im Anschlag und großen Augen von der einen Seite des Raums zur anderen.

»What the …! Sie haben einen vollen Schwerwassertank!«, ereiferte sich Bricks und strich über die metallische Verkleidung von drei Behältern in der Ecke. »Es sind mehrere Liter und die könnten bereits für eine Kettenreaktion reichen.« Sein Akzent stach stärker hervor, als er sprach, während er in eine zylinderförmige Grube sah. »Ein natürlicher Uranreaktor«, stellte er fest. »Sie wollen durch Beschuss von Uran mit Neutronen eine Kernspaltung und damit eine Kettenreaktion auslösen. Vielleicht ist es ihnen möglich, die Kritikalität zu erreichen.« Bricks sah besorgt aus.

»Was meinen Sie damit?«, raunte Nikolas mit schmerzverzerrtem Gesicht.

»Um Genaueres sagen zu können, müsste ich die Messergebnisse studieren«, gab Bricks zu. »Aber nach dem, was ich hier sehe, deutet alles auf einen Großversuch hin. Wenn die deutschen Forscher genug Schweres Wasser, Graphit und Uran zur Verfügung haben, wäre es möglich, dass sie den kritischen Punkt erreichen.«

»Was bedeutet das, verdammt!«, schrie Nikolas.

Bricks atmete schnell. »Wenn der kritische Punkt überschritten wird, geht die Kernspaltung auch ohne den Beschuss von Neutronen weiter – eine Kettenreaktion, die sich zu einer Atomexplosion weiterentwickelt.« Angestrengt blickte er zum Kran an der Decke. Bricks schien etwas zu suchen. »Ich sehe allerdings keine Sicherheitsvorkehrungen, nur eine Betonummantelung.«

Vom Eingang des Tunnels waren Rufe zu hören. Rohn nahm die Granaten von Nikolas an sich, verteilte sie unter seinen Leuten. Ihnen lief die Zeit davon.

Energisch schritt Claire zu Bricks, packte ihn am blutverschmierten Kragen. »Aber keine Bombe?«

»Auf keinen Fall.« Er deutete mit dem Lauf des Maschinengewehrs auf den Reaktor. »Das ist Grundlagenforschung, die man für einen Stromreaktor nutzen könnte. Hier zumindest wird keine Bombe gebaut.«

Das alles für Grundlagenforschung? Nikolas konnte nicht glauben, was er da hörte. Die Felsenwände drehten sich. Er suchte Halt in einer Ecke und kauerte sich vor die scharfkantige Wand.

»Kannst du den Geheimdienst und deinen Präsidenten jetzt überzeugen, dass sie die Bombe nicht auf Deutschland werfen?« Claire klang derart hasserfüllt, wie Nikolas sie selten erlebt hatte.

»Nicht ohne Beweise, Darling. Mein Wort zählt bei denen da oben nicht viel, wir brauchen Heisenbergs Aufzeichnungen.«

»Das ist es also?«, schrie Nikolas. Sogar Rohn, der seine Mitstreiter mit harter Stimme formierte, hielt inne. »Es stimmt demnach, dass die Amis an einer Superbombe bauen, die auf Deutschland geworfen werden soll?«

Dr. Bricks rieb sich über den Bart und nickte schließlich.

»Es gibt solche Gedankenspiele. Das Manhattan-Projekt ist bereits weit fortgeschritten.«

Davor hatte Heisenberg also so schreckliche Angst. Nikolas verdrängte den Schmerz. »Was ist das für ein Projekt?«

Bricks hetzte weiter im Felsenkeller umher, untersuchte die Apparaturen. »Es ist ein Forschungsprojekt der Amerikaner mit dem Ziel, eine Atombombe zu bauen. ›The Gadget‹ wird bald einsatzbereit für den Trinity-Test sein.«

»Von was zum Teufel reden Sie da?«

»›The Gadget‹ ist der Codename der Bombe. Der erste Test soll unter dem Namen ›Trinity‹ laufen.« Bricks wartete kurz, schwer atmend. »Berlin steht als mögliches Ziel im Gespräch.«

Selbst Nikolas' spärliche Sprachkenntnisse reichten aus, um die Worte zu übersetzen. Trinity – Dreifaltigkeit. Was für eine blasphemische Namensgebung. Wenn sie hier nicht lebend herauskämen, wäre die Hauptstadt nur noch Schutt, Asche und ein einziges flammendes Inferno.

Niemand sagte etwas. Die Geräuschkulisse am Eingang nahm mit jeder Minute zu. Luger stimmte sich wahrscheinlich gerade mit seinen Leuten ab, wie sie den Felsenkeller stürmen sollten. Die Chance, zu überleben, war verschwindend gering.

Rohn und Bricks diskutierten lautstark, wie sie den Stollen am besten verteidigen konnten. Ihnen blieb nicht mehr viel Zeit, bis Lugers Kräfte angreifen würden.

»Wie geht es deiner Hand?«, wollte Claire wissen und setzte sich erschöpft neben ihn.

Nikolas löste vorsichtig den provisorischen Verband. Das Erste, was ihm in den Sinn kam, war, dass seine Hand seltsam fremd aussah. Zusätzlich drängte sich ihm das Gefühl auf, seine abgeschossenen Finger würden brennen. Hatte sich Vater ähnlich gefühlt, als ihm das Bein weggerissen wurde?

Claire band das Tuch erneut, diesmal fester, um die Wunden. Schmerzen schlugen wie Stromschläge durch Nikolas' Arm. Er stöhnte auf, drückte seinen Hinterkopf gegen die Felswand.

»Es geht schon«, presste er hervor. »Solltest du nicht bei deinem Geliebten sein?«

»Wer sagt, dass ich das nicht bin?«, flüsterte Claire, den Blick starr zu Boden gerichtet. »Ich musste mich um Allan … kümmern, herausfinden, was er weiß, und verhindern, dass Schlimmeres geschieht.«

»Wie soll ich das verstehen, Claire? Dass du mit ihm ins Bett gesprungen bist, um ein Vertrauensverhältnis zwischen dem Geheimdienst und der Résistance aufzubauen? Dass du das alles getan hast, um Deutschland vor der Bombe zu schützen?«

Sie sagte kein Wort. Erst als Nikolas sich zu ihr umdrehte, erkannte er den Grund. Claire weinte leise.

»Hast du eine Ahnung, wie schwer es war, dich ziehen zu lassen? Ich musste es tun. Wärst du damals in Paris geblieben, es hätte Spannungen gegeben. Bricks hat dir von Anfang an nicht vertraut, obwohl ich ihn angebettelt habe, dich einzuweihen.« Ihm kam es vor, als würde ihre kühle Fassade nicht nur bröckeln, sondern im Angesicht des Todes komplett in sich zusammenfallen. »Verstehst du es denn nicht, du crétin? Meine Gefühle für dich haben sich nicht verändert.«

Sie strich über den Rücken seiner rechten Hand. Die Schmerzen waren vergessen, sein Verstand schwirrte. »Wieso hast du mir es nicht gesagt?«

»Damit du in Paris dabei zusehen kannst, wie Allan und ich …? Du weißt selber, dass es nicht funktioniert hätte.«

»Claire, es tut mir leid. Hätte ich das gewusst, wäre ich nicht …«

»Du hast dich bereits in die Arme einer anderen Frau geflüchtet …« Ihre leidenschaftliche Seite liebte er am meisten. Sie richtete sich auf, blickte ihn aus verheulten, rehbraunen Augen an. Noch immer liefen Tränen über ihre Wangen. Sie in diesem Augenblick anzulügen, wäre falsch.

»Ich weiß es nicht, Claire. Wir haben uns zufällig getroffen, ich kann nicht sagen, was es ist. Hättet ihr mich eingeweiht, wäre das alles …«

»Brandenburg!«

Die letzten Worte kamen nicht mehr über seine Lippen, da Lugers Stimme durch den Felsenkeller hallte. Nikolas und Claire standen auf, schlichen geduckt zum Tunnel und starrten zum Eingang.

»Sie sind also noch am Leben! Ich sagte es doch, wie eine Bazille. Und wo wir gerade davon reden, der Apfel fällt nicht weit vom Stamm, was?«

Sein Herz setzte aus, als sein Vater ins Licht der Lampe gestoßen wurde. Sein Gesicht wies etliche Verletzungen auf. Die Hände waren zwar nicht gefesselt und er konnte sich auf den Krücken abstützen, trotzdem war ihm anzusehen, wie sehr er in den letzten Stunden gelitten hatte.

»Vater«, flüsterte Nikolas.

»Der Verräter«, fügte Rohn laut hinzu.

»Nicht ganz.« Professor Wiesmer trat aus dem Schatten und richtete eine Pistole auf Eduard Brandenburg. Nikolas' Unterkiefer bebte.

»Der gute Brandenburg senior schimpfte wie ein Kesselflicker, als wir ihn abholten.« Wiesmer trat näher, lehnte sich gegen die Felswand. »Eigentlich hatten wir damit gerechnet, Sie zu finden. Nur leider war das Haus leer. Und so durften wir keine Zeit verlieren und brachen hierhin auf.«

Der Besuch an Eriks Grab, schoss es Nikolas durch den Kopf. Hätte ihn nicht der selbstgebrannte Schnaps seines Vaters einschlafen lassen, wären sie nun beide in den Händen der SS. Nikolas hätte sich ohrfeigen können. Nicht Vater war es gewesen, der sie verraten hatte, sondern Wiesmer. Damit hatte er am wenigsten gerechnet. Immerhin half Wiesmer jüdischen Mitbürgern, zu emigrieren.

»Wieso unterstützen Sie das Regime? Ich dachte …«

»Dass ich ein Gutmensch bin? Dass ich nicht auch leben will?«, spie Wiesmer aus. »Sagen wir einfach, dass der Sturmbannführer Luger und meine Wenigkeit die Zukunft dieses Landes mitgestalten wollen. Es brauchte lediglich ein paar Schaubilder, um genau das zu erkennen.«

Nikolas wurde klar, was der Professor meinte. »Im Keller der Akademie. Sie konnten die Aufzeichnungen Heisenbergs lesen – und verstehen!«

»Natürlich konnte ich das. Wenn auch eine tief greifende Beschäftigung erforderlich wäre, um das völlige Spektrum zu erfassen, reichte es aus, um sich einen Überblick zu verschaffen. Und Sie waren so freundlich, mir die restlichen Informationen zu liefern. Ich muss schon sagen, wir alle waren überrascht, als wir bei der Durchsuchung des Ortes eine ganze Gruppe von Saboteuren stellen konnten.«

»Sie elender Bastard!«

»Aber, aber, Herr Brandenburg.« Luger trat ein Stück weiter in den Stollen. Mittlerweile bauten seine Soldaten mehrere Maschinengewehre auf, etliche Gewehrläufe waren auf sie gerichtet. »Wir wollen doch nicht jeglichen

Anstand vermissen lassen. Wenn ich nun um den Zylinder bitten dürfte?«

Als wollte er die Worte des Sturmbannführers unterstreichen, drückte Wiesmer den Lauf seiner Waffe in den Rücken von Nikolas' Vater.

Nikolas umschloss den Griff seiner Sauer fester. Wenn er in den Tod gehen musste, würde er Luger mitnehmen. Vielleicht gelang es Rohn und Claire, Dr. Bricks hier irgendwie lebend herauszubringen. Er steckte seine Pistole weg. Umständlich griff er in die Innentasche der Uniform und der Zylinder kam zum Vorschein. Langsam näherte er sich dem Eingang.

»Was hast du vor, Nikolas?« Claires Stimme war durchtränkt von Angst.

»Sie haben meinen Vater. Ich muss es tun.«

»Du wirst Luger den Mikrofilm nicht geben, hörst du?«

Mit der rechten Hand streichelte er über ihren Arm, drückte ihr einen Kuss auf die Stirn. »Ich verspreche es.«

Seine Beine wollten nachgeben, als er auf den Eingang zuschritt. So hatte er sich den Tod nicht vorgestellt. Hier drinnen war es hell, dort draußen regierte die finstere Nacht. Sollte es nicht eigentlich andersherum sein?

Das Erste, was er sah, war das Grinsen von Luger. Mit den Scharfschützen hatte Nikolas nicht gerechnet. Luger schien zufrieden mit sich und seinem Plan. Wiesmers Gesicht ließ keine Spekulation darüber zu, was der Professor dachte. Nur Vater blickte zu Boden.

»Mein Sohn, du wirst keine Dummheiten machen, oder?« Keine Drohung lag in seiner Stimme, Nikolas kam es eher wie eine Aufforderung vor.

»Ich werde es versuchen, Vater.«

Sie waren wenige Meter voneinander entfernt, als Luger,

umringt von seinen Männern, die Hand öffnete. »Wenn ich bitten dürfte.«

Nikolas atmete tief. Er ging auf den Mann zu, sie blickten sich in die Augen, als er den Zylinder in seine Hand legte. »Sie können beides haben.«

Die Augen des Sturmbannführers weiteten sich, als er bemerkte, dass er neben dem Zylinder eine entsicherte Granate in den Händen hielt.

KAPITEL 16

– SCHMERZHAFTE AUFGABEN –

Die Explosion war ohrenbetäubend. Sie war das Letzte, woran Nikolas sich erinnerte, als er wieder zu sich kam. Gerade so hatte er es geschafft, durch die Reihen der Soldaten ins Freie zu hechten und seinen Vater mitzureißen, als ihn die Druckwelle erfasste und seinen Körper in den Schnee schleuderte. Luger hatte die Granate geistesgegenwärtig in Richtung seiner eigenen Soldaten geworfen, um sich zu schützen.

Alles um ihn herum war in Dunkelheit getaucht. Er hatte das Gefühl, sich übergeben zu müssen. In seinen Ohren schrillte ein Pfeifen. Es dauerte, bis er wieder Schüsse vernahm und seinen Blick auf den Tunneleingang richten konnte.

Rohn stürmte voran, hinter ihm Claire und Bricks. Sie wagten tatsächlich einen Ausbruchsversuch.

Nikolas erlaubte sich ein kurzes Lächeln. Er war am Leben, und es war ihm sogar gelungen, die MG-Nester zu zerstören. Als die Widerständler es gerade aus dem Keller geschafft hatten, krachten Explosionen.

»Die Panzerfäuste!«, schrie Rohn und deutete auf heranstürmende Soldaten. Vom Wäldchen her hörten sie das Zischen der todbringenden Panzerabwehrrohre.

Nikolas wollte sich aufrichten, fiel jedoch zurück auf die Knie. Um ihn herum wurden Dreck und Schnee hochgeschleudert. Die Résistancekämpfer warfen Granaten, während die SS ihrerseits zurückfeuerte. Leichenteile lagen um ihn herum verstreut, ein Chaos aus Blut und Explosionen war über sie hereingebrochen.

»Nikolas, bist du verletzt?« Elsas Gesicht nahm er wie durch einen Schleier wahr. Ihre Stimme zitterte, die blonden Haare klebten ihr schweißnass im Gesicht.

»Du solltest am Transporter warten.« Jede Silbe schmerzte. Er hatte das Gefühl, als würden auf seiner Brust mehrere Tonnen lasten.

»Als die Männer den Wagen erreichten, erklärten sie mir, was passiert war. Ich musste dir einfach helfen.« Als ob sie ihren Worten Nachdruck verleihen wollte, zeigte sie Nikolas die Pistole in ihrer Hand.

»Kannst du überhaupt damit umgehen?« Nikolas versuchte erneut, aufzustehen.

»Brandenburg!«

Diese Stimme hatte sich ihm eingebrannt. Luger zog seine Waffe, doch eine weitere Explosion ließ ihn ins Wanken geraten. Auch Wiesmer erholte sich schnell. Der stämmige Professor zog Nikolas' Vater auf sein verbliebenes Bein. Eduard Brandenburg blutete aus Mund und Nase, ein Splitter hatte sich offenbar in seine Brust gebohrt. Lediglich eine einzelne Krücke half seinem Vater, den Halt nicht zu verlieren.

Elsa wollte zu ihrem alten Mentor stürmen, konnte aber gerade noch von Nikolas zurückgehalten werden.

»Professor? Warum sind Sie hier?«

»Er hat uns verraten, Elsa«, stöhnte Nikolas, von Hustenkrämpfen geschüttelt. »In Wahrheit hat er die Informationen, die auf dem Mikrofilm gespeichert waren, verstanden. Er informierte Luger und dieser mobilisierte seine Privatarmee, um meinen Vater zu entführen und die Résistance aufzuhalten.«

Elsa blinzelte. Ihr Körper bebte, als sie ihrem Lehrer in die Augen blickte. »Ist das wahr?«

»Ich habe es für dich getan«, zischte Wiesmer. »Der Krieg wird bald verloren sein. Ein paar Wochen, Monate vielleicht. Wenn ich diesen Mikrofilm den Amerikanern übergebe, schütze ich Deutschland nicht nur vor der Bombe, sondern gestalte die Zukunft dieses Landes mit. Es liegt in der Natur der Macht, dass sie niemandem gehört, bis sie jemand an sich reißt.« Seine Augen glänzten, seine Stimme war flehend. »Es ist noch nicht zu spät, Elsa.« Der Professor streckte die Hand aus. »In den Staaten werden wir als Helden gefeiert werden, uns werden alle Türen offen stehen. Für mich und meine Frau.«

»Professor, was reden Sie da?« Sie musste schreien, um den Kampfeslärm zu übertönen.

»Weißt du, wie schwer es ist, dich Tag und Nacht um mich zu haben, ohne dich zu küssen, dich zu berühren? Denkst du, ich gebe jedem Mädchen doppelte und dreifache Rationen, bewahre es vor einem Einsatz als Flakhelferin und schütze es mit allem, was ich habe?« In den Augen des Professors spiegelte sich eine Regung, die an diesem Ort fehl am Platz wirkte – Hoffnung.

»Komm mit mir, Elsa. Niemand kann sagen, was nach dem Krieg sein wird. Bei mir wird es dir an nichts mangeln.«

Auch wenn Nikolas benommen am Boden lag und jeder Muskel schmerzte, wurde ihm endgültig bewusst, was der Professor die ganze Zeit über im Schilde führte. Er hätte Elsa bereits in Düsseldorf ausschalten können, dazu hätte er nur ein paar Männer zu ihrer Wohnung beordern müssen. Doch er schickte sie allein zu Nikolas' Elternhaus.

»Sie haben mich angelogen«, schrie sie voller Zorn, sprang auf den Mann zu und richtete die Waffe auf ihn.

Wiesmer zog Eduard enger an sich heran, benutzte ihn als Schutzschild. Nikolas wollte schreien, ihr in die Waffe greifen, doch es war zu spät.

Elsa drückte ab.

Unweigerlich zuckte Nikolas zusammen. Als sich kein Schuss löste, war Luger plötzlich neben Elsa und nahm ihr mit schnellen Bewegungen die Waffe ab, holte aus und donnerte seine Faust in ihr Gesicht. Elsa fiel benommen in den Schnee.

»Sie müssen vorher den Sicherungshebel betätigen, junges Fräulein. Und nun zu Ihnen, Brandenburg. Nun kann also der Senior dem Junior beim Sterben zusehen.«

Nikolas war zu schwach, um sich zu wehren. Als ob die Detonation ihm all seine Kraft geraubt hätte, konnte er sich nicht einmal mehr aufsetzen. Luger stellte sich neben Wiesmer, den Lauf der Waffe auf Nikolas' Kopf gerichtet.

»Ich werde Sie genauso abknallen wie Ihren Freund, diesen Pastorenlümmel Erik. Allerdings hat er zumindest versucht, das Unvermeidbare abzuwenden.«

»Sie waren es! Und danach haben Sie sein kleines Mädchen erschossen.«

»Marie?« Erneut dieses Grinsen. »Nein, so weit würde ich nicht gehen. Sie wissen doch, Lisa wünschte sich immer ein kleines Mädchen, das sie umsorgen kann. Die kleine Marie blutete am Kopf, war bewusstlos. Dieses unschuldige Gesicht, diese kleinen Finger. Sie war völlig aufgelöst, als man ihr sagte, dass ihr Vater ein Verräter war. Jetzt ist sie in guten Händen.«

Jeder seiner Sätze musste eine schreckliche Lüge sein. Wie konnte ein Mensch derart viel Grausamkeit in sich vereinen? Und doch keimten Zweifel in Nikolas. Wenn Marie wirklich am Leben war …

»Dieses Spiel hat bereits lange genug gedauert. Wenn Sie mich fragen, Brandenburg, waren Sie als Kommissar die größte Fehlbesetzung, seit Kaiser Caligula sein Lieblingspferd zum Konsul ernannte. Ich werde diesen Fehler aber nun korrigieren.«

Lugers Arm streckte sich. Nur noch ein paar Herzschläge musste Nikolas in dieser kalten und grausamen Welt verharren. Ein letzter Blick auf seinen Vater zum Abschied musste genügen. Eduard Brandenburg hatte die ganze Zeit über kraftlos geschwiegen. Nicht auszudenken, was sie mit ihm gemacht hatten. Die Augen des alten Mannes wirkten leer, bis sie Nikolas' Blick erwiderten. In der nächsten Sekunde schien in ihnen das Feuer der Hölle zu lodern.

Eduard verlagerte sein Gewicht auf sein gesundes Bein, donnerte Wiesmer den Ellenbogen ins Gesicht und schlug im Fallen die Krücke gegen Lugers Arm.

Elsas heller Schrei drang selbst durch den Kampfeslärm an seine Ohren. Mit Zornesröte im Gesicht stürzte sie auf Wiesmer zu. Der Professor reagierte schnell, versuchte, nach seiner herabgefallenen Waffe zu greifen.

Nikolas stützte sich auf seine Hände. Wenn sein Vater diese Kraft aufbringen konnte, konnte es auch ihm gelingen. Er hatte zu viel erdulden müssen, um tatenlos hier herumzuliegen und auf den Tod zu warten. Nikolas fand seine Sauer, hechtete dem Professor entgegen und konnte sich gerade so vor Elsa werfen.

Zwei Schüsse krachten durch die Nacht.

Er landete auf der Schulter, sah, wie Wiesmer, in die Brust getroffen, zusammensackte. Der stämmige Mann presste beide Hände auf die Einschussstelle. Er gurgelte, während Blut über seine Lippen lief. Sein Körper zuckte unkontrolliert. Schließlich erstarben seine Bewegungen.

Nikolas spürte, wie Elsa seinen Kopf auf ihre Beine legte. »Er hätte mich getötet«, flüsterte sie und streichelte mit warmen Fingern seine Stirn. »Eben noch wollte er mich zur Frau nehmen.«

Sie redete so schnell, dass Nikolas Probleme hatte, sie zu verstehen. Weitere Granaten explodierten in ihrer Umgebung. Eine Stimme rief seinen Namen.

»Nikolas! Merde!« Claire kniete sich in den Schnee; diesmal waren die Hände eiskalt, die seine Wangen berührten.

»Ist er getroffen?«, wollte Claire wissen.

Elsa tastete seinen Körper ab. »Ich weiß es nicht.«

Nikolas wollte ihnen sagen, dass es ihm gut gehe, doch er konnte nicht. Erst jetzt bemerkte er, dass er seine linke Hand fest in die Seite drückte. Wiesmer war es gelungen, einen Schuss abzugeben. Der Schnee auf der linken Seite seines Körpers war voller Blut.

»Wir müssen hier weg!«, schrie Elsa.

Claire presste ihre Hände auf die Wunde. »Nicht, solange Luger den Mikrofilm hat.«

Unter großer Anstrengung gelang es Nikolas, seinen Kopf zu heben. Von Luger fehlte jede Spur. Durch die Schneeverwehrungen konnte er eine Gestalt ausmachen, die sich schnell entfernte. Oder bildete er sich das ein? Ein letztes Mal nahm Nikolas alle verbliebene Kraft zusammen und schärfte seinen Blick. Er hatte überlebt und Luger verschwand hinter einer Wand aus Schnee.

Mit zitternden Fingern zog Elsa ihren Schal aus und griff in ihren Büstenhalter. Zum Vorschein kam der Mikrofilm. »Hat er nicht, der Zylinder ist leer. Es war Nikolas' Einfall.«

Claire nahm die Aufnahmen nickend an sich.

Nikolas hatte das Gefühl, als würden auf seinen Lidern Felsbrocken lasten. Die Kälte nahm er nicht mehr wahr, im Gegenteil – eine wohlige Wärme hatte von seinem Körper Besitz ergriffen. Er hörte seinen eigenen schwachen Herzschlag in den Ohren. Die Müdigkeit griff nach ihm und wollte seinen Leib herabziehen, in die alles umfassende Schwärze. Langsam erlosch das Licht.

»Wie geht es meinem Sohn?«

Schemenhaft sah Nikolas seinen Vater. Er wurde von Rohn gestützt, wobei Nikolas nicht sagen konnte, wer von beiden mehr abbekommen hatte.

»Er ist getroffen«, schluchzte Elsa, während vereinzelte Kämpfe um sie herum tobten.

Er war so müde, wollte die Augen schließen und hinabgleiten. Die Dunkelheit rief nach ihm, sie säuselte seinen Namen. Ein leichter Schlag von Eduards Krückstock gegen Nikolas' Schläfe hinderte ihn am Wegdämmern. »Mein Sohn, ich will nicht, dass du einschläfst! Hast du das verstanden?«

Eine größere Liebeserklärung hätte sein Vater ihm gar nicht machen können. Wobei es auch diesmal mehr nach einem Befehl als nach einer Bitte klang.

»Bringt ihn zum Wagen«, hörte er Rohn sagen. »Es wird nicht lange dauern, bis sie sich neu formiert haben.«

Nikolas spürte, wie sein Körper leicht wurde. Er schwebte an Dr. Bricks vorbei und an Claire, die ihm gerade den Mikrofilm aushändigte. Der Amerikaner hatte überlebt. Vielleicht gab es noch Hoffnung.

Es tat nicht weh, als sie ihn in den Transporter hievten. Er spürte zwar, wie sein Kopf mehrmals gegen die Plane des Wagens schlug, aber der Schmerz erreichte seinen Verstand nicht.

Elsa versorgte seine Wunden, Claire assistierte ihr.

»Wie schlimm ist es?«, wollte die Französin wissen.

»Es sieht nicht gut aus«, hauchte Elsa und arbeitete mit blutigen Fingern weiter.

Gedämpft hörte er, wie der Motor des Transporters angelassen wurde. Rumpelnd startete der Wagen.

Er hatte nicht die geringste Ahnung, warum er das tat, aber Rohn fummelte in einer Kiste herum. Als ob seine Aufgabe hier noch nicht beendet sei. Endlich kam ein mickriger Strauß getrockneter Gänseblümchen zum Vorschein. Der Hüne lachte wie ein kleines Kind, als er die Blumen in den Händen hielt. Er streckte sie Nikolas entgegen. Bereits in Leverkusen hatte er das Zeichen von ›La Pâquerette‹ setzen dürfen. Auch hier sollte ihm die Ehre gebühren. Die getrockneten Stiele fühlten sich rau an. Gerade so schaffte er es, den Strauß in den Schnee zu werfen. Ein Lächeln umspielte seine Lippen.

»Nicht einschlafen, Nikolas!« Claire und Elsa rüttelten an seinem Körper, schrien ihm die gleichen Worte zu. Es war bedeutungslos. Die Welt hier war bitterkalt, es zog ihn hin zur Wärme. Auch die Schmerzen waren vergessen.

Jetzt war er bereit. Seine Aufgabe war erfüllt. Mit ein bisschen Glück würde Dr. Bricks die Amerikaner überzeugen können, dass Deutschland zu schwach war, um eine Uranbombe herzustellen. Die Amis mussten sich für ihre Superbombe ein anderes Testgelände suchen. Vielleicht im Ozean oder am Südpol. Es lag nicht mehr in seiner Hand.

Unzählige Gedanken schossen ihm durch den Kopf. Er dachte an Claire und Elsa, die beflissen seine Wunden versorgten; an seinen Vater, der ihn Sohn genannt hatte – völlig ohne Spott, und an Rohn, diesen grobschlächtigen

Kerl, der dieses Land nach alldem immer noch als das seine ansah.

Sein letzter Gedanke, bevor ihn die Dunkelheit völlig in ihrer Umarmung umschloss, galt Marie. Nikolas' Kopf wurde von den Fahrtbewegungen hin und her geworfen, als er die Augen schloss. Er war verdammt müde … Er brauchte Schlaf. Nur ein paar Momente der Ruhe.

Er war kurz davor, loszulassen. Doch dieser eine Gedanken hatte ihn infiziert. Unter Tränen hatte er seinem Freund Erik etwas geschworen. Sein Leben hätte er für dessen Tochter gelassen, vor nicht allzu langer Zeit hatte er an ihrem vermeintlichen Grab gestanden.

Er würde seinen Schwur brechen, wenn er jetzt ginge. Zu oft hatte er sich aus dem Staub gemacht, seine Freunde im Stich gelassen. Sollte dieses kleine Mädchen wirklich am Leben sein, musste er es finden. Die Einzigen, die wussten, wo Marie war, waren Luger und seine Verlobte. Und Luger war auf dem Weg nach Berlin.

Erst kamen die Schmerzen, gefolgt von Kälte. Nikolas riss die Augen auf. Nein, er dufte nicht sterben. Nicht jetzt und auch nicht hier, auf der dreckigen Ladefläche eines Mannschaftswagens. Es gab noch so vieles zu erledigen.

ENDE

Weitere Krimis finden Sie auf den folgenden Seiten und im Internet: www.gmeiner-verlag.de

Unser Lesermagazin

2 x jährlich das Neueste aus der Gmeiner-Bibliothek

24 x 35 cm, 40 S., farbig; inkl. Büchermagazin »nicht nur« für Frauen und HistoJournal

Das KrimiJournal erhalten Sie in Ihrer Buchhandlung oder unter www.gmeiner-verlag.de

GmeinerNewsletter

Neues aus der Welt der Gmeiner-Romane

Haben Sie schon unsere GmeinerNewsletter abonniert?

Monatlich erhalten Sie per E-Mail aktuelle Informationen aus der Welt der Krimis, der historischen Romane und der Frauenromane: Buchtipps, Berichte über Autoren und ihre Arbeit, Veranstaltungshinweise, neue Literaturseiten im Internet und interessante Neuigkeiten.

Die Anmeldung zu den GmeinerNewslettern ist ganz einfach. Direkt auf der Homepage des Gmeiner-Verlags (www.gmeiner-verlag.de) finden Sie das entsprechende Anmeldeformular.

Ihre Meinung ist gefragt!

Mitmachen und gewinnen

Wir möchten Ihnen mit unseren Romanen immer beste Unterhaltung bieten. Sie können uns dabei unterstützen, indem Sie uns Ihre Meinung zu den Gmeiner-Romanen sagen! Senden Sie eine E-Mail an gewinnspiel@gmeiner-verlag.de und teilen Sie uns mit, welches Buch Sie gelesen haben und wie es Ihnen gefallen hat. Alle Einsendungen nehmen automatisch am großen Jahresgewinnspiel mit attraktiven Buchpreisen teil.

GMEINER

Wir machen's spannend